京都府警あやかし課の事件簿6

丹後王国と海の秘宝

天花寺さやか

PHP
文芸文庫

○本表紙デザイン+ロゴ=川上成夫

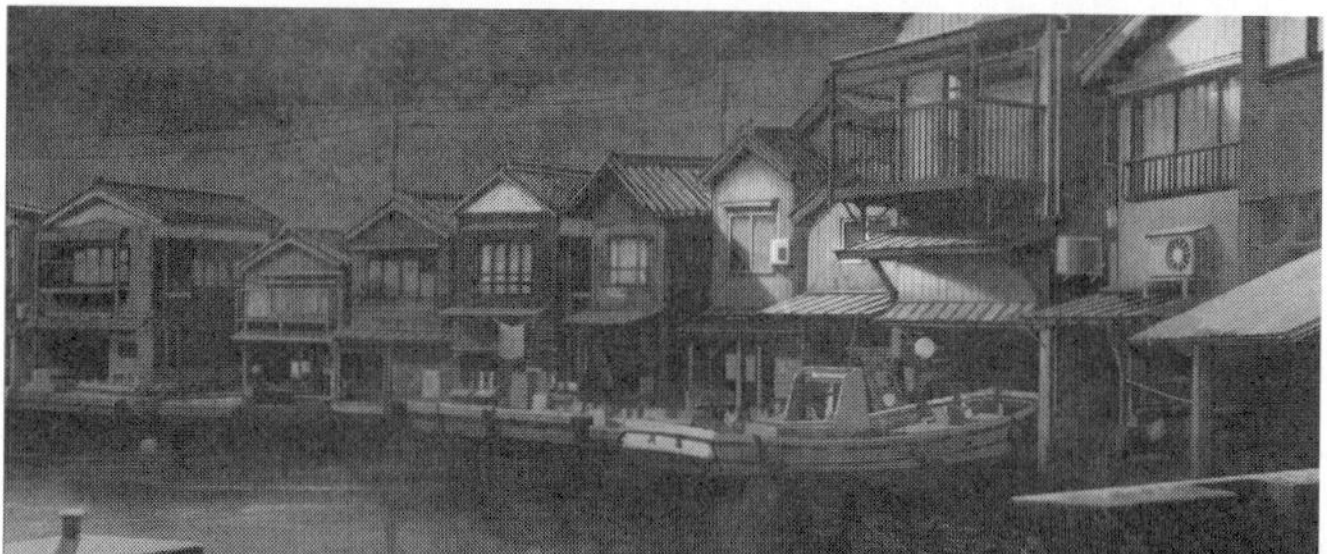

もくじ

京都府警あやかし課の事件簿 6

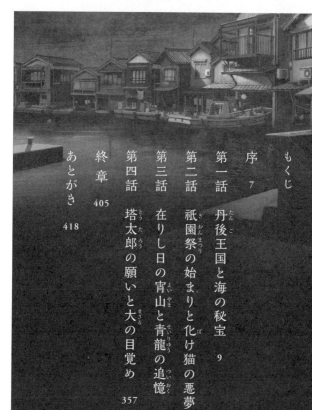

主な登場人物

天堂《てんどう》竹男《ちくお》
京都府警「人外特別警戒隊《じんがいとくべつけいかいたい》」、
通称「あやかし課」隊員。
八坂《やさか》神社《じんじゃ》氏子《うじこ》区域《くいき》事務所《じむしょ》である
「喫茶ちとせ」のオーナー兼店長。

深津《ふかづ》勲義《いさよし》
京都府警警部補。
八坂神社氏子区域事務所の所長。

栗山《くりやま》圭佑《けいすけ》
京都府警巡査部長。
伏見稲荷大社《ふしみいなりたいしゃ》氏子区域事務所である
和装体験処《ところ》「変化庵《へんげあん》」に勤務。

総代和樹《そうしろかずき》

「あやかし課」隊員で、
「変化庵」に勤務。古賀大《こがまさる》の同期。

古賀《こが》 大《まさる》

「あやかし課」隊員で、「喫茶ちとせ」に勤務。
簪《かんざし》を抜くと男性の「まさる」に変身できる。

坂本塔太郎《さかもととうたろう》

雷の力を操る「あやかし課」の若きエース。
「喫茶ちとせ」に勤務。

御宮玉木《みやたまき》

京都府警巡査部長。
神社のお札《ふだ》を貼った扇《おうぎ》で結界《けっかい》を作る力を持つ。

山上琴子《やまがみことこ》

「あやかし課」隊員で薙刀《なぎなた》の名手。
「喫茶ちとせ」の厨房《ちゅうぼう》担当。

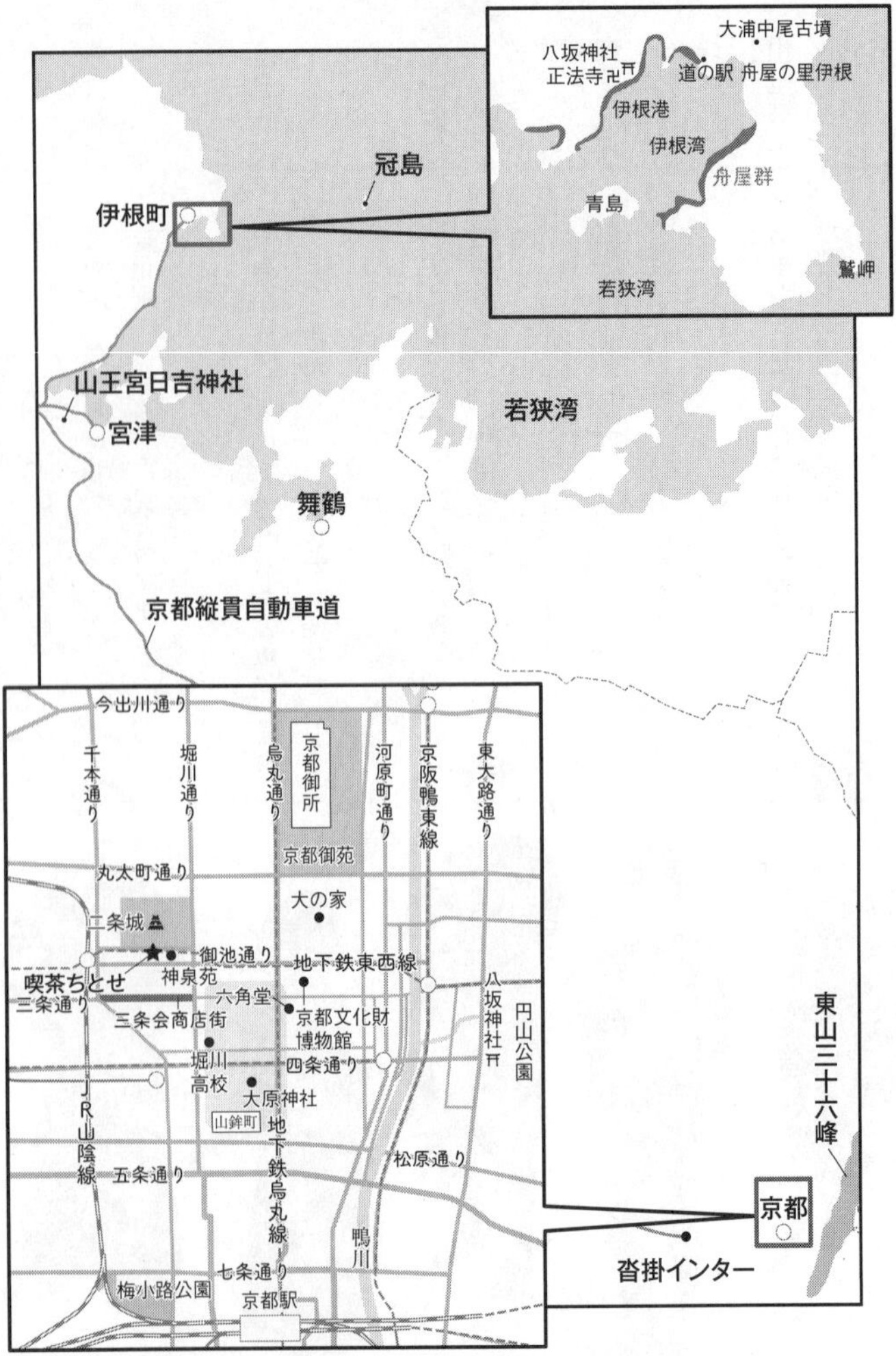
大浦中尾古墳
八坂神社
正法寺
道の駅 舟屋の里伊根
伊根港
伊根湾
舟屋群
青島
鷲岬
若狭湾
冠島
伊根町
山王宮日吉神社
宮津
若狭湾
舞鶴
京都縦貫自動車道
今出川通り
千本通り
堀川通り
烏丸通り
京都御所
河原町通り
京阪鴨東線
東大路通り
京都御苑
丸太町通り
大の家
二条城
御池通り
地下鉄東西線
喫茶ちとせ
神泉苑
六角堂
八坂神社
円山公園
三条通り
京都文化財博物館
三条会商店街
堀川高校
四条通り
大原神社
山鉾町
地下鉄烏丸線
JR山陰線
松原通り
五条通り
鴨川
七条通り
梅小路公園
京都駅
京都
沓掛インター
東山三十六峰

序

山鉾《やまほこ》が、悪い奴《やつ》らによって、次々と持っていかれる。

あやかし課隊員達はもちろん、自分も戦おうとしたけれど、町の皆を人質《ひとじち》に取られてしまっては、動きようがない。

隙《すき》を見て、悪い奴らの大将に飛び掛かったが、呆気《あっけ》なく殴《なぐ》り飛ばされてしまった。

その衝撃で、目を覚ます。

恐ろしい夢だった。

第一話　丹後《たんご》王国と海の秘宝

「あっ、塔太郎《とうたろう》さん！　来はりましたよ！　葵祭《あおいまつり》の行列です」

古賀大《こがまさる》は、めいっぱい背伸びをして、見物人の間から顔を出す。すぐに視線を横に向けて、職場の先輩・坂本《さかもと》塔太郎を呼んだ。

木漏《こも》れ日がきらきら輝いて、風が気持ちいい五月の事。

十五日の今日は、葵祭である。午前十時半を過ぎた京都御苑《きょうとぎょえん》は、行列を見ようとする人達でごった返していた。

今の大と塔太郎も、普通の人には見えない半透明ながら、その見物人の一部。二《に》条《じょう》通りでの任務を終えた後、八坂神社氏子区域事務所《やさかじんじゃうじこ》所長の深津勲義《ふかづいさよし》から、

「御所《ごしょ》も近くやし、騎馬《きば》隊も出はるしで、ちょっと見てきたら？」

と、勧められたのである。

職場である喫茶ちとせの店長・天堂竹男《てんどうちくお》からも、

「行ってこい、行ってこい。あー、それやったらついでに！　帰りでええしラップ買《こ》うてきて」

と、あっさり寄り道の許可が出て、おつかいまで頼まれた。

そういう訳で、大達は二人の言葉に甘えて京都御苑へ寄り、「葵祭の行列」を待っていたのだった。

大の手招きを受けた塔太郎は、

「俺《おれ》、近くにいるやん。そんなウキウキ顔で呼ばんでも」

と、笑いながら自身も首を伸ばして、まだ御所を出発したばかりの行列を眺《なが》めていた。

葵祭は、日本国内で最も古い祭の一つといわれる。

風雨を治め、五穀豊穣《ごこくほうじょう》を祈る祭として、今なお平安時代の王朝行列の様子を留《とど》めている事で名高い。

古典の傑作『源氏物語《げんじものがたり》』にも登場し、教科書に載っている「車争い」の場面は、この葵祭の行列の光源氏をひと目見ようとした、高貴な人達が見物場所を争う――という筋書きである。

近衛使代《このえづかいだい》を中心とした本列や、祭のヒロインと謳《うた》われる斎王代《さいおうだい》を中心とした斎王代列が、京都御苑を抜けて京の町へ出る。そのまま、都大路《みやこおおじ》をゆっくり進み、社頭《しゃとう》の儀《ぎ》を行うために、下鴨《しもがも》・上賀茂《かみがも》両神社へと向かうのだった。

この行列の事を、一般に「葵祭の行列」、正確には「路頭《ろとう》の儀《ぎ》」という。

今、行列は、御所の建礼門《けんれいもん》から南下して御苑を進んでおり、堺町御門《さかいまちごもん》を目指している。

京都府警が擁《よう》する平安騎馬隊もこれに参加しており、馬に乗った隊員達が先導を務めていた。

昨年の秋、大が出会った平安騎馬隊の女性隊員・風間凜《かざまりん》も、平安装束《しょうぞく》を模した和服を着て、相棒の吉田《よしだ》号に乗っている。凜と吉田号だけは、その霊力《れいりょく》で以《もっ》て周囲の空気をコントロールし、観衆を落ち着かせるという役目を担《にな》っているので、普通の人達には見えない半透明だった。

凜達は任務に集中しており、大達には気づかない。しかし大と塔太郎は、彼女ら騎馬隊の雄姿をしっかり見守っていた。

騎馬隊の先導に続いて、葵祭の行列が見えてくる。

腰の野太刀《のだち》が凜々《りり》しい検非違使《けびいし》や、冠《かんむり》からも悠然《ゆうぜん》さが漂う文官。藤《ふじ》の花で彩《いろど》られた牛車《ぎっしゃ》や、水干《すいかん》に風折烏帽子《かざおりえぼし》の舎人《とねり》。銀面《ぎんめん》を付けた馬に乗った、最高位の近衛使代……と、鮮やかな装束を纏《まと》った人々が、大達の前を通り過ぎる。

彼らの砂利《じゃり》を踏む厳《おごそ》かな音が、行列の品格に華《はな》を添えていた。

やがて、過ぎゆく本列に代わって、斎王代列となる。腰輿《およよ》に乗った麗《うるわ》しい斎王代が、髪には心葉《こころば》の飾り金具に十二単《じゅうにひとえ》、檜扇《ひおうぎ》を手にした姿で現れた。

その途端、観衆の間から一斉《いっせい》に、魅了されたようなため息が漏《も》れる。愛好家達のカメラのシャッター音があちこちから聞こえ、行列の向こう側の見物人達のカメラのレンズが、陽光を受けて無数の鏡の如《ごと》く反射していた。

大達が目を凝《こ》らしてよく見ると、その反射の光に交じって、人魂《ひとだま》のような何かがふわふわ浮いている。一つだけではなく、三つほど。別の場所にも複数いた。人魂は、どれも悪い気配ではなく、機嫌もよさそうである。見物人の周囲に固まっている様子を見ると、彼らも行列を眺めているらしい。

「あの人魂さん達って、もしかして平安時代の人ですかね？」

大がこっそり訊《き》いてみると、塔太郎は呑気《のんき》に、

「かも、しれへんなぁ。室町時代とか、江戸時代の人かもしれへん」

と、答えていた。

そのうち、人魂二つがお互いに前へ出ようとし、邪魔し合ってぶつかる。それがさらに絡《から》まり、喧嘩《けんか》へと発展していた。

喧嘩といっても、人魂達は靄《もや》のような存在である。霊感のない人はそもそも気づかないし、霊感のある人にとっても、些細《ささい》で被害はない。大達京都府警のあやかし課隊員が出るまでもなかった。

「『車争い』の再現してるし、やっぱり平安の人かもな」

「ですね」

大達も、遠くで見守りつつ微笑《ほほえ》んでいた。

空気中の微粒子等が写真に映り込む「玉響《たまゆら》現象」の中に、こういった人魂達も実

は写っているというのは、大達をはじめ、霊力持ちだけの秘密である。

　華やかな葵祭と、微笑ましい光景。それを前にした大は、ふと思い立った。

「塔太郎さん。——今、簪《かんざし》を抜いてもいいですか？　まさるにも、行列を見せてあげたいんです」

　この時間を自分だけのものにせず、彼にも、体験させてあげたい。

　そんな大の意図を汲《く》んだ塔太郎は、にっこり笑ってくれた。

「京都の行事に触れるんも、大事な成長の一つやもんな。いつでもどうぞ」

「ありがとうございます！　では……」

　大は、人々の目が斎王代へ向いている事を確認してから、そっと目を閉じる。

　頭の簪を抜くと、長い髪が軽《かろ》やかに肩へ落ちると同時に、体が光明《こうみょう》に包まれた。

光が収まると、大は身《み》の丈六尺《たけろくしゃく》（約百八十センチメートル）の美丈夫《びじょうぶ》となる。元い、大と交代し、変身し終えた「まさる」はそっと目を開けた。

　塔太郎に小さく会釈《えしゃく》してから、斎王代列を眺める。まさるは背が高いので、群衆の後ろからでもよく見る事が出来た。

　行列は、まさるもはっとするほど綺麗《きれい》である。塔太郎に教えてもらい、お輿《こし》に乗っている女の人が、神様に仕《つか》える斎王さんというお姫様だと知った。

けれど、今は本物の斎王さんではなく、その代わりの人だという。だから「斎王代」と呼ばれる一般市民のお嬢様《じょうさま》なのだという事も、まさるは教わって初めて知った。

行列の人は皆、頭や胸に、瑞々《みずみず》しい葵桂《あおいかつら》を挿《さ》している。鼻に抜ける爽《さわ》やかな匂《にお》いと相まって、まさるの心も澄《す》み渡っていた。

ふと足元を見ると、しわがれた小鬼が一匹、見物人の男性の足によじ上っている。小鬼から触れる事は出来ても、霊力がないらしい男性には、小鬼が見えない。わずかな感触以外、分からないようだった。

男性は、虫がズボンに入ったと思っているらしく、かゆがって足を摺《す》り合わせている。小鬼の方はというと、その揺さぶりにも負けず、一生懸命食らいついていた。

（……？）

まさるは警戒し、小鬼に手を伸ばしかける。しかし落ち着いてよく見ると、小鬼は、人に害を加えようとしているのではなかった。

男性の足をよじ上りながら、肩を見上げているだけ。どうも、葵祭の行列を何とか見たいがために、そうしているらしい。男性の肩に乗り、高い場所から眺めたいようだった。

小鬼は時折、よじ上るのをやめて、男性の股《また》の間に顔を差し込んでいる。この際、林のように立つ群衆の足の隙間《すきま》からでも……、と言いたげだった。

事情を察したまさるは、諦《あきら》めて下りようとする小鬼の肩をちょんちょんと叩《たた》き、自分の頭の上に乗せてやる。望み通り高い場所へと座れた小鬼は、熱心に斎王代の後ろ姿を拝《おが》んでいた。

その後、

「お兄ちゃん、おおきに。助かりましたわ。優しい子やなぁ」

と言って地面へ下り、満足げに去っていく。まさるも、人助けならぬ「鬼助け」が出来た事に満足だった。

褒《ほ》められたい一心で隣の塔太郎を見ると、

「……お前の、そんな姿を見るなんてな」

と感慨《かんがい》深く呟《つぶや》かれ、ぽんと背中を叩かれる。まさるが頭を下げると、塔太郎はくしゃくしゃと頭を撫《な》でてくれた。

まさるは上機嫌で懐《ふところ》から紙とペンを取り出し、自分の気持ちを書き綴《つづ》る。

(俺もさいきん、色んなことが分かるようになって嬉《うれ》しいです。塔太郎さんたちのお陰です。さいおうだいの方、すごくきれいでした。ありがとうございました)

塔太郎は、一層嬉しそうに笑ってくれた。

大が、京都御所の猿ケ辻《さるがつじ》から魔除《まよ》けの力を与えられて生まれた存在の、「まさる」。最初の頃は、大本人も手が付けられないほど周りが見えなくて、悪を排除する事しか考えていなかった。当時のまさるが先の小鬼を見たならば、小鬼を悪と判断して、問答無用で思い切り払い除《の》けていただろう。

しかし今では、一旦落ち着いて様子を見て、状況に合わせた行動が取れるようになっている。大が喫茶ちとせに配属となって以来、ずっと続けている修行の賜物《たまもの》だった。

加えて一時期、大に戻れなくなって「一人だけ」で過ごした日々が、まさるをぐんと成長させていた。

その騒動以降、喫茶ちとせでは、深津や竹男の判断、猿ヶ辻の許可を得て、大が変身し、まさるで過ごす日もあった。

その甲斐《かい》あって、まさるは上司の指示に従って行動する事はもちろん、「塔太郎さん」「深津さん」といった身近な人の名前の他に、「俺」等のよく使う言葉も漢字で書けるようになっていた。筆跡そのものも整い、書くのも速くなっている。

「お前は、去年の斎王代の事件は覚えてるけ？」

塔太郎が訊けば、まさるはすぐにペンを走らせるのだった。

（はい。りゅうの塔太郎さんに、初めてのった日です）

「そうそう。あの時は、お前もよう頑張ってたよな」

（俺も、全部ではないけれど、覚えています。塔太郎さん、鴨川《かもがわ》に落ちて気を失っ

ていたので、大が泣いていました。俺も、あとから思い出して、しんぱいしました)

「あー。確か、そんな感じやったなぁ。あれはほんまに悪かったわ」

(塔太郎さん、死んじゃだめですよ)

「分かってるって」

そんな思い出話をしながら、京都御苑を出る。

葵祭の行列は、既に大半が堺町御門を出て丸太町《まるたまち》通りを進んでおり、東の河原町《かわらまち》通りを目指していた。

そのため、今度は丸太町通りが見物人で溢《あふ》れている。御苑を出れば元の大に戻るつもりだったが、社会勉強にもなるだろうという塔太郎の提案で、まさる達はそのまま帰路に就《つ》いた。

人混みをすり抜けて、烏丸《からすま》通りまで歩く。まさる達はそこでようやくひと息つく事が出来、丸太町通りと烏丸通りの交差点「烏丸丸太町」で、信号が青になるのを待った。

隣には、女性二人組も待っている。

そのうちの若い女性の方に見覚えがあるな、とまさるが感じて彼女を見ると、同時に横を向いたその女性と目が合った。

若い女性は霊感があるのか、まさる達が見えているらしい。その瞬間、心の中にいる犬が、（あっ）と反応する。まさるの横から若い女性を見た塔太郎も、

「あっ」

と、小さく声を出していた。

何も気づかないのは、まさると、若い女性の隣にいる美しい中年女性だけ。中年女性の方は霊感がないらしく、まさる達を認識出来ていなかった。若い女性が横を向いている事にも気づかず、手に持つスマートフォンと信号を、交互に眺めていた。

その間に、若い女性も自分のスマートフォンを取り出し、電話をかける振りで、まさる達に話しかけてくれた。

そのタイミングで信号が青になる。中年女性は、若い女性が電話をかけていると思ったのか横断歩道を渡らず、無論、若い女性もまさる達も渡らなかった。

「あの、えっと……。喫茶ちとせの方ですよね。昨年は本当にお世話になりました。八嶋美咲《やしまみさき》です」

美咲が小さく頭を下げると同時に、塔太郎が、まさるの横から顔を出す。彼も、美咲へ頭を下げた。

「やっぱり、八嶋さんですよね。お元気そうで何よりです」

八嶋美咲という名前を聞いて、まさるも、埋もれていた記憶が蘇《よみがえ》る。一切を思い

出したまさるはわずかに目を見開き、微笑む美咲を見つめた後、小さく会釈した。

八嶋美咲は去年の五月、生霊《いきりょう》に苦しめられていた女性である。あの事件が起こった時は、大がまだ京都府警のあやかし課に配属されて一カ月半が過ぎた頃で、まさるはもちろん、大本人も未熟だった。

逮捕に焦《あせ》って失敗し、その後、深津や塔太郎の助けを借りて、生霊を退治する事が出来た。思い出せば、印象深い事件である。

美咲は三年前に斎王代を務めた女性であり、その生霊事件も、斎王代という因果《いんが》が少なからず関係していた。

そんな美咲と、葵祭の日に再会した。何とも不思議な縁である。

まさるが大を通して美咲の事を覚えていても、美咲は、実際に会った塔太郎と大しか分からないらしい。

背の高いまさるを見上げて、

「この方は、喫茶ちとせの新しい方ですか？　去年は、簪を挿した女の子がいましたよね」

と、塔太郎へ尋ねる。

塔太郎は、大が変身する事を伏せたうえで、まさるを紹介してくれた。

「簪を挿した子も元気ですよ。彼は、ちとせの新しいメンバーです」

それを聞いたまさるは、嬉しさと気恥ずかしさで肩をすくめ、もう一度美咲へ会釈する。美咲は「そうなんですね」と微笑み、

「お兄さんも、強くて頼りになりそうですね。やっぱり京都は、神様や仏様、町の皆が守ってくれるから安心ですね」

と言って、自《みずか》らのその後を話してくれた。

大達が生霊を退治して元気を取り戻した美咲は、その後、無事に会社へ復帰したらしい。

その頃から、とある一人の部下にもよい変化が起こり、今の美咲は、その人と二人三脚で仕事を頑張っているという。

その部下というのが、工藤里香《くどうりか》。今まさに、美咲の隣でスマートフォンと信号を交互に眺める中年女性だった。

美咲から里香の名前が出た途端、まさると塔太郎は顔を見合わせる。耳に挟《はさ》んだらしい里香本人も顔を上げて、

「美咲さん、今呼びました？」

と美咲に尋ねた。

電話する振りをして、まさる達と話していた美咲は、

「あっ、大丈夫ですー！　ちょっと、工藤さんが話題に出たもんでー」

と誤魔化《ごまか》す。里香は「あっ、そうですかー」と言うと同時に、美咲の電話の相手がそこにいるかのように、かすかに会釈した。

実は去年、美咲を苦しめて、大達をあれだけ追い込んだのが、工藤里香の生霊だったのである。

しかし深津や竹男、御宮玉木《みやたまき》の捜査によって、それは里香本人の意志ではなく、心の奥底に溜《た》まり切った美咲への嫉妬《しっと》が生霊となったのだと裏付けられた。つまり、里香本人の与《あずか》り知らぬところで、生霊が勝手に美咲に取り憑《つ》いていたのである。

そのため、退治状は里香本人ではなく、生霊自体に発行された。当事者達のその後の人間関係に配慮して、犯人が里香の生霊であるという事は、里香本人や美咲、美咲の母親等には一切知らされなかった。

里香に聞こえないよう、美咲は声を落として、里香の話をしてくれる。

美咲の話を聞く限り、生霊を退治された里香は、だんだんと本来の自分を取り戻したらしい。

そんな里香は今、美咲の補佐という立場についていた。

「工藤さんって、最初は私に対して、もっと他人行儀な感じやったんですよ。でも、だんだん心を開いてくれたというか……。工藤さんは元から、凄《すご》く仕事の出来る人なんです。それで私、発注の相談とか、お得意さんへの対応とか、そういうのでつい頼っちゃうんですよ。そうすると、会話も増えるじゃないですか。それで仲良くなれたんです。私自身、凄く嬉しいし、感謝してます。私にとって今の工藤さんは、もう一人のお母さんみたいな感じですね。ほんまのお母さんも、もちろんいざという時に頼れる人で大好きですけど、仕事では割と呑気なとこがあって……。なので仕事では、冷静で厳しい工藤さんの方が頼り！　お母さんごめんね！　……みたいな？　ですね」

と、美咲は笑って語ってくれた。

美咲が若いという事もあるだろうが、今では、他の社員はもとより得意先さえも、美咲より里香を頼りにする事があるという。

それが、里香本人にとっても大変よい刺激となっているらしい。日が経《た》つにつれて里香の表情は明るくなり、容貌《ようぼう》も、年相応に美しくなったという。

事実、まさる達が今日にしている里香の横顔には、有能な人が持つ一種の凜々しさがある。社内外で、「若葉の可愛い美咲ちゃん」「気高い紅葉《もみじ》の工藤さん」と並び称されて敬意や羨望《せんぼう》を集めているそうで、今や里香は、嫉妬とは無縁の人だった。あるいは今の姿が、本来の里香なのかもしれない。

話し終えた美咲はスマートフォンを仕舞《しま》い、軽く会釈してまさる達と別れる。その後、何も知らない里香が美咲に親しげに話しかけ、美咲も笑顔でそれに応《こた》えていた。

二人は実の親子のように、並んで横断歩道を渡っていく。それを見送った後、まさるは心の中の大が出たがっている事を感じて、大へと戻った。

塔太郎が、足元に落ちた簪をそっと拾い、大に渡す。受け取った大が髪を結《ゆ》い上げた後、どちらともなく微笑み合った。

「人って、変われるんですね」

「せやな」

変わらない町で、未来は変えられる事に感動していた。

喫茶ちとせに帰ると、いつも通りカウンターにいる竹男が顔を上げ、厨房《ちゅうぼう》の山《やま》上琴子《がみことこ》も顔を出す。

「お帰りー。お疲れちゃーん。あ、ラップ二個も買《こ》うてくれたん。ありがとう。助かるわー」

「二人ともお帰りー！　お昼、もう出来てんで！　今出すし待っててな」

彼らの声を聞くと、何だか自宅に帰ったようである。大と塔太郎はほっとした表情となり、琴子の勧めでテーブルについた。

二階の事務所に詰めている深津、そして玉木も、事務作業が一段落ついたらしい。軽い足音を立てて下りてきた。

こうしてちとせに戻れば、いつものメンバーが出迎えてくれて、お客さんがいない時間なら皆でテーブルを囲む。琴子特製の、山椒《さんしょう》の効《き》いた親子丼を皆で平《たい》らげた後、深津がお茶を飲み干して尋ねた。

「葵祭、どうやった？」

「そうですね……」

塔太郎が、わずかに大を見る。その視線を受けた大は、騎馬隊や行列に惚《ほ》れ惚《ぼ》れした事はもちろん、変身してまさるになった事、そのまさるも精神的な成長を見せた事、そして何より、八嶋美咲と再会し、近況を聞いた喜びをつぶさに話した。

話し終えた後で、大ははたと気づき、

「すみません、私ばっかり」

と、照れ笑いする。しかし塔太郎は、大が嬉々《きき》として話す事を予想したうえで、あえて大に喋《しゃべ》らせたのだった。

「ええねん、ええねん。大ちゃんが話した方が、皆に幸せなんが伝わるかな、って思ったし。感想を喋る時の大ちゃんって、何て言うか、臨場感あるしなぁ」

「何かそれ、リアクション芸人みたいに言うてません？」

「そういう意味ちゃうって」

塔太郎が愉快そうに笑い、大も、冗談交じりに苦笑していた。

八嶋美咲の事件は、大や塔太郎だけでなく、喫茶ちとせの全員で挑《いど》んだ事件である。それだけに、美咲が息災《そくさい》なのはもちろん、工藤里香までもが幸せになっている事について、深津達四人も「そうかぁ」としみじみ喜んでいた。

玉木がゆっくり、椅子《いす》の背にもたれる。

「僕達が、頑張った甲斐がありましたね」

その呟きをきっかけに、あやかし課隊員としての喜びについて、皆で語り合った。

最年少の大でさえも、今日までに多くの人やあやかし達を守り、救い、京都の町の平和に貢献している。誰に表彰される訳でもないが、町の賑《にぎ》わいこそが警察の人間の誉《ほま》れであり、「あやかし課」の存在証明だった。

その後いつの間にか、葵祭の話題に戻っている。大は、今度は先導を務めた平安騎馬隊の吉田号に触れ、同期の総代和樹《そうしろかずき》の話をした。

「吉田号さんの足、筋肉が締まってて綺麗でした。お馬さんやのに、めっちゃイケメンやなぁって思いましたもん！　総代くんがいたら、多分はしゃいで、行列も吉田号さんも全部写生してたと思います」

大が何気なしに言うと、深津達も共感する。塔太郎が付け加える形で、栗山《くりやま》から聞いたという総代の成長ぶりと、栗山の笑い話を教えてくれた。

「変化庵《へんげあん》での総代くんな、休憩時間でも筆を持って、一生懸命練習してるらしいわ。それで絵の精度も上がってて、実体化させた動物達だけで、逃げた犯人を確保した事もあんねんて。栗山がめっちゃ褒めてた。大ちゃんは、『まさる部』の試合で、そういうのも肌で感じてたんのちゃうけ？」

「はい。実は私、先週、総代くんに負けちゃったんですよ。動物達の猛攻を受けて……。めっちゃ悔《くや》しかったです。その前の試合では、鶴田《つるた》さんにも勝たはったんですよ」

「え、ほんまに？　そこまでとは思わんかったなぁ。凄いやんけ！　……で、そういう伸び盛りの総代くんやから、栗山がまたアホな事言うて、可愛《かわい》い女の子の絵を描けって頼んだらしいねん。で、描いてもらったまではよかったんやけど、頼んで実体化さしてもらったら、その子にさえもフラれたらしい」

「絵にフラれはったんですか⁉」

「そう」

栗山に申し訳ないと思いつつも、大は、他の五人と一緒に爆笑してしまった。

この栗山の恋愛運の悪さは、単なる笑い話である。しかし、話の内容を考えると、真に驚くべきは総代の成長ぶりだった。
総代が描いて出したものは、犯人を自力で捕《つか》まえる動物達や、意思を持った女の子。

塔太郎の語る栗山の話では、どちらも短時間で消えたとはいえ、並の画力では出来ない芸当だった。

使いようによっては将来、そうして実体化させた人間に、簡単な警護や尾行をさせられるのではないか、というのは、玉木の意見である。

もはや魔術師のごとき総代の能力の開花に、経験豊富な深津や竹男、エースの塔太郎に至るまで、全員感心するしかなかった。

（凄いなぁ、総代くん……。ぼーっとしてたら、置いていかれるかも。私も後で、軽く素振りしようっと！　『古賀さん、弱くなった？』って笑われたら嫌やもん！）

大は、総代に憧《あこが》れに近い感情を抱き、同期として対抗意識を燃やすのだった。

京都御苑での修行・まさる部は、猿ヶ辻を監督役に据《す》えて、大と塔太郎の、二人だけのささやかな修行から始まった。

後には日吉大社《ひよしたいしゃ》の神猿《まさる》・杉子《すぎこ》も加わったが、今では、塔太郎が自らの修行に専念するため、無期限でまさる部から抜けている。代わりに、塔太郎の推挙によって、約一ヵ月半前から総代が加わっていた。

彼の実体化させる動物や武者達が、今、大の剣術の一つ「神猿《しんえん》の剣　第十一番眠り大文字《だいもんじ》」の練習相手として、非常に役に立っている。お陰で、大は眠り大文字の技を上達させる事が出来ていたし、他の技の練度も上がっていた。

さらに、陰陽師《おんみょうじ》隊員の鶴田優作《ゆうさく》や、傘《かさ》状の結界《けっかい》と薙刀《なぎなた》を振るう北条《ほうじょう》みやび、俊足《しゅんそく》の鈴木隼人《すずきはやと》といったメンバーも新しく加わり、時には、玉木も顔を出すようになっている。

仕事の都合で総代が欠席しても、大の他に、誰かが必ず参加している状態である。まさる部は、今や、本当の部活動のようだった。

大や総代も含めて、皆それぞれ、違った能力を持つ個性的なメンバーである。監督役の猿ヶ辻はもちろん、杉子も大達全員の特性を知り、考慮し、上手《うま》い具合に練習試合を振り分けていた。

試合での総代の勝率は、最初、決して高くはなかった。しかし、近頃の総代は、大どころか、優秀な陰陽師隊員である鶴田にさえ、勝つ事がある。

（鶴田さんに勝った時は、確か、先に出した牡鹿《おじか》の軍団で鶴田さんの気を引きつつ、こっそり、大きいモグラを描いてたんやっけ。そのモグラが地下に潜《もぐ》って、下から鶴田さんを穴に引っ張り込んだのが決め手やった。先週の試合で私に勝った武士も、鍔迫《つばぜ》り合《あ》いで一瞬だけ身を引いて、私の体勢を崩してた。その隙に、足元か

ら狐《きつね》が沢山飛び掛かってきて、私は負けてしもて……。どっちの時も、猿ヶ辻さん達が驚いたはったなぁ）

総代は短期間で、それほど腕を上げていたのである。

（あの文博《ぶんぱく》の事件ぐらいから、総代くんの中で強い決意や自信が芽生えて、意識も変わり始めたんちゃうかなぁ。それが今に繋《つな》がってるんかも。あの時も、そんな事を言うてたし……）

大はまた、総代に思いを馳《は》せていく。

皆と団欒《だんらん》する傍《かたわ》ら、心の中で秘《ひそ》かに、総代の絵のモデルになった日の事を思い出していた。

脳裏《のうり》に描けば、ついこの間の、四月の下旬。

文博として人々に親しまれる京都文化財博物館の襲撃事件に続いて、大を中心として皆で解決した祇園《ぎおん》の事件は、まだ記憶に新しい。

その大詰めの夜、大は、総代と一つの約束を交わしていた。それは、敵地に乗り込む際、「絶対に無茶はしない事」だった。

このひと言には、大が無傷で帰還するという意味も含まれており、怪我《けが》をしたり、約束を破ったら絵のモデルになると取り決めて、大は任務に就いたのである。

結果、大は明らかな無茶こそしなかったが、激高《げきこう》した犯人に顔に傷をつけられてしまった。事件解決後もしばらくはその痕《あと》が残り、全く無傷での帰還は果たせなかった。

大としては、総代の言う「怪我」は、流血等のひどい負傷だと思い込んでいて、擦《かす》り傷くらいは問題ないだろうと考えていた。

しかし、大の身を案じていた総代は立派な怪我だと言い、約束通り、大は総代の絵のモデルになったのだった。

その日の大の格好《かっこう》は、黄緑の着物に黄色の袴《はかま》をはき、足元はブーツ。これは、総代のリクエストだった。

貸スタジオに赴《おもむ》いた大は、よく似合うと褒め称《たた》える総代に背中を押されて椅子に座り、その後、幾度かポーズを変えてモデルを務めた。

柔らかな陽《ひ》が射すスタジオの中は、とても静かだったのを覚えている。大自身の、小さな息をつく音さえも、澄んで耳に残りそうだった。

大を見つめ、それをスケッチブックに描き写す総代の目は真剣そのもの。大も、彼の熱意に取り込まれるように純粋に、芸術の時の中に身を置いた。

椅子に座るポーズが終わると、今度は、床で足を崩して座るよう頼まれたり、髪に挿していた花かんざしを花束に見立てて、愛《め》でるようにと頼まれる。

最後の方は、大自身も若干《じゃっかん》乗り気になっていて、

「袴姿やし……。女の子やったら、こういう仕草《しぐさ》もするんちゃうかな」

と、スマートフォンを手鏡代わりに、指先で襟元《えりもと》をちょっとだけ直すポーズを提案していた。これは、頭の中で、着物好きの旧友・高遠梨沙子《たかとおりさこ》を思い浮かべながら考えたものである。

「いいね、それ！　古賀さんセンスあるね！」

総代は途端に高揚し、嬉々として鉛筆を走らせていた。

あれやこれやとポーズを取り続けて、どのくらい経っただろうか。総代が顔を上げ、

「ねえ、古賀さん。――僕のいいところって、何だと思う？」

とぽつりと口にしたのは、日もすっかり傾いた頃だった。悩んでいるような、考え込んでいるような表情である。

「……ええところって？　総代くんの、長所って事？」

気になって大が訊いてみると、

「うん。この前、東京の実家に帰った時にね、両親に絵の事を相談したんだ。相談っていうよりは、描いた絵を批評してもらったって感じかな。そしたら、悪くはな

いって言われたんだ」

「それは……、ええんとちゃうの？　確か、総代くんのお父さんもお母さんも、デザイナーさんで、絵に携《たずさ》わってる人やったっけ。ほなったらプロの人やし、その人に酷評《こくひょう》されたんじゃないんやったら、要は上手いって事なんじゃ……」

「要は、駄目だって言われたんだよ。はっきり言われなかったけどね。傷つかないように、そう言ってくれたんだ。有難いけど……、そういう遠回しが、京都の人に似てるよねー」

「京都の人かって、はっきり言う人も多いで？」

「知ってるよー？　絹川《きぬかわ》さんなんか根っからの京都人だけど、仕事のダメ出しがホントきついもん」

　総代のげんなりした顔に、大は思わず吹き出してしまう。ひとしきり笑い合ったところで総代は話を戻し、両親の真意を説明した。

「母親からは、絵は確かに上手いけど、『あなたの歴史が感じられない』って言われた。つまり、絵から滲《にじ》み出るような、僕の個性がないって事だと思う。あるいは、絵から滲み出る僕の内面……なのかな？　うん、まだよく分からない。分からないから、今、古賀さんに相談してみたんだ。とりあえずは、自分がどういう人間なのか、客観的に知ろうと思ってね」

「それで私に、自分の長所は何って訊いたんやね」

「うん。同期だったら訊きやすいし、よくも悪くも、正直に言ってくれるでしょ？

……で、何だと思う？」

「総代くんの長所……、なぁ」

大も首を傾《かし》げて考えたが、結論はすぐに出た。大自身、それに何度も助けられた
事があるからで、

「気負わず軽いところ、かな」

と言うと、総代は「えー？」と不服そうだった。

「何かそれ、僕が無責任な奴《やつ》みたいじゃない？　古賀さんには、僕がそういう風に
見える訳？」

「見える」

「えっ、嘘《うそ》でしょ⁉」

「うそ」

大が悪戯《いたずら》っぽく笑うと、総代は困ったように笑い、小さくため息をつく。大は、
総代を傷つけてしまう前に、

「ごめん、ごめん。総代くんがしっかりしてる人っていうのは、私、ちゃんと分か
ってるしな。去年の鎮魂会《ちんこんかい》で出会って以来、何度も一緒に戦ったもん」

と冗談を謝り、真剣に伝えた。

「私が言いたかった総代くんの長所は、私が落ち込んだりしても、『そんなの大した事ないよー』って軽く接してくれて、雰囲気を明るくしてくれるところ。岡崎《おかざき》で練習試合をした時もそうやったし、稲荷神社《いなりじんじゃ》の合同任務で負傷した時も、そうやった。総代くんと話してると、辛《つら》いのも何て事ないって思えて、元気が出る。そういうところが総代くんのええところやって、私、言いたかってん。そこが好きな人は、結構いはると思う」

「本当に？　……古賀さんも？」

「うん」

　総代が一瞬、すっと大の目を見つめた。心の奥まで見通そうとするような視線に、大は同期の戦友として、同じく真剣な目で頷《うなず》いた。

「……そっか。それが、僕のいいところなんだね」

「そうやで」

「ありがとう。ちょっとだけ、自分の事が分かったかも」

「どういたしまして！　いい絵、描けそう？」

「どうかなー？　今後次第。可愛い彼女が出来たら描けるかも」

「何かそれ、栗山さんみたい」

「嘘!?　うわー、あの人の何かが移ったのかな?」

真面目《まじめ》な話をしていても、やはり、ぱっと雰囲気が軽くなる。大は呆《あき》れ笑いしつつも、総代の天性の明るさに安心していた。

その性格は両親譲りなのか、あるいは、彼の半生の中で何らかのきっかけがあって、今の総代が作られたのか。気になって訊いてみると、総代自身も分からないと言った。

「どうなんだろう? 僕、気づいたら、今みたいになってた気がするし。そういう事も含めて、自分自身を知らなきゃなーって思うんだよね。何が自分のルーツっていうか、何が今の自分を作っているか、とか?」

「なるほど……」

だんだん哲学的な話になり、大も総代もうーんと唸《うな》る。

そのうち、総代の方が音《ね》を上げて写生を再開した時、大の頭にふと、一人の人物が浮かんだ。

「知りたいっていうたら……。私、最近、塔太郎さんの事が気になるねん」

「……坂本さん? 何で?」

好きだから、とは言えなかった。一瞬、同期の総代になら話してもいいかと迷ったが、結局、同期への信頼よりは、恋心を明かす恥ずかしさの方が勝《まさ》ってしまう。

ただ、塔太郎の事を知りたいと思う理由は、堂々と人に話せる別の理由もあった。

「四月の文博の事件で思ったんやけど……。塔太郎さんって、糸姫神社《いとひめじんじゃ》の奉納品が、祇園祭《ぎおんまつり》の山鉾《やまほこ》の懸装品《けそうひん》と似てるって、すぐに見抜かはったやろ？　その後犯人にも、久多《くた》や糸姫っていう地域の事を、京都という立場から見て説明したはったし……。武術や雷の凄さだけやなしに、そういう見識の広さはどっからくるんかなぁ、とか、どういう想いで『京都』を見たはるんかなぁ、とか……。上手く説明出来ひんけど、塔太郎さんの、そういうところが知りたいねん」

これも結局言えなかったが、スタジオの隅《すみ》に置いてある大のポシェットの中には、塔太郎から借りた『祇園歌集』が入っている。戦前の歌人・吉井勇《よしいいさむ》の歌集で、塔太郎が寺町《てらまち》通りの古書店で見つけたものだった。

その中の一首を塔太郎はいたく気に入り、祇園の事件で大が舞妓《まいこ》に扮《ふん》した時や、ここに来る前に円山《まるやま》公園で、そっと大に教えてくれたのである。

それも、塔太郎の内面を知る一端となった。今や大の中で、塔太郎は、文武両道の理想の人である。

そんな塔太郎の事を、恋する女性としてはもちろん、一あやかし課隊員としても、深く知りたいと思うようになっていた。

大の話に、総代はじっと耳を傾けていた。

「エースの武術だけじゃなくて、精神面も知りたいって事……かな？　古賀さんの中では。そういう事？」

「うん。そういう事やね。どういう心構えでいたら、京都府警のあやかし課隊員として、より優秀になれるか。より頑張れるか……。塔太郎さんの内面に、その手がかりがあると思う。もちろん、塔太郎さんだけじゃないで？　深津さんとか、竹男さんとか、琴子さんとか玉木さんとか。それこそ、栗山さんみたいな他の先輩達を知る事で、もっと成長出来ると思う」

「ふうん。なるほどね！　それなら、僕も分かる気がするな」

「やろ？　せやし、私の中では、総代くんも知りたい対象に入ってんねんで！　まさる部でどんどん吸収するつもりやし、次の試合では覚悟してな」

「おっ、言うねー。古賀さんは僕みたいに絵で戦う訳じゃないから、僕の何を盗んでくれるのかな。楽しみにしてるよ？」

　相変わらず、総代はころころと笑っている。しかし大は、彼が自身や絵の事について深く考えており、それだけは真剣な事に気づいていた。

　やがて総代は笑うのをやめて腿《もも》の上に手を置き、これから紡《つむ》ぐひと言ひと言を心に刻むかのように、自らの心情を話してくれた。

「僕はね、古賀さん。これからは自分を見つめ直して、もっと本質的に絵を上達させようと思うんだ。僕の『絵』で、京都の芸術を守りたい。そう思うようになったから、両親に絵の相談をしたんだよ。それが僕なりの、優秀なあやかし課隊員を目指す道なんだと思う。

　絵に関しても、線一本の良し悪しが、線一本の描き方から精神面まで、根本的に向き合ってみるつもり。線一本の良し悪しが、実体化でいかに重要か。それも、文博の事件で学んだしね。だから、何ていうか、しばらくは絵のタッチが変わって下手《へた》になるかもしれないけど、心配しないでね？」

　最後は冗談めかした総代だったが、大は笑わなかった。描き慣れたタッチを変える事が総代の研鑽《けんさん》であるならば、それは将来、あやかし課にとっても、また日本の芸術界にとっても、貴重なものだと感じたからだ。

「総代くんはやっぱり、あやかし課隊員であると同時に、芸術家なんやね。ほんまに頑張ってな。私、応援してるし！」

　総代は意外そうに目を見開いた後、これまで見せたこともないような嬉しそうな表情をして、照れて片手で顔を隠していた。

「芸術家って言葉、今までで一番嬉しいかも。ちょっと待ってくれる？　緩《ゆる》んだ顔を戻さなきゃ……」

「はいはい」

大は椅子に座ったまま苦笑して、総代が写生に戻るのを待った。自分の言葉で同期が喜んでくれた事が嬉しくて、大自身も、意欲的な同期を得た喜びでいっぱいだった。

「……さて！　応援してくれる古賀さんに甘えて、もうちょっとだけモデルを頑張ってもらおうかな！　お転婆《てんば》でもお上品、みたいなポーズをしてくれると嬉しいんだけど、どう？　そういうのって、男の僕じゃ想像に限界があるんだよねー」

「任しといて！　考えてみるわ」

大は、総代の望みに全力で応えようと、一生懸命ポーズを考える。そうして描き上がった絵は、どれも綺麗で愛らしい作品となっており、見せてもらった大も上機嫌だった。

顔だけは微妙に変えられており、絵のモデルが、大だと気づかれないように配慮されている。それも嬉しい点であると同時に、総代が、やはり根は真面目な人間だということを再認識した。

「これらに色を塗って、ネットにアップしてもいいかな？」

という総代のお願いにも、その信頼故に、大は快くOKしたのだった。

モデルになった日の事を思い返していると、やがて、塔太郎に肩を叩かれる。

「──大ちゃん？　何かボーッとしてたけど、どうした？」

「すみません、何でもないです！　色々考え事をしてたので」

大が答えると、塔太郎はそれ以上詮索《せんさく》せずに「そっか」と言い、

「さ、食器片付けて、午後も頑張ろか」

と立ち上がる。大も「はい！」と返事して、笑顔で立ち上がるのだった。


気温が上がって蒸し暑くなり、「いよいよ夏が来るなぁ」と、冷たい水が欲しくなる六月。喫茶ちとせに、鴻恩《こうおん》と魏然《ぎぜん》が現れた。私服ながら、八坂神社の祭神《さいじん》の使者としてだった。

祇園・八坂神社の西楼門《にしろうもん》に鎮座《ちんざ》する狛犬《こまいぬ》と狛獅子《こまじし》の彼らは、幼い頃から塔太郎の監視役だったという。しかしそれは名目上であり、実際は、雷を宿した塔太郎の体をサポートしたり、武術の指南役《しなんやく》を務めながら見守ってきた。

塔太郎が大人になり、雷が自由に使えるようになった現在も、その関係は続いている。

人間に化《ば》けて来訪した二人を、兄のように慕《した》って冷たいお茶を出す塔太郎はもち

ろん、深津や大達も、丁重《ていちょう》に彼らをもてなした。

一段落した後、世間話もそこそこに魏然が切り出した。

「伊根《いね》の八坂神社のご祭神が、塔太郎に会いたいと望まれているそうだ。うちや京都府警を通じて、伊根まで来てほしいという依頼があった。また、宮津《みやづ》の山王宮日吉神社《さんのうぐうひよしじんじゃ》のご祭神が、古賀さんに会いたいと望まれているらしい」

宮津市や伊根町は、京都府の北部・丹後にある。要はそこへ、塔太郎と大が出張せよという話だった。伊根浦《いねうら》周辺の氏神《うじがみ》は八坂神社であり、これは江戸時代、祇園の八坂神社から勧請《かんじょう》したのだという。

したがって、祭神はどちらもスサノヲノミコト。祇園の素戔嗚尊《すさのをのみこと》と、伊根の建速須佐之男命《たけはやすさのをのみこと》は、双子《ふたご》のような存在だという。

ただ、離れているために記憶は共有されておらず、性格もかなり違うらしい。

「府警本部からも今日中に、正式にこの話が来るはずだ。二人一緒に、丹後へ行った方がいいだろう。深津さん、二人の出勤日を調整してほしい。古賀さんは、猿ケ辻さんにも話しておいてくれ」

深津は早速了承し、シフト調整のために竹男を呼ぶ。

魏然の口から出た地域、神社の名を、大は脳内でおさらいする。その間、塔太郎は緊張しきった顔で、魏然に尋ねていた。

「八坂神社のご祭神が俺に……ですか？」

「そうだ。そんなに不安がるな。喚問《かんもん》の類《たぐい》じゃない。先方が、お前に興味を持たれただけだ」

魏然はぶっきらぼうに返したが、表情は穏《おだ》やかである。

「向こう……、つまり、伊根の事は知ってるな？　丹後さえ知らないと言ったら怒るぞ」

逆に魏然が訊き返すのへ、塔太郎はほっと息をつく。すぐに顔をくしゃっと緩めて、笑顔で答えていた。

「もちろん知ってます！　京都の海に面したところって、丹後しかないですしね。昔、両親と一緒に、海水浴とか釣《つ》りに行った事があるんです。なので、景色は覚えてます。伊根は確か、『海の祇園祭』をされている地域でしたっけ」

「何だ、ちゃんと知ってるじゃないか。伊根の八坂神社は、七月になるとその伊根祭で忙しくなるらしい。だから、今月中に会いたいとの事だ」

「ありがとうございます！　光栄です」

塔太郎が頭を下げるのに対し、魏然は黙ってお茶を飲んでいる。隣に座る鴻恩が、ぽんと魏然の肩に手を乗せた。

「もう少し、喜んでやったらどうだ？　かの丹後王国のご祭神が、直々《じきじき》に塔太郎をお呼びになった。凄い事じゃないか。ちとせに来るまでは、お前も嬉しそうだっただろ？　それとも何か。あんまり喋ると褒めちぎるから、無表情で誤魔化して……」

「違う」

照れ隠しのように、魏然がすかさず鴻恩の足を踏んだ。鴻恩は、いつも通り「いてっ」と笑うだけ。全く動じず、今度は大達に話しかけていた。

「――ま、そういう事だよ。俺達は、それを伝えにここへ来たんだ。塔太郎の元気な顔も見たかったしな。向こうのご祭神はお優しいから、おもてなしを受けて泊まりになるかもしれないな。そういうつもりで準備してくれ」

「はい。承知しました」

塔太郎が頷くと同時に、大も頭を下げてお礼を言う。大はその後で、気になった事を鴻恩に尋ねてみた。

「さっき言われた『丹後王国』っていうのは、今の丹後の事なんですか？」

「そうだよ。まぁ、愛称みたいなもんだから、別に独立国家って訳じゃない。伊根も宮津も、地図でもちゃんと京都府の一部だよ。宮津の天橋立《あまのはしだて》は特に有名だと思うけど、行った事はあるかい」

「実は、ないんです」

「そうかー。じゃあ、今回の出張で見られるよ。ちょうど古賀さんも、山王宮日吉神社へ行く訳だしな。宮津からもお声掛けを賜《たまわ》るなんて、さすがは『魔除けの子』だな！」

「ありがとうございます」

当たり前のように、鴻恩は大を「魔除けの子」と呼ぶ。大はそれを光栄に思いつつも、身の丈に合わぬ称号だと感じて照れ臭《くさ》くなった。

そのくせ、鴻恩達に今の自分を知ってほしいという気持ちが芽生えてくる。大はついつい、猿ヶ辻に連れられた日々を話すのだった。

「一月に日吉大社へご挨拶《あいさつ》した後、猿ヶ辻さんが、京都の色んなところへ私を紹介して下さったんです。七条《しちじょう》の新日吉神宮《いまひえじんぐう》や、他の神猿さんが祀《まつ》られている京都の各所へも、猿ヶ辻さんと一緒にご挨拶に行きました。宮津にも日吉大社の神様……山王権現《さんのうごんげん》様が勧請されて、ご鎮座されてるんですね」

「そうだよ。山王宮日吉神社が、今の宮津の、総産土《そううぶすな》の神様なんだって。多分、日吉大社のご祭神が、向こうに古賀さんの事を話したんじゃないかな」

「嬉しいです。『魔除けの子』として、ちゃんとご挨拶が出来るよう頑張ります！」

こうして、大は日吉大社への挨拶以来二回目、塔太郎にとっては初めての、神々への公式訪問が決まった。

京都市から、北西に向かうと宮津市。さらにその北北東に伊根町がある。

訪ねる順番は、初めに宮津、その後で伊根である。移動時間なども考慮した結果、鴻恩の言う通り一泊での出張となった。

その後、府警本部に置かれている人外特別警戒隊本部《じんがいとくべつけいかいたい》からも、正式に丹後への出張命令が届く。

加えて、宮津には京都府警が擁する沿岸警ら隊が置かれており、そこへ深津が赴く事になった。

「という訳で、俺も行かしてもらうわ。沿岸警ら隊の人らに言うとくし、塔太郎と古賀さんも俺と一緒に行って、ご挨拶したらええよ。ただ、俺は他の仕事もあるし、終わったら泊まらんと帰るわ」

深津の出張の目的は、神仏との面会ではなかった。深津と、丹後地域を管轄《かんかつ》するあやかし課隊員の幹部、ならびに、沿岸警ら隊との三者の会議らしい。

喫茶ちとせから三人が出張する事になり、話が大きくなってきた。さらに、竹男が半ば気ままに、

「丹後王国いうたら、何といっても海の幸やわなぁ。琴子、ちょっとリサーチしてくるけ？　ちょうど、何か新しいメニュー入れよう思ってたし」

と提案すると、琴子が乗り気になった。

琴子は普段、仕事と育児を両立させて忙しくしているだけに旅行に憧れており、

内心では、大達の出張を羨《うらや》ましがっていたらしい。

「竹男さん、それほんまですか⁉　私も行っていいんですか⁉」

目を輝かせて喜んだ琴子は早速、実家に息子を預かってくれるように頼み、深津の許可も得て参加する事となった。四人目の参加者である。深津だけは日帰りなので、伊根に泊まるのは三人だった。

大にとっては、初めての社員旅行みたいで何だか楽しい。祖父母も親戚も京都市内、あるいは、その近辺に住んでいるため、お盆やお正月さえも遠出しない大は、

「琴子さん！　めっちゃ楽しみですね！」

「なー⁉　こんな機会、滅多にないもんな⁉　今ちょっと調べたら、伊根にはイルカも来んねんて！」

「嘘⁉　ほんまですか⁉」

と、琴子と一緒に手を取り合い、頬《ほお》が緩みっぱなしだった。

深津も竹男も、

「お前ら言うとくけど、一応仕事やぞ？」

と、苦笑している。そして、その傍らでは塔太郎さえも、神様から会いたいと言われた事が嬉しいのに加えて、皆と出かける事を喜んでいた。

やがて、車の運転は交代ですると決まり、民宿の予約等、具体的な話になってゆ

く。

塔太郎は凜々しい眉《まゆ》をふんわり和《やわ》らげて、

「俺も、今から緊張してきた。泊まりがけやしな」

と言いながらも、どことなく浮足立っていた。

大はそこでようやく、「塔太郎と一泊する」という色めいた事実に気づき、慌《あわ》てて手洗いへと駆《か》け込んだ。

閉じたドアを背にして、洗面台の鏡をちらと見る。案《あん》の定《じょう》、自分の頰は真っ赤だった。

落ち着け、落ち着け。多分、皆にはバレてへんはず……！　と深呼吸していると、ドアの向こうから琴子の声がした。

「大ちゃん、大丈夫ー？」

ノックの振動が背中に伝わる。慌てて手洗いに入ったので、皆を心配させたらしい。

「だ、大丈夫です！　ご心配なく！」

「ほんまに？　なら、ええねんけど」

納得したように、琴子の気配が離れていく。大はもう一度深呼吸したが、胸の鼓動は全く鳴りやまなかった。

（竹男さん達が言わはった通り、これは仕事……。仕事やけども！　塔太郎さんと、ずっと一緒にいられるって事？　ちとせや、事件現場じゃない場所で、朝も夜も？）

塔太郎とは、夜勤を何度も一緒に務めている。しかし、夜勤は仕事であるし、通報が入れば現場に向かうので、何かと忙しい。ゆえに、たとえ塔太郎と二人きりでも、色恋に惚《ほう》けている暇はない。大自身、仕事だからと、努めて己《おのれ》を律していた。しかし今回の出張は、祭神への訪問の後、伊根の民宿に泊まる予定である。つまり、訪問が終わればプライベートに近かった。

夜の丹後で遊び回る訳ではないが、琴子も含めて、塔太郎と一緒に夕食を取って、同じ屋根の下で眠る。当然、その時間は、仕事から解放されている。場所とて、見慣れた京都の町ではなく、旅先というに相応《ふさわ》しい港町。夜空の星もさぞかし綺麗だろう。

そこが夜勤と違うのだ、と、自分の中の恋心が勝手に騒ぎ、ふわふわ浮かれ出していた。

（どうしよう。仕事やのに、嬉しいのが止まらへん……。私、塔太郎さんに、変な事を口走ったらどうしよう？　旅行は、何かに操《あやつ》られたように恋が盛り上がるとか何とか、前に梨沙子も言うてたし……！　何か、自分が信じられへんくなってきた。心臓もたへんかも……）
浴衣《ゆかた》姿で涼んだり、布団《ふとん》に入ったりする塔太郎を想像しては恥じて、大はその場にしゃがみ込んでしまった。
出張当日は、よく晴れた日だった。深津を除いた大達の服装は、普段通り、制服
の和装。鴻恩達を通して、先方からそのようにという指示があったからだ。
「伊根・宮津の両ご祭神いわく、『普段の制服で来てほしい。その方が、相手の事
がよく分かるから』との事だ」
大達はこれに従い、行き帰りの運転中の人だけ袴の裾《すそ》を上げ、足元はスニーカー
を履《は》く事になった。
出発直前に玉木が、
「こんな天気だと、海のある丹後は綺麗でしょうね。景色の写真、撮ってきて下さ
いね」
と言って琴子に手を振り、竹男が車内へ袋を差し入れて、
「持ってけ、持ってけ！　大丈夫や、経費で買うたから！　深津も、パーキング寄
った時に飲んだらええ」
と上機嫌で言いながら、大達に沢山の飲み物を持たせてくれた。

大達は、京都市街の西の沓掛《くつかけ》インターから高速道に入り、京都縦貫自動車道を北西へ走る。先頭は深津のバイクであり、その後ろを走るのが、大達の乗る車だった。

連日の雨が上がったばかりなので、青空が何となく湿っぽい。水で溶かしたような雲が、あちこちに流れていた。

交代で運転するという話だが、大はまだ教習所に通っている最中で、免許を持っていない。申し訳なく思いつつ助手席に座り、運転する塔太郎達にお茶を渡したり、ダッシュボードの中の物を取ったりという補助役に専念していた。

助手席の後ろには琴子が座って丹後の本を読んでおり、その横の塔太郎は、流れる景色を眺めている。

運転席から声がして、

「古賀さん、ごめん。僕のスマホが鳴ってるみたい。代わりに出てもらっていい？」

という総代の頼みに、

「はーい。了解です！」

と、大は元気に答えた。運転席と助手席の間の、ドリンクホルダーに入っている総代のスマートフォンを取る。

「電話じゃなしに、アラームやったよ」

大が画面を見せると、総代は一瞬だけ横目で笑い、

「しまった。切るのを忘れてたんだ」

と言うので、大が代わりにアラームを切ってあげた。

今、車には四人が乗っている。大、琴子、塔太郎、そして、総代である。

鴻恩と魏然が来た翌日、総代までもが、出張に加わったのである。それを勧めたのは、総代が所属している伏見《ふしみ》稲荷大社氏子区域事務所、その所長を務める絹川だった。

彼女は、最近の総代の急成長にいたく感心しており、色んな経験を積ませて、絵の実力を伸ばしてあげたいと考えていたらしい。

ちょうどその折、深津との電話で丹後への出張の話を聞き、海辺の町ならばよい刺激になるのではと絹川が直感して、深津に頼んだのである。

互いの業務に差し障《さわ》りがなければ問題はないので、深津も、絹川の申し出を受け入れた。

深津からこの話を知らされた大は、総代の絵の事を応援していたので、

(総代くん、喜ぶやろうなぁ。海辺の町なんて、絵の題材になりそうなもので溢れてるやろうし)

と、深津や琴子同様、総代の参加を喜んだのだった。

塔太郎は、総代が来ると聞いてわずかに驚いた顔をしたが、数秒考えた後、

「天然の芸術の中に身を置く事は、絶対にいいと思います。総代くんも一緒に行きましょう」

と言って、彼の参加をより後押しした。

深津と絹川が一連の理由を添えて本部へ申請《しんせい》すると、あっさり許可が出て、今、こうして総代が運転しているという訳だった。

楽しそうにハンドルを切る総代の横顔を、大はぼんやりと眺める。その後で、気づかれないように塔太郎の顔も見た。

(それにしても塔太郎さん……。まさる部では、自分の代わりに総代くんを推《お》したり、今回も、総代くんの参加を後押ししはった。ひょっとして塔太郎さんは今、総代くんを気に入ったはんにゃろか⁉　最初の私の時のように、そのうち、自分で面倒を見たいとか……⁉　いいなぁ総代くん！　私も塔太郎さんに気に入られたい！)

そんな事を考えて、大は、一方的に総代へ嫉妬する。膨れっ面《つら》の視線に気づいた総代が、

「えっ、何⁉」

と、驚いていた。

一行はトラブルもなく宮津に入り、昼前に沿岸警ら隊を訪問した。

彼らの拠点の一つ、宮津警察署に着くと、何と目の前が海である。潮風《しおかぜ》の中、紺《こん》碧《ぺき》の海の向こうにデッキクレーンのついた大型船や対岸の山が見える、というロマン溢れる風景に、五人はいたく感動した。

大達は、沿岸警ら隊の歓迎を受けて挨拶した後、船体の側面に「京都府警察「たんご」と書かれた警察用船舶を見せてもらう。

警ら隊と会議する深津と別れて後、大達は宮津警察署を辞して山王宮日吉神社を訪問し、祭神・大己貴神《おおなむちのかみ》と大山咋神《おおやまくいのかみ》にも、温かく迎えられた。

彼らは、特に大に対して熱い視線を注《そそ》ぎ、

「京都の神猿さんのもとで、よく頑張っているそうだね」

「大変だろうけど、体は大事にしないとね」

と言って交代で大の頭や刀を撫で、魔除けの力を流してくれた。

自らの持つ魔除けの力が、神々の持つそれと混ざって一層潤《うるお》う。それを感じた大は、二柱《ふたはしら》に深々と頭を下げ、同行者の三人を含めて、支えてくれている皆に感謝したのだった。

山王宮日吉神社を出た大達は、天橋立を眺めながら海岸沿いの道路を北上し、次の訪問地である伊根浦に向かう。

　伊根浦は、南に伊根湾や若狭湾《わかさわん》の広がる漁港であり、伊根湾の入り口には、地元の信仰を集める無人島・青島《あおしま》がある。この神聖なる小島が防波堤代わりとなっているので、伊根浦の海は、年中穏やかだという。

　また、伊根浦の最大の魅力は、「舟屋群《ふなやぐん》」という独特の風景である。

　建屋の一階部分を、くり抜いたような船着場にして、二階が住居という漁業の町ならではの家々が、逆さのUの字のように、海岸沿いにずらりと並んでいる。

　一階に海水が入り込んでいるので、船着場からそのまま、小船で海へ漕《こ》ぎ出せる仕組みだった。

　この町並みは、江戸末期からほとんど変わらないという。ゆえに、京都市の祇園《ぎおん》新橋《しんばし》や、清水《きよみず》の産寧坂《さんねいざか》、嵯峨《さが》鳥居本《とりいもと》と同じく、「重要伝統的建造物群保存地区」に指定されていた。

　車の窓からこの舟屋群を見た琴子は、身を乗り出すようにして興奮しっぱなしだった。

「凄ーい!? 映画で出てくる港町そのまんまやん!? こんなん絶対、魚が美味《おい》しい場所やん!」

　気づけば、琴子は持参したらしいカメラを向けている。手軽なコンパクトカメラではなく、一眼レフカメラ。振り向いた大は本格感漂うそれに驚き、琴子をまじまじと見つめてしまった。

「琴子さん、それ、プロが使うやつじゃないですか？」

「いやー？　初心者でも使えるで？　デジタルやし……。宮津の時は遠慮しててんけど、こんな景色を見たらなぁ。出さずにはいられへんやろ！」

そんな会話から、琴子の趣味が実はカメラだという事を、大はこの時初めて知った。

詳しく訊けば、今回の参加も、伊根の魚料理のリサーチと併せて、写真も撮るように竹男から頼まれているという。

さらに、てっきり竹男によるものと思っていた喫茶ちとせのメニューの写真も、実は、琴子の撮影である事が判明した。

「初めて知りました！　仕事しながら、メニューの写真が美味しそうやなぁって、いつも思ってたんです！」

「ありがとう。私、撮るのも好きやけど、写真集を見るのも好きやねんか。でも、ほら、プロみたいに上手いわけちゃうし……。それで、何か恥ずかしくって、誰にも言うてへんかってん。玉木君には、ちょっとだけ話してたんやけど」

「それで、玉木さんが琴子さんに、景色の写真を頼んだはったんですね」

「そう。責任重大やんなー？」

琴子は嬉々としてレンズを海に向け、まだ遠くに見える舟屋群を撮っている。

その傍らで、塔太郎に運転を代わってもらった総代も、後部座席で鉛筆を手にして、流れる景色を写生していた。集中するあまり、大と琴子の会話さえ、耳に入らないらしい。

一生懸命スケッチブックに向かう総代もまた、感動で頬を紅潮《こうちょう》させ、真剣みに溢れている。バックミラーでその姿を見た塔太郎が、小さく呟いていた。

「まさに、海の神様が治めるに相応しい土地やな。さっそく、琴子さんや総代くんに恵みがあったみたいや」

「そうですね」

「……向こうのご祭神は、どんな神様なんやろなぁ」

「きっと、お優しい神様ですよ」

塔太郎の横顔が、時折硬くなる。伊根浦が近づいて緊張していると気づいた大は、努めて笑《え》みを絶やさないようにした。あれこれ塔太郎に話しかけると、信号待ちの時にお礼を言われる。

「大ちゃん、ありがとうな。だんだん緊張がほぐれてきたわ」

「いいえ。お役に立てたなら！」

自分の想いが伝わったと分かり、大はもう一度微笑んだ。

今回の訪問先である伊根浦や八坂神社への案内役は、当然の如く、あやかし課隊員が務める。生まれも育ちも伊根浦で、伊根浦の事務所に配属された二人が担当するという。

その待ち合わせ場所は、伊根湾を航行する遊覧船。乗り場で合流するのではなく、遊覧船に乗るよう指示された。理由は、その隊員達が今は海のパトロールに出ており、帰りに船で合流するからだという。

遊覧船乗り場に着いた大達は、腕章を付け、半透明になって乗船する。いざ出航した船が湾の中央まで出ると、甲板《かんぱん》からはキラキラ揺らめく海面と白線のような引き波、そして、舟屋群の全景と青島が見渡せた。

大達や観光客が見惚《みと》れる中、沢山のウミネコや鳶《とび》が、鳴き声を上げてこちらに飛んできた。

鳥達は、歓迎するように低空飛行したり、旋回《せんかい》して潮風に乗っている。時折、子供が餌《えさ》を放り投げると、器用に空中で食べていた。その様子を、総代が甲板の端で写生しており、琴子も首から下げたカメラで撮影していた。

京都の鴨川で食べ物を広げると、鳶がすぐさま奪いに来る。しかし、伊根の鳥達は行儀がいいのか、観光客を襲わない。遊覧船と並行して飛び続け、甲板に下りて休憩する鳥までいた。

事件の気配など微塵《みじん》もない、平和な港町。穏やかで美しい海も相まって、大達は伊根浦がすっかり気に入っていた。

あとは、あやかし課隊員の船が来るのを待つだけ……と、大や塔太郎、琴子は、少しだけリラックスする。鳥達と話しながら写生する総代を甲板に残し、和気藹々《わきあいあい》と一階に下りていた。

それから、わずか数秒後。甲板から突然、鳥の鋭い鳴き声がした。

さらに直後、

「うわあっ⁉　ちょっと、やめてよ⁉」

という総代の悲鳴も上がる。大達はハッと顔を上げ、ただちに甲板へと駆け上がった。

「総代くん⁉　どうしたん⁉」

甲板では、十数羽もの鳥が総代に激しく群がっている。ウミネコが嘴《くちばし》で突《つつ》き、鳶は体当たりして、いつの間に来たのかカラスまで総代を襲っていた。

総代が半透明なので、他の観光客は誰も気づかない。しかし、大達からすれば異常事態であり、鳥達の豹変《ひょうへん》ぶりに戸惑《とまど》うばかりだった。

よく見れば、鳥達の狙《ねら》いは総代のスケッチブックらしい。猛攻の合間に口々に、

「スケッチブックを奪え！」

「何しに来やがった、こいつ！」

と叫んでおり、その中で、

「伊根の秘宝は渡さん！」

という言葉が一羽から出たのを、大は確かに耳にした。

（秘宝？）

と思ったが考えている暇はなく、

「総代くん、スケッチブックを放して！」

と駆け寄ると同時に、塔太郎が鳥を追い払う。しかし鳥達は容易に引き下がらず、総代も絵描きの矜持《きょうじ》ゆえか、決してスケッチブックから手を放そうとはしなかった。

そのうち、一羽のウミネコが隙をつき、総代からスケッチブックを奪ってしまう。そのまま海へ捨てられてしまい、

「駄目だって、それだけは！」

と叫んだ総代が、躊躇《ためら》うことなく海へ飛び込んでしまった。

「総代くん！」

大は真《ま》っ青《さお》になって甲板から身を乗り出し、塔太郎が、ただちに龍《りゅう》となって救助にあたる。乗組員は誰もその事態に気づかない。遊覧船は進んでいくばかりで、あ

っという間に、総代を置いて遠ざかってしまった。

二重遭難を避けるため、大と琴子は船に残らざるを得ない。代わりに甲板から、鳥達に懸命に訴えた。

「何で彼を襲ったんですか⁉　私達は、京都府警の人外特別警戒隊で……！」

「腕章もちゃんと付けてるやんか⁉」

必死な大達と腕章を見て、鳥達は、ようやく己の間違いを察している。総代が海に飛び込んでしまったのも予想外だったらしく、申し訳なさそうに低空飛行で捜索し始めた。

しかし、総代はもちろん、塔太郎も潜ったままである。不安になった大が海を凝視《ぎょうし》していると、龍の塔太郎だけが勢いよく海面に上がった。

「塔太郎さん！　総代くんは……⁉」

「心配すんな、すぐ出てくる！」

「え？」

その直後、海面に影が見えて、小さく盛り上がる。そこから顔を出したのは一頭のイルカだった。太陽の光を反射して表皮が艶《つや》やかであり、大達と同じ半透明だった。

そのまま泳ぎ出したイルカの背びれには、スケッチブックを抱《かか》えた総代がしがみついている。総代本人は口に入った塩水をぺっぺっと吐き出し、怪我もなく元気そうだった。

総代を見て安堵《あんど》すると同時に、大達は、半透明のイルカに目を奪われる。

すると、

「皆さん、お疲れ様ですー！」

と、イルカが人の言葉を喋り、挨拶のようにひと鳴きした。

弾《はじ》けるような、可愛らしい女の子の声。京都市内にも、人の言葉を話せる動物は沢山いるが、海には話せるイルカまでいるらしい。

既に、海中で出会ったらしい塔太郎がイルカについて説明しようとした時、沖の方から「おーい」というかすかな霊力の声がして、小型船が一艘《そう》近づいてきた。

この小型船も、丸ごと半透明である。操舵席《そうだせき》には、日焼けした肌にTシャツ、眼鏡《めがね》をかけた青年が見える。彼のTシャツの左袖には、あやかし課の腕章が巻かれていた。

この青年こそが、今回の案内人であるらしい。青年は、操舵室の窓越しに大達と目が合うと、霊力の通話で「伊根八坂神社氏子区域事務所　花村比奈太《はなむらひなた》」と名乗ってくれた。

「お疲れ様です。遥々《はるばる》よう来て下さいました。こちらに飛び移れますか」

比奈太の呼びかけに、大と琴子は足に霊力を流して跳躍《ちょうやく》し、小型船へ飛び移る。塔太郎も、龍から人間に戻って小型船に下り、総代を船へ引き上げた。

その後、イルカが一旦潜って海面からジャンプし、慣れたように船に飛び乗ってくる。

「よっ、と！」

イルカの声と共に、びたん、という音がデッキに響く。大達はまず、総代の無事を確かめた。

「大丈夫⁉　手足を傷《いた》めたとかない？」

「うん。ありがとう、古賀さん」

膝《ひざ》を折って気遣《きづか》う大達に、総代は濡《ぬ》れたスケッチブックを抱えて笑顔だった。

「心配かけてごめんね……！　でも、本当に大丈夫だよ。そのイルカが助けてくれたから」

感謝するように、イルカを指さす。その間、塔太郎が比奈太にお礼を言い、比奈太は照れ臭そうに手を振っていた。

「いや、助けたのは妹ですし。俺は船に乗ってただけで……」

「妹？」

大達四人は、一斉にイルカへ視線を向ける。すると、イルカは愉快そうに口を開けてぽんと音を立てて一瞬で変化《へんげ》し、ショートカットの少女になった。

競泳用の水着から見える肌は、比奈太と同じように日焼けしている。驚く大達を前に、少女は素早《すばや》く頭を下げた。

「初めまして！　兄と同じく、あやかし課隊員の花村葵《あおい》です！」

鈴張《すずは》りの目が眩《まぶ》しい、溌剌《はつらつ》とした少女。首から下げているメダルのようなペンダントともども、太陽にも負けぬ存在感だった。彼女はつい四月に採用されたばかりの、新米あやかし課隊員だという。

「私、イルカに変化する力を持ってまして。それで、地元の伊根の配属になって、兄の部下になったんです。今日は、兄と私が皆さんをご案内しますので、よろしくお願いします！」

花村兄妹は、あやかし課隊員としてはまだ下《した》っ端《ぱ》だが、生まれも育ちも伊根浦だという。したがって、伊根浦の地理等は熟知しているし、生き物達とも長い付き合いだった。

てっきり伊根の言葉も関西弁だと思っていた大達だったが、伊根の言葉は標準語がベースで、そこに伊根弁が混ざるという。

先の鳥達の件について比奈太も葵も謝罪し、

「先ほどは、本当にすみませんでした！　鳥達にも直接、謝ってもらわないとですね！」

と言った葵が腰に手を当てるやいなや、空《あ》いた手でペンダントを握り、息を吹いた。

メダルと思われたそれは、笛だったらしい。長く吹き鳴らした後、「代表の鳥さん、全員集合ーっ！」という葵の掛け声に、ウミネコ、鳶、カラスが、それぞれ一羽ずつデッキに下り立った。

彼ら三羽とも、操舵室の比奈太をちらりと見て、次に、目の前で仁王立《におうだ》ちする葵を見上げている。今から葵に何を言われるか分かっているらしく、申し訳なさそうに両翼を畳《たた》んでいた。

「あのー……。やっぱり俺達、怒られます？」

「はい、そうです！」

ウミネコが窺《うかが》うように訊いた瞬間、葵が総代に手を向ける。そのまま、よく通る声で鳥達を叱《しか》った。

「何でこの人を襲ったんですか⁉　ちゃんと腕章も巻いてるじゃないですか！　私達がこの人達と海で合流するって予定は、皆さんにもちゃんと伝えましたよね⁉」

「そ、そうなんですけど……。ホラ、最近、海で賊《ぞく》がうろついてたりするじゃないですか。その絵描きさんも、俺達にやたら伊根の地形を訊いては、周辺の景色をスケッチしてたんで……。何か変だと思ったんです。賊の下調べかなって。腕章は、カモフラージュとかそういうのかなって。だったら、俺達ウミネコ自警団の出番かなって」

その瞬間、隣のカラスが、

「は⁉ ウミネコ自警団? 俺らは『カモメ警備組』って名前に決まっとったやろうが⁉ 冬にカモメの旦那《だんな》が決めただろう⁉」

と、ウミネコに詰め寄る。そこに「え、伊根湾ホークスでは……」と鳶まで加わって口論し始めたので、葵が強制的にその場をまとめた。

「何でもいいですっ! とにかく皆さんの過剰防衛です! この件は、うちの事務所の日報に書いて、スサノヲ様にも報告しますからねっ!」

三羽から一斉に、「えぇーっ⁉ 勘弁《かんべん》して下さいよー⁉」という声が上がる。ウミネコ達の弁明を聞いた大達は、念のため、総代からも事情を聞いた。

「三羽の言ってる事は、間違いないよ。僕、伊根に興味が湧《わ》いて、鳥達に色んな事を訊いてたんだ。今にして思うと、その時からじろじろ見られてたなぁ。悪い奴を見張ってるみたいに……。古墳時代の剣が出土してるって聞いたから、僕が、『じゃあ海底にもお宝があるかもね』って言ったら突然……」

ウミネコの一羽が「賊だぁーッ!」と言いながら鋭い鳴き声を上げ、それに呼応した鳥達が一斉に総代を襲い始めた、という経緯だったらしい。

「絵描きのお兄さん、本当に申し訳なかった」

葵にこってり絞《しぼ》られた鳥の代表達は、小さい体を折り曲げるようにして謝罪する。

総代も、自分のスケッチブックがびしょ濡れになった事は残念がっていたが、それ以上は追及せず和解した。

鳥達が帰った後、比奈太と葵も、重ねて大達に謝ってくれる。その丁寧《ていねい》さに大達はかえって恐縮し、総代が水に流しましょうと提案すると、ようやく葵が笑顔になった。

「ありがとうございます！　せっかく京都から来てくれたのに、こんな始まりじゃ申し訳ないですよね……。では早速、伊根の八坂神社へご案内します！　お詫《わ》びじゃないですけど、伊根浦も沢山案内します。うちのスサノヲ様は、皆のおじいちゃんみたいに優しいんですよ！」

そこから一旦、舟屋の民宿に向かい、総代と塔太郎が予備の制服に着替える。葵も、セーラー襟のついたTシャツと短パンに着替えて、皆で八坂神社まで、徒歩で移動した。その道中、葵も比奈太もよく話し、大達を何かと気遣ってくれた。

聞くところによると、葵は今十八歳。大よりも年下である。一行の最年少で敬語を使うが、葵の言葉はほとんど標準語だった。

対する比奈太は二十五歳。こちらは塔太郎と同年代で、男同士通じ合うものがあるらしい。二人はすぐに仲良くなり、ダイビングや釣りの話で盛り上がっていた。

標準語に時たま伊根弁が入り、妹の葵や塔太郎に対して、

「お前、何言ってんだやー」

と笑って口にするのが新鮮だった。

伊根浦の道は基本的に一本道であり、海側に舟屋、山側に母屋《おもや》が連なっている。海へ繋がる小道や、昔ながらの木造建築、食品も扱う雑貨店、家の前でビニールシートを広げて、大量の小魚を干しているお婆《ばあ》さん……、といった伊根ならではの風景が、歩くだけで楽しめた。

人の生活の場なので、さすがの総代も写生は控えているし、琴子もカメラをしまっている。

ただ、干された小魚だけは、琴子がお婆さんに許可を貰《もら》って撮影し、総代が現像を頼んでいた。

そういった伊根の話題や発見は尽きず、葵が胸を張って、

「今夜、民宿に差し入れを持っていきますよ！　今の時期はトビウオが美味しいですから、お刺身にしましょうか？」

と言って大達を喜ばせる傍ら、比奈太が伊根浦のよもやま話をしてくれる。

伊根鰤《ぶり》とも称される鰤が名物で、かつては捕鯨《ほげい》も行われていた、伊根小学校では魚を捌《さば》く実習がある、漁協に行けば、出汁《だし》やつみれに使う小魚なんて幾らでも貰えて、先ほどのお婆さんが干していたのもそれだ……、という伊根浦の生活環境はもとより、「丹後王国」という名称についても、スラスラ説明してくれた。

「海があって大陸に近い関係から、古墳《こふん》時代の丹後半島は、王国レベルで栄えとったらしいです。もちろん伊根も含まれます。総代くんが鳥から聞いたという、剣の出土っていうのはそれですね。あと、伊根には浦島太郎《うらしまたろう》の伝説もありまして、宇良《うら》（浦嶋《うらしま》）神社《じんじゃ》に伝わる蒔絵《まきえ》の玉手箱《たまてばこ》が有名ですね。

神話だと、狙われた皇子《おうじ》達の逃げてきた場所が丹後で、これは、丹後王国の勢力が倭《やまと》政権と並ぶほどで、容易に手出し出来んかったゆえらしいとか……。なので、ここら丹後半島は、通り名としてでも、歴史的な意味でも、自らを丹後王国って言うとるんですわ」

そこに葵が入り、

「でも伊根って、京都の北の端で、兵庫からも離れてて、めっちゃ認識されにくいんですよ！　だから、『両方から認識されてへんて、私ら独立国家かーい！』っていうのが定番ネタです！　ね、お兄ちゃん」

「おぅ。パスポートのない奴は入れん」

という冗談には、大達も笑ってしまった。

優しい性格の花村兄妹は、訊けば大抵の事は教えてくれるし、二人でさえ分からない事は、「何ででしょうねー？」と、一緒に考えてくれるほど親切だった。

しかし唯一、鳥達が総代を襲った理由、そして大の、

「伊根には『秘宝』があるんですか？　賊って？」

という質問に対してだけは、

「……たまに出る噂《うわさ》です。賊っていうのも、密漁者みたいなものですよ。丹後では、アワビとかサザエとか、勝手に獲《と》る人がいるもんですから」

「ま、宇良神社の玉手箱の話に尾ひれがついて、そんな噂になっとるんかもしれんな」

というふうに返され、触れるなと言わんばかりに流されてしまった。

噂程度で、鳥があれだけ急変して、総代を襲うとは考えにくい。兄妹の説明を疑う訳ではないが、大達はつい顔を見合わせてしまうのだった。

しかし、今回の出張には関係のない話で、こちらに詮索する権利はない。秘宝の件は一旦忘れるしかなく、先を行く兄妹の後について八坂神社を目指した。

伊根浦を統《す》べる八坂神社の祭神・建速須佐之男命は、気さくで優しい神だった。

山へと続く参道を上った先の本殿《ほんでん》の前で、自ら境内《けいだい》を掃除していた。

一般の中年男性と何ら変わらぬ、ポロシャツにパンツ姿。掃除をしているので、頭にはタオルを巻いている。そのような姿でも大いなる神威《しんい》が感じられ、誰が見ても、彼が神仏であるのは明らかだった。

大達四人は、まず本殿にお参りしてから挨拶するものと考えていただけに、こんな対面は予想外だった。特に塔太郎は、一瞬信じられないように目を見開いて、

「えっ」

と言ったきり動かない。それを横目に、葵が建速須佐之男命へ駆《か》け出していた。

「スサノヲ様、こんにちはー！　今日は草取りですかー？」

まるで、近所のおじさんに会いに来たかのようである。スサノヲ様と呼ばれた男性も作業の手を止めて、

「おぉー、葵か。ご苦労さん。今日は可愛い服を着てるな。ばあちゃんに縫《ぬ》ってもらったか」

と葵の肩を叩き、比奈太にも、

「お昼、まだだろ？　本殿《うち》の中で食べてくか？」

と、昼食に誘っていた。

軽い雰囲気で兄妹に接するスサノヲを見て、戸惑う大達。比奈太が笑って説明す

る。

「伊根浦は、海と共に生きとるからな。つまり、海の神スサノヲ様は、皆のおじさんみたいなもんなんだ。スサノヲ様も、伊根浦の人間なら名前はもちろん、誰それが何を好きかまで、全部知っとるよ」

やがて、スサノヲが大達に気づき、

「おぉー、来《き》なったか。えーと、方言丸出しじゃあ、まずいよな」

と、照れ臭そうに頭を掻《か》く。箒《ほうき》や鎌《かま》を適当に片付け、頭を下げる大達に笑顔で自己紹介してくれた。

「遥々伊根へようこそ！　俺が……、ああ、そうじゃないな。私が、伊根浦の氏神、八坂神社の建速須佐之男命です。――こんな言い方でいいか？　格好つく？　悪いね。いつもは伊根の人としか喋らんもんだで、つい方言が出てしまうんだ。ま、頭切り替えて、皆さんにも分かる標準語だけにするからな。俺の名は長いだろう、まぁ、スサノヲさんと呼んだらいいよ」

本当に、どこにでもいそうな「地元のおじさん」である。祇園の八坂神社の祭神と、伊根の八坂神社の祭神、同一の神でもこうまで違うのかと、大達は驚くばかりだった。

（お声は、確かにそっくりやけども……）

大は昨年の七月、手違いで祇園の八坂神社の本殿に迷い込み、そこで、素戔嗚尊と会った事がある。

会ったといっても、素戔嗚尊の持つ圧倒的な存在感と神威に本能が震《ふる》え上がり、大は返事をする事さえ出来なかった。

そのように、「スサノヲノミコト」は威厳に満ちた厳しい神というのが、直接出会った大はもちろん、京都市内のあやかし課隊員達の共通認識である。

塔太郎に至っては、実父が八坂神社へ無礼を働き、自身も祭神の雷の力を得て、その力で火事を起こしたという過去がある。祇園の八坂神社や素戔嗚尊に対して常に罪悪感と畏怖の念を抱いているし、境内に入る事すら、控えた事もあった。

京都市から伊根に来るまで、普段と変わらないように見えた塔太郎。しかし、伊根の八坂神社で、何を言われても打擲《ちょうちゃく》されても仕方ない、と内心覚悟を決めている事を、大は知っていた。

大達四人は、もう一度スサノヲに頭を下げて挨拶し、スサノヲの言葉を待つ。スサノヲはその中で、

「坂本塔太郎は、あんたやな」

と真っ先に塔太郎に気づき、声をかけた。

呼ばれた塔太郎が、はっと顔を上げる。大もこの一瞬だけは緊張し、どうか神様

が、塔太郎さんを邪険にしませんように、と心から祈っていた。

果たして祈りは通じたらしく、塔太郎が少し不安げに、

「おっしゃる通り、坂本塔太郎でございます。お声掛けを賜り、恐悦至極《きょうえつしごく》に存じます」

と話し始めたところでスサノヲが穏やかに笑い、顔の前で手を振った。

「そんな緊張せんでも、普通に喋ったらええ！　あんたの生まれや父親の事は、既に大体知っとるよ。俺は、祇園の八坂神社から勧請された身で、祇園のスサノヲとは双子みたいなものだから。何も、取って食おうって訳じゃない。今日は、俺が会いたいと望んで、あんたに来てもらったんだから。そうだろ？　お客さんみたいに楽にしなさい。――よく来たね」

歩み寄って肩を叩く姿は、塔太郎を厭《いと》うものではない。ただ純粋に招いて労《ねぎら》っている、心広き神だった。

その事に、塔太郎も気づいたらしい。

「――ありがとうございます。お気遣い、心より感謝致します」

塔太郎の表情は、心からの安堵に満ちていた。

その後、スサノヲの誘いで昼食を共にする事になり、本殿の中へ招かれた。しかし、

「どうせなら、道の駅のところで食べるか。あそこは海の見えるレストランがあるからな」

　とスサノヲが言い出し、ぱちんと指を鳴らした。

　その瞬間、伊根浦の小高い場所にある観光施設「道の駅　舟屋の里伊根」の駐車場に、全員が瞬間移動したのである。神の力に大達は感嘆しきりだったが、葵や比奈太は慣れたものらしい。

「スサノヲ様、割と面倒臭《めんどうくさ》がりなとこがあるから……」

　葵がくすりと笑い、スサノヲも、「速くていいだろう?」としたり顔だった。

　道の駅では、伊根のお土産《みやげ》が沢山売られていて、二階がレストランになっている。青島と伊根湾が見渡せる展望台もあり、レストランからも同じ眺めが見えると評判だった。

　スサノヲは、大達にそれを見せたかったのと、琴子が伊根に来た目的を聞いて、レストランの豊富な海の幸を食べさせたかったらしい。

　伊根湾が見渡せる奥の窓際の席で、刺身や煮付の舟屋定食や海鮮丼《かいせんどん》、伊根産のイカめし、鯛《たい》めし、岩ガキなど、運ばれてきた料理を満喫する。どれも、京都市内では味わえぬ新鮮さだった。中でも鰤の刺身は絶品で、濃厚な味わいの中に、潮の香りが口内に広がった。

大や塔太郎、総代は、終始にっこり顔で平らげる。特にリサーチの使命を受けている琴子は、一品一品を大切に味わい、舌に覚えさせるように食べていた。

スサノヲが、それを嬉しそうに眺めながら自身も箸《はし》を進めつつ、今回の、塔太郎との対面の経緯を教えてくれた。

「実は五月にな、祇園の素戔嗚尊から手紙を貰ったんだ。正使が裃《かみしも》を着て、直接手紙を渡してくれた。要は親書だな。俺も返事を出したら、素戔嗚尊とは、大体そのまま文通になるんだよ。向こうから塔太郎の話を聞いたもんで、ちょっと興味が湧いたから会わしてくれよって頼んだんだ。それが、こうして実現したという訳だ」

それを聞いた途端、塔太郎が腰を浮かして身を乗り出し、卒倒しそうに驚いていた。

「ご祭神が、俺の事をおっしゃってたんですか⁉」

「まぁ、向こうは相変わらず言葉も文章も短いから、深くは聞けなかったけどな。ただ、自分から俺に話すほどだから、あんたの事は頭の隅に置いてるらしい。あやかし課の仕事を頑張っているからだろう。塔太郎、お前の持つ雷はいい気配だ。さぞかし、京都で綺麗に育ったんだろうし、今もそうなんだな。——ほれ、食え食え。それ、イカの燻製《くんせい》サラダだよ。美味《うま》いんだよー。山上さんも、この料理は特に覚えておくといい」

スサノヲが勧める通り、イカの燻製サラダは美味だった。

大達が管轄する八坂神社の氏子区域は、京都の中心部ゆえに、事件やトラブルが後を絶たない。

スサノヲいわく、それに対応して解決し続けるあやかし課隊員達の働きぶりを、祇園・八坂神社の素戔嗚尊はちゃんと認めており、厳しい顔の内では喜んでいるらしい。

当然、その中には塔太郎も含まれている。というよりはむしろ、エースである塔太郎の活躍ぶりや評判が、祭神の耳にも届いているという。

つまり、直接の対面は出来ずとも、祇園の素戔嗚尊も、塔太郎を認めているのである。

この時の塔太郎の喜びは、一体どれほどだったろうか。照れ臭そうに目を細めて俯《うつむ》き、スサノヲに頭を下げる。

それは、大も琴子も総代も初めて見る、まるで子供が親に褒められた時のような、そんな健気《けなげ》な塔太郎の姿だった。

「……スサノヲ様、この度《たび》は本当にありがとうございます。光栄です。もし許されるなら、祇園の素戔嗚尊様に感謝の意をお伝え頂いてもよろしいでしょうか。あ、いいえ、すみません。俺がご祭神に、頼み事をするなんて。鴻恩さん達にお願いして、自分から、何とか伝えるようにします」

「いいよ、そんな気を遣《つか》わなくったって。俺が祇園の方に伝えてやるよ」

「ありがとうございます……！」

今、塔太郎の実父は、「京都信奉会《きょうとしんぽうかい》」という宗教団体を束《たば》ねて京都に害を為《な》している。

その犯人達を、大や他のあやかし課隊員達と一緒に退治しているが、塔太郎自身、実子として責任を感じていた。

ゆえに、塔太郎にとってはスサノヲとの対面は、彼の人生において、非常に大きな意味を持っていた。伊根の八坂神社と祇園の八坂神社は正確には違う神社でも、同一の神であるスサノヲが自身をどう思っているのか、やはり嫌われているのではないかと、塔太郎はさぞかし不安だったに違いない。

しかし今、スサノヲは塔太郎を温かく迎え入れているだけでなく、スサノヲの言葉によって、祇園の八坂神社の素戔嗚尊も、塔太郎を嫌っていない事が判明した。

塔太郎は終始スサノヲにお礼を言い、自身を育ててくれた両親に最高の土産が出来たと口にしていた。

レストランを出た後は、展望台から伊根湾を眺める。大は、琴子や総代が景色に夢中になっている隙に、こっそり塔太郎へ話しかけた。

「塔太郎さん。伊根に来て、よかったですね」

「うん、ほんまに……。今日ほど幸せな日はないかもしれへん。親父《おやじ》とお袋、喜んでくれるかなぁ」

「喜ばへん親なんて、いないと思いますよ？　私でさえ、塔太郎さんが八坂神社にどれだけ気を遣ったはるか、知ってますから……。でも私、塔太郎さんにとって、もっと幸せな日が来ると思ってるんです」

「もっと？」

「はい。次は、祇園の八坂神社で、きっと素戔嗚尊様にもお会い出来ます。もっと幸せな日というのは、その日です！」

大が元気よく言うと、塔太郎が意外そうに目を見開く。伊根のスサノヲに会えただけでも夢見心地の塔太郎は、それ以上の事など考えられなかったらしい。

「俺が、あそこに……。……そんな日、来るかなぁ」

「はい。絶対に来ます！」

小さくガッツポーズして後押しすると、塔太郎が青島の先の、遥《はる》か彼方《かなた》をじっと見据える。やがて、ふっと微笑み、大に向き直った。

「……大ちゃんがそう言うんやったら、きっと叶《かな》うんやろな。何てったって、俺に幸福を運んでくれる、魔除けの子やしな」

そのひと言と笑顔が、大にとって、今日一番の幸せな瞬間だった。

初めて八坂神社との関係を打ち明けてくれた日や、祇園祭の宵山《よいやま》で、各山鉾へ熱心に挨拶していた塔太郎の姿を思い出す。

自分の責任と向き合う塔太郎は、この上なく精悍《せいかん》で美しい。

その横顔を、いつも一番近くで見ていたいと、大は思っていた。

道の駅を出た後は、もう自由時間のようなものだった。

誰よりもスサノヲがそういう時間を大達に与えたかったらしく、暑いからと海での遊泳を勧めてくれる。本来は、伊根の舟屋群周辺の海では泳げないが、半透明になり、スサノヲが傍らにいれば特別に許されるらしい。皆で民宿まで戻り、葵と比奈太から水着や浮き輪を借りた大達は、一階の船着場に出た。

水着になると、総代の背中の美しい千本鳥居《せんぼんとりい》や白狐《びゃっこ》や刺青《いれずみ》が露《あらわ》になる。葵と比奈太が驚き、

「すごーい！　めっちゃ綺麗ですね⁉」

「絵を出す能力と聞いてたけど、もしかして、背中のこれも実体化するのか」

しげしげと眺める二人の前で、総代が白狐を一匹だけ実体化させる。スサノヲが

喜んで、

「おー、よしよし。可愛いもんだな」

と、白狐を撫で回していた。

大や琴子が海に入ると、葵も体を冷やしたかったらしい。「このままで行くぜっ！」と言わんばかりに親指をぐっと立て、服のまま海に飛び込んでしまう。スサノヲが笑い、比奈太が呆れ顔で見守る中、イルカとなって泳ぎ回っていた。

大は浮き輪に入って漂い、琴子も、カメラでひと通り撮影した後は葵と泳いでいる。やがて、葵の背に乗れるようになると、

「見て見て、大ちゃん！　乗れたー！」

と、無邪気に手を振っていた。琴子を乗せた葵がひと鳴きし、

「山上さん、イルカに乗るのめっちゃ上手いですね⁉　全然重くないです。ってか、空気みたいに軽っ」

と称賛《しょうさん》しつつ、琴子に体が軽い理由を訊いていた。

それによると、琴子は、自身が半透明になれる事を応用し、体重だけを消しているらしい。

「この前、体重計の上で躍起《やっき》になって試してみたら、偶然出来てん！　今日までに何回か練習してて、葵ちゃんの上でも軽くなれるかな？　ってやってみたら、こん

な風に！」

体重は、どの年代でも、大抵の女性が気にする悩みである。大と葵は同時に「教えて下さい！」と頼み込み、琴子を師匠と仰いでいた。

しかし、いざ挑戦してみると、体重だけを消すのは難しい。さらに琴子の、

「こう、自分が半透明になろうとする瞬間に、それを逆にして一部だけ『無』にするみたいな……」

という説明も、あまりに意味不明だったので、大と葵は諦めてしまった。

照りつける日射しに対して、水温は冷たく気持ちいい。海底の岩が透けて見え、海藻《かいそう》がふわふわ漂っていた。

大が足で海藻の感触を楽しんでいると、船着場のコンクリートの縁《へり》に座る総代と目が合った。比奈太は民宿へ戻ったのかいなくなっており、塔太郎はスサノヲと話していた。

「総代くん、泳がへんの？」

「僕は、ちょっと遠慮しとこうかな……。水の中って、息が出来ないでしょ。怖くない？」

初めて知る、総代の意外な弱点である。大は遊覧船での事を思い出し、軽いバタ足で総代に近づいた。

「総代くん、泳げへんかったん？　遊覧船からは、あんなに躊躇《ちゆうちよ》せず飛び込んでたのに」

「あの時は、スケッチブックを取り返そうと必死だったからねー。火事場の何とかってやつかな？　火事じゃないけど……。って、僕、別に、泳げないんじゃないよ⁉　入る気がしないだけ！　むしろ、ここに座って古賀さん達を写生する方が、僕にとっては有意義だし……！」

カナヅチが恥ずかしいのか、総代が顔を赤らめて必死に手を振る。誤魔化すように鉛筆を取って写生に精を出す様子が、何だか面白かった。

「確かに、泳ぐ人って、こういう時しか写生出来ひんもんなぁ。私でよかったらどうぞ！　向こうに、琴子さんとイルカの葵ちゃんもいはるし、そっちの方がいい？」

大の指先を追って、総代が沖に目を向ける。すいすいと泳ぐ葵や琴子、そして大を見ていると、総代も徐々に羨ましくなったらしい。

「いいなぁ。僕も、イルカか魚になれたらなぁ」

他愛《たあい》ない会話にスサノヲが気づき、塔太郎から一旦離れて大達へ近づく。

「じゃあ、なればいいじゃないか。遊び相手として、伊根の魚達も呼んでやろう」

両手をぱんと叩き、大達に自らの力を分け与えてくれた。

大が体の変化を感じて潜ってみると、海中でも息が出来るようになっている。□

から小さく空気の泡を吐いているのに、肺は少しも苦しくなかった。

視界もよく、魚のように自由に泳げる。大は、スサノヲにお礼を言って大喜びで琴子に伝え、総代のもとまで戻って海の中へと誘い、皆で特別な素潜りを楽しんだ。

海中では、目に映る全《すべ》てが青色である。射し込んだ光が金針のように幾つも煌《きら》めき、底が見えないほど深い場所も含めて、陸上とは全く様相が異なっていた。

伊根湾はすり鉢《ばち》状で、岩場が多い。斜め下へ滑《すべ》るように、岩場の下まで潜る事が出来た。

そこから見上げると岩は巨大な建物のようであり、貝があちこちにくっついている。これが貝の棲《す》み処《か》で、魚達の隠れ場だと思うと、海底の町のようにも見えた。

やがて、スサノヲが呼んだ伊根の魚達が集まってきて、無数のイワシの群れが大達に挨拶する。大の前を、マダイが横切って「やぁ」と言う。やがて、エイ、アジ、カワハギもやってきて、縞《しま》模様の棘《とげ》を持つ魚が、大達の頭上を通り過ぎた。

葵が、

「あ、ちょんころばんさーん」

と無邪気に追いかけ、気づいたその「ちょんころばん」が、棘に気を付けながら葵に体を摺《す》り寄せる。イシダイの事を、伊根では「ちょんころばん」と呼ぶらしい。

琴子はまるで人魚のように泳ぎ回っていたが、総代は大の傍《そば》を離れない。呼吸が出来て溺《おぼ》れないと分かっていても、体が強張《こわば》ってしまうらしい。

(ごめんな、私が誘っちゃったから……。一緒に上がる?)

大が身振り手振りで促《うなが》すと、総代は笑顔を見せて、首を横に振った。

(折角の機会だし、もうちょっと頑張るよ。この景色を覚えて、後で絵に描きたいから)

総代も同じように身振り手振りで答えると、岩や魚達を見回し、その目に写し取ろうとする。

苦手な水の中でも尚《なお》、絵のために励む総代に大は胸を打たれ、

(さすがやね。私も、そのお手伝いをしたい)

と口の動きだけで伝え、手を差し出して総代の手を取った。

こうすれば移動出来る、もっとたくさんの景色が見られる、という大の提案に、総代も気づいたらしい。ほっとしたように大の手を握り返し、

(ありがとう。これなら安全だ)

と言うように微笑んで空気の泡を一つ吐き、手に力を込めた。大も微笑んで総代の手を引き、海中散歩や生き物達の観察を楽しんだ。

総代と手を繋ぎ、あっちの岩場、こっちの魚と巡っていると、葵が、

「古賀さんと総代さん、何だか、カップルのダイバーみたいですねー」

と囃《はや》し立てる。大は今更気づいて一瞬恥ずかしくなったが、総代の絵のためにこうしていると考えれば、手を離す気にはならなかった。

やがて、ようやく水中に慣れた総代が、冗談で指を絡《から》ませる。突然の恋人繋ぎに大はとうとう耐え切れず、(もう!)とむくれて手を解《ほど》いた。

そんな風に、しばらくの間、素潜りを楽しんでいた大達。しかし大は、いつまで経っても塔太郎が海に入ってこない事に気づき、首を傾げた。

(塔太郎さんは、何したはんにゃろ……?　もしかして、総代くんと同じで、実はカナヅチやったとか?)

総代と一緒に海面から顔を出してみると、塔太郎は船着場の縁に立っており、隣のスサノヲから伊根の説明を受けている。

大達が海の中を夢中で泳ぎ回っている間、二人は、ずっとそうしていたらしい。彼らの距離はすっかり縮まっており、ともすれば親子のようだった。

「坂本さん、スサノヲ様と話せて嬉しそうだね」

「うん」

見つめる大と総代に、塔太郎は全く気づいていない。

スサノヲが対岸を指さし、

「あの山裾《やますそ》に小さく見えるのが、我が八坂神社の鳥居《とりい》。その隣に、八幡神社《はちまんじんじゃ》がある。西には、大きな甍《いらか》が見えるだろう？　あれが正法寺《しょうぼうじ》だ」

と丁寧に教えるのに、

「はい。よく見えます」

と塔太郎は答え、暑さも忘れて対岸を見ていた。

続けて、スサノヲが「海の祇園祭」、すなわち伊根祭について説明する。祇園祭と称される祭なだけに、塔太郎は、この話を一番熱心に聞いていた。

「伊根祭はな、江戸時代から今日までの約三百年、伊根浦の人達が毎年やってくれるんだ。上の宮である八坂神社《うち》と、下の宮である八幡神社のお祭だ。海上安全や五穀豊穣を祈って、最も凪《なぎ》の時にやる。つまり、七月の二十七日と二十八日。まぁ今は、諸事情で最終の土日だ」

「京都市の祇園祭も七月です。やっぱり、通じるところがあるんですね」

「そうだよ。少なくともこちらは、同じ八坂神社という認識を持っている。海へ祭礼船を出す時のお囃子《はやし》も、祇園囃子というしな。

ただ、夏の海は凪で穏やかだ。そして魚が少ない。だから、漁師達はその時期に新しい網を作ったりする。そういう漁の手の空く時期、波の穏やかな時期に、伊根祭をするんだよ。そういう海との繋がりがあるのが、海の祇園祭と、京都の祇園祭の大きな違いだな。

二十七日の宵宮《よみや》には、伊根浦の人達が船を出して、海から神社にお参りしてくれる。翌日の本日《ほんび》は、今度は、伊根浦周辺に住まう他の神様達が祭礼船に乗って海上を渡御《とぎょ》し、我が八坂神社まで来てくれる。そういうお祭なんだ。舟に幟《のぼり》を立てた祭礼船と神楽丸《かぐらまる》を出す『例祭』の年と、祭礼船の他に、大きな船屋台《ふなやたい》も出す『大祭』の年がある。海の男達が、腕に血管を浮き上がらせて櫓《ろ》を漕ぐ様も、伊根祭ならではだ」

「海の生業《なりわい》と、八坂神社のお祭が結び付いたんですね。元は、祇園から勧請されたご祭神でも、伊根浦の人達と共に生きて、他の神様も交えて、独自の『海の祇園祭』になったと……」

「そうだよ。塔太郎、あんたは頭がいいな。いや、賢い賢くないじゃなく、心根が素直だから、文化の理解に長《た》けてるんだな」

スサノヲに褒められた塔太郎が、少年のように笑う。照れ臭そうに頭を掻く塔太郎にエースの面影《おもかげ》はなかったが、その代わり、大の胸がときめいて余るほどの可愛らしさ、そして、学ぶ事への純粋な一途《いちず》さがあった。

「塔太郎、そろそろ海に入って遊ぶか？　お前にも、息が出来るよう力を分けてやるぞ」

「ありがとうございます。でも、もう少し、お話を伺ってもよろしいでしょうか」

「構わんよ。こんな俺の話でよかったらなぁ」

「嬉しいです」

海面から眺める大は、塔太郎から目が離せない。神様と心を通わせるひたむきな表情はもちろん、前を開けた青いウインドブレーカーの間から、鍛《きた》えられた腹筋が見えている。

（塔太郎さん、私が見た事ない顔してる……）

照りつける太陽の下、逞《たくま》しい体に純朴《じゅんぼく》な笑顔という塔太郎の眩しさが、大の頬を熱くしていた。

そんな大の横顔を、総代に見られていたらしい。

「……古賀さん、僕が見た事ない顔をしてるね」

ぽつりと指摘され、大は慌てて海に潜った。

その後、大と総代、琴子や葵も海から上がり、スサノヲの話に耳を傾ける。

海上を勇壮に進む祭礼船とは、実際にはどんなものだろうか。戻ってきた比奈太や葵の話も聞きながら、大は想像を膨らませた。

すると、南から、一羽のウミネコが飛んでくる。ウミネコは一直線に大達を目指しており、やがて、息も絶え絶えといったように船着場の縁へ下り立った。

その様子には只《ただ》ならぬものがあり、案の定、ウミネコが第一声で頼った先は、

「比奈太、葵ちゃん、大変だよぅ」

と、やはり、伊根浦のあやかし課隊員である花村兄妹だった。

「何だ、どうした」

スサノヲが声をかけると、ウミネコが「あ、スサノヲ様……」と丁重に頭を下げ、

「大島《おおしま》の近くで、賊が出たんです。今、近辺の魚やイルカまで出張《でば》って、一生懸命、島に入らせないようにしています」

と、息を荒《あら》らげながら報告した。

大島とは、伊根町より東の海上に浮かぶ冠島《かんむりじま》の別称で、丹後半島で神聖化されている無人島である。京都府の府鳥とされるオオミズナギドリの繁殖地《はんしょくち》として、全域が国の天然記念物となっていた。

もちろん、人間は原則として入れない。葵が「えーっ⁉」と声を出し、

「大島に入ろうとしてるの？　何で？」

と訊くと、

「秘宝の事で……」

とウミネコが口走り、比奈太が目線で制していた。ウミネコも、すぐさま部外者の大達がいる前で要《い》らぬ事を言ったと悔《く》い、

「いや、あの、密漁者です」

と慌てて言い直したが、もはや手遅れと分かってしおれていた。

一瞬、花村兄妹が、大達に説明すべきか否《いな》かと迷う。その直後、伊根浦を守る氏神として、スサノヲが指示を出した。

「比奈太、葵。今すぐ行け。事務所には俺から言っておく。塔太郎達も現場に連れていけば、より心強いだろう。そのうち沿岸警ら隊も来るはずだ。令状が必要なら、無線か、霊力の通話で状況を報告してくれ。その後で出す」

秘宝の事には、一切触れなかった。花村兄妹も「了解です」とだけ答えて、それ以上は何も言わなかった。

今はとにかく、現場へ向かうのが最優先である。まず、イルカとなって葵が急行し、大達も、民宿に置いてあった自分達の武器を取ってから、制服に腕章を付けて比奈太の船に乗り込んだ。

緊急走行する比奈太の船は、彼の操舵の腕も相まって風のように速い。それでも、伊根湾を抜け、鷲岬《わしみさき》沖を進み、冠島付近まで行くのは時間を要した。

現場に向かう途中、比奈太が船外スピーカーを使い、周辺の漁船に避難を促す。大達は、犯人をすぐ見つけられるよう船首側のデッキに集まり、海の照り返しにも負けず若狭湾全体に目を凝らした。

総代が振り返り、操舵室の窓越しに比奈太へ問う。

「魚やイルカが犯人を止めてるって聞きましたけど、大丈夫なんですか？　乱獲《らんかく》されたりとかは……？」

それについて、比奈太は分からないという。

それどころか、

「さっきから霊力で葵を呼んどるんやが、応答がない。犯人に捕まったんかもしれん」

という発言に、大達四人は飛び上がるほど衝撃を受けた。

「あ、葵ちゃんが犯人に？」

大の声が、わずかに強張った。

「呼んでも答えない現状、その可能性が高い。猿轡《さるぐつわ》かガムテープで、口を塞《ふさ》がれとるんかもしれん。まさか犯人は、銛《もり》で突いたん違うやろな……」

先に現場へ向かった葵は、正体こそ人間でも、外見は完全なイルカである。もし、悪質な犯人が葵をイルカとして捕《と》らえたのなら、銛を使用する可能性は十分あった。

当然、それは兄として辛い憶測《おくそく》である。流血した葵が脳裏に浮かび、大はぎゅっと目を瞑《つむ》る。しかしすぐに目を開いて、比奈太に伝えた。

「とにかく、現場へ行って確かめましょう！　私、葵ちゃんを助けたら、すぐに

『眠り大文字』を使います！」

　腰に差した刀を軽く抱《いだ》く。柄頭《つかがしら》をぎゅっと握る大を、比奈太が不思議そうに見つめていた。

「眠り大文字とは？」

　代わりに塔太郎が説明する。

「大ちゃんが使える回復技や。あの柄頭で突いた相手が味方やったら、疲れや怪我を癒《いや》す事が出来る」

「どこまで出来るかは分かりませんが、全力を尽くします！」

　大も、力強く答えた。

　過去、大はこの技を、実戦で二回使った事がある。うち一回は、陰陽師の術で気絶した隊員に施《ほどこ》し、覚醒《かくせい》させる事に成功した。

　他には、邪気を払う魔除けの浄化《じょうか》を行った事もあり、今の大の「眠り大文字」は、捕縛《ほばく》・回復・浄化の、三役がこなせる技となっていた。

　救出した葵が重傷だった場合、怪我自体の治療は難しくても、疲労を癒して体力を保持する事は出来る。傷口から細菌や邪気が入らぬよう体を清浄《せいじょう》に保つ事も、十分期待出来た。

　そんな大の説明を聞いて、比奈太がわずかに頷く。

「それは助かる。海では、体力の有無が重要なんや。古賀さん、頼むわ」

「任せて下さい。あと、救護班ならもう一人います！」

大が総代の背中に手を添えると、総代も腰に巻いた袋から筆を出し、比奈太に見せた。

「薬は難しいですが、包帯とかなら無限に描いて実体化出来ます。あと、体を冷やさないような毛布や、日除《ひよ》けだって描けますよ！」

備品が限られる海上では、総代の存在も有難い。大達の言葉を取りまとめて、塔太郎が比奈太を鼓舞《こぶ》した。

「比奈太、心配すんな。葵ちゃんは絶対助けたる。琴子さんもいる。備えはバッチリや。船を操れるんはお前しかいいひん。海の事を一番よう知ってんのもお前や。俺らの方こそ、頼んだぞ」

この言葉を聞いた比奈太は、気持ちを立て直したらしい。

「ありがとう。やっぱり、人数おるのは大事やな。――いざとなったら、俺の運転は荒いぞ。ちゃんと摑《つか》まれよ」

そう言うと、船の速度をぐんと上げた。

操舵室に入った無線によると、宮津と舞鶴《まいづる》に船を置く沿岸警ら隊も、現場に急行しているらしい。ただ、いかんせん距離があり、最大速度で飛ばしても、時間がかかるとの事だった。

遠くの冠島の島影が、次第に大きくなってくる。無数の魚やイルカがこちらへ泳いできて周りを取り囲み、跳《は》ね回り、船と並走する。皆口々に現場の状況を伝えてくれて、海面から懇願《こんがん》した。

「早く、早く。葵ちゃんが捕まったよ」

「葵ちゃんは、僕らを逃がすために、自分だけで頑張ってたんだよ」

「船に通せんぼしたり頭突《ずつ》きしてたけど、賊の網にかかっちゃったんだよう。助けてあげてよう」

彼らの話から、葵が銛で突かれたのではないと分かり、とりあえず大達は安堵する。比奈太が無線でスサノヲに報告し、イルカや魚達を避難させてさらに進んだ。

やがて、無数の波が逆巻く海面に、小型船が一艘浮かんでいるのが見えてくる。操舵室より後方は荷物を積み上げて固定した、改造船だった。

向こうの船には操舵の者を含めて三人おり、デッキにいる一人は、ロープで縛られている葵である。比奈太の予想通り、口にはガムテープが貼られ、Tシャツを着た少女が、幅広の刃物を葵に突き付けていた。

明らかに、葵は人質《ひとじち》になっている。魚達の言った通り、網で捕らえられたのか、葵に怪我らしい怪我がないのが幸いだった。

「葵ちゃん！」

「葵」

大と比奈太の声が同時に漏《も》れて、緊張が走る。比奈太が船を近づけて、慎重に相手に呼び掛けた。

「こちらは、京都府警察、人外特別警戒隊です。霊力を持つ特殊部隊です。まもなく、沿岸警ら隊も合流します。速《すみ》やかに、武器を捨てて人質を釈放《しゃくほう》しなさい。繰り返す……」

船外スピーカーによる音声が、周囲の空気を震わせる。当然、向こうは耳を貸さない。少女が声を張り上げた。

「私、も、交渉します！　この人に怪我、させたくなかったら、ハイ、社長の指示に従う！」

ぎこちない日本語である。ただ、大達に怯《おび》えている様子は一切なく、初犯の者ではなさそうだった。

葵が顔を上げて少女を睨《にら》む。すぐに少女が「ダメ、動くな！」と葵の肩を押さえつけ、刃物を葵の喉《のど》にぴたりと当てた。

少女が持っている刃物は短いが、巨大魚も捌けそうな片刃《かたは》の剣。さすがの葵も、これを喉に添えられると怖いらしい。

しかし、葵は顔色《がんしょく》を失いながらも、気丈《きじょう》に首を横に振る。目線で懸命に、比奈太や大達に交渉に応じぬよう訴えていた。

相手の船には、少女の他には捕らわれている葵、操舵席にラッシュガード姿の若い男性がいる。それだけと思っていた大達だが、操舵室より後方に、もう一人誰かがいるのに気がついた。若い男性が時折後ろを気にしているので、どうやら、その一人が「社長」なのだろう。

そこまでは判断出来たものの、社長は、積まれた荷物の隙間からしか見えない。人影だけで性別すら分からない。塔太郎が操舵室へ行き、比奈太と何かを話す。その後、比奈太がスピーカーではなく霊力による声に切り替え、犯人達へ話しかけた。

「社長という存在がおるいう事は、会社ぐるみの密漁か？　要求は何や。何しに来た。人質を取っても、罪が増えるだけや」

やはり、犯人達も霊力持ちらしい。毅然《きぜん》とした、そして妹を捕らえられた怒りを含んだ比奈太の声が聞こえたらしく、少女がうっと怯《ひる》む。

それでも隙を見せなかったのは、修羅場《しゅらば》に慣れている証拠である。少女の代わりに操舵室の男性が、

「社長《ズオンジンリー》、どうぞ《チン》」

と後ろを向き、後方にいる「社長」を呼んだ。

悠然と、少女や葵のいるデッキに現れたのは、水着にウインドブレーカーを羽織った、ドレッドヘアーの男性だった。社長と呼ばれているだけあって目つきがカミソリのように鋭く、風にはためくウインドブレーカーが支配者のマントのようである。体もよく鍛えられており、デッキにいた大達は思わず身構えた。

「――やぁやぁ、どうも。地元の皆さん」

社長は愛想《あいそ》よく比奈太に手を挙げたが、顔が全く笑っていなかった。

「俺らは、一応『ダユイ水産』と名乗ってましてね。俺自身は、柄《がら》にもなくチェイヤン社長なんて呼ばれてるんすわ。で、まぁ、実は皆さんに、ちょっと訊きたい事があるんですすが……」

「何だ。聞くだけは聞いてやる」

「あーらら。答える気はねえってかい。伊根の秘宝はどこにあるかって、ただそれだけの事なんですがね。最初はこのお嬢さんに訊いたんですが、まぁー口を割ってくれなくて」

「そう、こいつ、知らないしか言わない！　だからテープ貼った！」

少女が忌々《いまいま》しそうに、覗《のぞ》き込むようにして葵を睨む。葵もまた、負けじと睨み返していた。その目には強い意志があり、絶対に吐かないと訴えていた。

（秘宝……！）

敵からその単語が出た瞬間、大はわずかに身を乗り出していた。

やはり秘宝は実在するのかと驚き、現にそれを狙う犯人がいる事から、その価値まで察せられる。

一触即発《いっしょくそくはつ》の中、比奈太は冷静に話し続けた。

「秘宝っていうのは、随分不透明な言い方やな。残念やが、俺も知らん。単なる噂だろう」

「本当ですかねぇ？　我々は聖なる冠島にあると予想して、さっき、そこに入ろうとしたんです。そしたら、魚やらイルカがうじゃうじゃ湧いて邪魔しやがった。で、逆にピンときたんです。伊根の秘宝は冠島か、あるいは海中にあるんだってな。じゃないと、海の生き物が自分の生き死に以外であんなに必死になる訳はない。だから、このお嬢さんを交渉材料にしてるんです。何、大まかな場所さえ言ってくれれば、後はこちらで探しますって。ちゃんとお嬢さんも解放しますよ。ヒントでもいいですから、言った方がいいですよ。嫁入り前の女の子の顔に、傷がついちゃうよ」

少女がぐっと葵を引き寄せ、今度は、剣を頬に近づける。嫌がった葵が身をよじり、刃《やいば》が一瞬だけ葵から離れた。

その刹那《せつな》、三人の前にふっと影が現れ、

「社長《ズオンジンリー》、危ない《ウェイシエン》！」

という男性の叫び声と同時に、龍が猛然と敵のデッキへ飛び込んだ。

大達にさえ知らせず操舵室から飛び出した、青龍《せいりゅう》の塔太郎である。話し合う時間がなく、比奈太だけがこの作戦を共有していたらしい。

比奈太がただちに船を走らせて、ダユィ水産の船に急接近する。少女とチェイヤンは反射的に飛び下がって龍の突進から逃《のが》れ、その隙に、塔太郎が縛られた葵を咥《くわ》えて比奈太の船に放り投げる。大、琴子、総代がデッキでそれを受け止め、葵の救出が成功した。

口のガムテープを剝《は》がし、大が葵に眠り大文字を施すと、疲労困憊《ひろうこんぱい》だった葵の顔色がよくなった。しかし、ロープがきつく縛られていて解けない。刀で切るのも難儀した。

向こうの船では、既にチェイヤン達と塔太郎の攻防が始まっている。塔太郎は人間に戻るのが間に合わず、大剣で刺そうとする少女に噛《か》みつこうとし、激しい牙《きば》を恐れて少女が素早く飛び下がった。

しかしその隙に、チェイヤンが塔太郎の尾を鋭い歯で噛み、塔太郎を道連れに海へ飛び込んでしまう。その恐ろしい顎《あご》はサメのものであり、海に入る頃には完全なサメとなっていたチェイヤンに引きずられて、塔太郎はあっという間に海に消えた。

大は真っ青になって自分も援護《えんご》に飛び込もうとしたが、咄嗟《とっさ》に琴子が止める。ダユイ水産の船は逃走し始め、比奈太もこれを追うしかなかった。

瀑煙《ばくえん》のような水飛沫《みずしぶき》を噴《ふ》き上げる追跡の最中《さなか》、比奈太が霊力で塔太郎に呼び掛けた。

「塔太郎、大丈夫か⁉」

応答はすぐにあり、

「大丈夫や！　すまん、かなり深いとこまで引きずり込まれた！」

という塔太郎の声が船外スピーカーからも聞こえた時、大達はほっとすると同時に、わずかに望みを繋いだ。

逃げる船に対して、空を飛べる龍は最も有効である。海から飛んだ塔太郎が操舵室を制圧して大達も乗り込み、一網打尽《いちもうだじん》にするプランは十分立っていたし、一度は失敗しても次は成功すると信じていた。

「サメのあいつが急浮上して、そっちに向かったと思う！　俺も急いで上に――」

むろん、塔太郎もそれを考えて、龍のままでいるらしい。ただちに浮上しようとしたが、比奈太がそれを止めた。

「ちょっと待て、塔太郎。お前、今、水深何メートルや？　光は届いとんか。周りの景色は何色や」

「緑色や。光は届いてるけど、まぁまぁ深いと思う！　けど、真上に行けばすぐ——」

「駄目や、上がるな。絶対に上がるな！」

「な、何で⁉」

「その話やと、多分、水深四十メートルぐらいや。そんな深いところから、速く上がったら駄目なんや。ダイビングの鉄則や。水圧の変化で肺が壊れる」

あっ！　と、大達も顔を見合わせた。陸上と海中とでは体にかかる圧力が違い、人間の場合は深く潜れば潜るほど、肺に相当な水圧がかかる。そこから急速に浮上すると、縮んでいた肺は戻るどころか急膨張し、壊れてしまうのだった。

「今の俺は龍やけど、それでもあかんか」

未《いま》だ海中の塔太郎は、焦りつつも冷静に尋ねる。比奈太もまた、追跡と操舵の手を緩めず、冷静に答えた。

「チェイヤンが急浮上出来たのは、サメという海の生き物ゆえで……、龍の、しかも元は人間のお前はどうなるか分からん。人間に戻った瞬間、肺が壊れるかもしれん。最悪、脳が死ぬ」

比奈太の恐ろしい説明に、大達は息を呑《の》む。塔太郎も自分の置かれた状況を理解して、急浮上は諦めていた。

「……最短で上がる方法を教えてくれ」

「斜め上方に向かって、ゆっくり浮上しろ。だいだい秒速十五センチ、つまり、時間は概ね十分かけろ」

「分かった。悪いけど、しばらく頼む！」

「おぅ。お前も気を付けて上がれ！」

会話が切れ、比奈太は海面に集中した。

そうこうしているうちに、サメのチェイヤンが海面に出ている。猛スピードで自社の船へ戻り、豪快に跳ねてデッキに下り立っていた。

人間に戻ったその表情は、憎らしいほど誇らしげだった。

「塔太郎君、十分も上がれへんの⁉」

琴子の叫びに比奈太が「そうです」と即答し、

「塔太郎がいればすぐに逮捕出来たんですが、痛いロスです。けれど、塔太郎の身の安全が最優先です」

おそらく、チェイヤンは塔太郎の手強《てごわ》さを見抜き、ゆえに、真っ先に塔太郎を沈めたのだろう。ダユィ水産の船は自らの目的を遂行《すいこう》するため、再び冠島へと近づいていた。

聖地への上陸を何としても阻止《そし》するため、比奈太の船も一心不乱に追いかける。すると、ダユィ水産の船が突如Uターンして、体当たりしてきた。

馬力も操舵性能も、そして耐衝撃性も、改造に改造を重ねて強化しているらしい。比奈太の操舵技術で正面衝突と大破は免《まぬが》れたが、こちらの船が大きく揺れた。大達は玩具のようにデッキを転がってしまい、手も足も出なかった。

その後も、追跡と攻防が続いた。ダユィ水産の船も比奈太の船も、猛スピードで走り続ける。相手の船に飛び移ろうにもタイミングが摑めず、立っている事さえままならない。葵をきつく縛っているロープを切る事さえ、ようやく出来たほどだった。

一同が歯嚙みする中、自由になった葵が勇敢《ゆうかん》に叫んだ。

「皆さん、迷惑をかけてごめんなさい！　お兄ちゃん。私、もう一度行く！　イルカになって下から体当たりして、あの船を止める！　その隙に……！」

その時、琴子が猛然と立ち上がる。水飛沫の絶えないデッキで薙刀を杖《つえ》にして、海を指さした。

「総代くん、サメやイルカを描けるだけ描いて海に放って！　大ちゃんは、比奈太くんの警護をお願い。葵ちゃんは、私と一緒に海へ来て！　船は私が仕留《しと》める。葵ちゃんに怪我はさせへんで！」

形勢を逆転させる勢いに、大達は弾かれたように動き出す。「了解！」と各々《おのおの》叫んだ後は言われた通りに動き、琴子と葵が海へ飛び込んだ。

やがて、イルカに乗った琴子が姿を現す。猛スピードで泳ぐ葵の上に乗って薙刀を手にする琴子は、さながら海の女傑《じょけつ》のようだった。

比奈太に、

「挟み撃ちを！」

と短く指示すると比奈太はそれに従い、イルカの葵と枝分かれになるよう犯人達を追いかける。ダユィ水産側もそれに気づいて船の方向を変え、今度は琴子と葵に向かって突き進んだ。

あわやぶつかると大は目を覆《おお》いたくなったが、葵が瞬時に泳ぐ方向を変える。同時に琴子が両足にありったけの霊力を流して、葵の背を踏み台に跳躍した。

一瞬の出来事でも、琴子の勇姿がありありと映る。跳躍しながら薙刀を大きく振り上げ、斜め上から打ち込む銛のごとく、船の操舵席を貫いた。

男が辛《かろ》うじて操舵室から転げ出て、一瞬、操舵席が空《から》になる。薙刀の切《き》っ先《さき》が舵に届いたのか、船の動きがわずかに鈍る。その頃には、総代の描いて出したサメやイルカ達が船を押して減速させており、比奈太の船が接近した。

琴子は素早く薙刀を抜き、一旦デッキに跳び下がって犯人達の確保にかかっている。葵も、今度は負けないという気迫で人間に戻って船に上がり、少女の足を払ってデッキに倒していた。

男が右手の指を変化させ、植物の蔓《つる》のようにして琴子の薙刀を絡め取ろうとする。しかし、琴子は瞬時にそれを一刀両断し、舞うように体を反転させて、薙刀の石突《いしづき》で男のみぞおちを突いた。

男が目を見開いてふらつくと同時に、走り寄った琴子がその胸倉《むなぐら》を摑んで放り投げる。その先には比奈太の船があり、既に簪を抜いて大から変化していたまさるが、男を受け止めて取り押さえた。

続けて少女を、と、琴子が葵の援護に走ろうとした瞬間、

「吹き飛べオラァ!」

というチェイヤンの叫びと共に、連続射撃の音がした。

伏せた琴子の頭上を掠《かす》めて海面を波立たせたのは、霊力の塊《かたまり》らしい。チェイヤンが手にしていたのは、荷物から取り出したと見られるマシンガンだった。

霊力を充塡《じゅうてん》し終えたらしいそれは、葵と琴子へ激しく襲いかかる。チェイヤンの目的は射殺ではなく、船首まで追い詰める事にあり、人質にされるのを危惧《きぐ》した二人は素早く比奈太の船へと飛び移った。

一方で、少女が操舵室へと走り、再び船を走らせる。見事と言いたくなるような

連携に比奈太の船も必死で食らいつき、絡み合うような追跡と攻防が再開された。

いつまでそうしていただろうか。遠く南西の方角から、一羽の鳶が猛スピードでこちらへ飛んでくる。鳶の足にはひらひらとはためく何かが握られており、大が紙だと認識した瞬間に、

「スサノヲ様の令状や！」

と、比奈太が叫んだ。

伊根の八坂神社の祭神・建速須佐之男命が発行した退治状である。援軍を得たような大達の雰囲気を、チェイヤンも即座に察したらしい。

「仕方ねえ、厄介な事になる前におさらばだ！　クーイン、秘宝は捨て置いて飛ばせ！」

「あいあい！　社長！」

少女の声と同時に、船のスピードが上がる。ダユィ水産は、ついに秘宝を諦めて逃走に切り替えたらしい。比奈太の船も追いかけようとしたが、

（もういい。一旦船を止めろ。令状を受け取って、海に入れてくれ）

というスサノヲの声が、鳶の持つ令状から聞こえてきた。

指示通り船を止めた比奈太の前に、鳶が下り立つ。再びスサノヲの声がして、

（退治状を出すほどの者達じゃないが、孫のような葵を捕まえた罰だ。少し、遊ん

でやろうと思ってな。塔太郎も海から出してやろう。——伊根浦を統べる、建速須佐之男命の神勅《しんちょく》である。どんとやれ！）

その瞬間、弾き出されるように人間に戻った塔太郎が、海面から飛び出す。そのままデッキへ、緩い曲線を描いて着地した。

「皆!?　ここは一体……！」

髪から海水を滴《したた》らせる塔太郎は、突然、自分のいる場所が変わった事に驚いている。まさるが傍まで駆け寄り、まさるの代わりに琴子が訊いた。

「塔太郎くん、大丈夫!?」

海の神であるスサノヲが浮上させてくれたためか、塔太郎の肺にも脳にも、異常はなさそうである。琴子と葵が状況を説明し、塔太郎も令状が出された事を理解する。その間、比奈太が鳶から令状を手早く、けれども丁重に受け取っていた。

比奈太が手に取った令状は光を放って変化し、古代の長剣となる。塔太郎と総代が同時に、

「十拳剣《とつかのつるぎ》……！」

と、その名を口に出していた。日本神話に登場する剣の一つである。

比奈太は迷う事なく十拳剣を右手で掲げ、力いっぱい海へと投げる。その十拳剣が音もなく海へ消えた瞬間、海全体が一瞬だけ光った。

こちらの船が止まっている間も、ダユィ水産の船はどんどん沖へ遠ざかる。しかし、数秒も経たぬうちに空が曇り出し、恐ろしいほどの風が吹いてきた。

そのさらに向こうの水平線にも異変が感じられ、葵が叫んだ。

「海面がうねってる！」

その瞬間、水平線が明らかに、山のような角《つの》をいくつも作り、あちこちで暴れ始めた。

大嵐である。それも、神威以外では考えられないような、規模と素早さである。

令状を通したスサノヲの力である事が、海を知らぬまさる達でもすぐに分かった。

衝撃を受けて海を凝視するまさる達に、操舵室の比奈太が指示を出す。

「嵐の狙いは、おそらくチェイヤン達や。けれど、俺らも呑まれる可能性がある。乗り越えるために直進する。皆何かに摑まれ、自分を保持しろ！」

再び比奈太が船を走らせ、正面から嵐に向かっていく。まさる達は拘束《こうそく》した男性も連れて操舵室近くまで下がり、手近なところに摑まって嵐に耐える準備をした。

遥か彼方のダユィ水産も同じ事を考えているのか、方向を変えず直進している。突《とつ》うなる嵐にダユィ水産の船がぶつかろうとした瞬間、角のような無数の波が、突如《じょ》八つに枝分かれした。そして、そのそれぞれが龍の上半身のようになり、チェイヤン達の船を襲い始めた。

嵐が作った龍の猛攻に、さすがの彼らも無力だったらしい。あっという間に、船は海の龍達に叩かれる。まさる達は、その凄《すさ》まじさに鳥肌《とりはだ》を立てて、呆然《ぼうぜん》とする他なかった。

「嵐がこっちにも来るぞ、船に摑まれ！」

比奈太の声がして、まさる達は、我に返って手摺《てすり》などに摑まる。

比奈太の操舵で、こちらにまで迫った大嵐を乗り越え、船全体ががくんと上下した。

その後、まさる達の船も幾度か嵐に襲われたが、スサノヲが調整しているのか、比較的優しい。未だに荒れて、嵐が止まず、海の龍が頭を出して暴れる沖合とは大違いだった。

こちらの船も嵐で揺れる中、琴子が手摺を抱くようにして呟いていた。

「犯人達は……、嵐に襲われて退治って事？」

すると、海のどこからか、スサノヲの声がした。

（退治まではしていない。奴らも、伊達《だて》に海の賊をやっているわけじゃないらしいな）

とすると、チェイヤン達はまだ生き残っているのか。仲間二人がやられているというのに、拘束している男性は全く顔色を変えていなかった。

その様子から察するに、スサノヲの言う事は真実であるらしい。

やがて、二人を発見した塔太郎が、

「あそこや！」

と勢いよく指さしたその先に、水上オートバイで龍達から逃げるチェイヤン達が小さく見えた。

船の中に、乗り物を隠していたらしい。二人とも救命胴衣を着け、この嵐を乗り越える気満々である。激しい運転のチェイヤンの背に、少女がぎゅっと摑まっていた。

「ナメんじゃねえ！　俺の名は千海洋《チェイハイヤン》！　幾千の海を越えた男よ！」

神をも恐れず高らかに宣言したチェイヤンは、驚くべきハンドルさばきで龍の間をくぐり抜けていく。豪快に崩れる龍の、波のチューブを振り切る手腕は、敵ながらあっぱれとしか言いようがなかった。令状を通しているとはいえ、スサノヲの龍なら尚更《なおさら》である。

彼らが男性の救出に来るのか、あるいは、そのまま逃げるのか。咄嗟に思案したまさるの背後で、

「比奈太！　構へんな⁉」

「おう、行け！」

と、打ち合わせていたらしい塔太郎と比奈太の会話が響き、塔太郎が走り寄ってまさるの背を叩いた。

「あの状態やったら袋のネズミや！　来い、まさる！　先回りや！」

その意味を理解したまさるは刀を携え、船首へ走って海へ飛び込む。同様に跳んだ塔太郎は再び龍となってまさるを乗せ、チェイヤン達のもとへ一直線に飛んだ。

向かう先は、斜めに巻き込むようして崩れていく波の端。つまり、波のチューブの先である。水上オートバイで波から逃れるチェイヤン達の行く手はそこしかなく、彼らが、待ち構えたまさる達に気づいても手遅れだった。

「社長、前！　前！」

「しまったあッ！」

チェイヤン達の目に、龍の背で刀を構えたまさるが映る。チェイヤンの叫びと同時に「神猿の剣　第一番　比叡権現突《ひえいごんげんづ》き」がその胸を貫き、チェイヤンと少女は水上オートバイもろとも波に呑まれた。

塔太郎が上昇して波から逃れ、まさるが下を覗くようにして海を見る。勝負ありとしたスサノヲの判断なのか、嵐が止んだ。やがて、すぐさま元の美しい、穏やかな若狭湾の景色が戻ってきた。

水上オートバイ、少女、そして霊力を断たれて気絶したチェイヤンが、漂うように海に浮かぶ。比奈太の船が彼らのもとへ駆け付けると、少女がチェイヤンを抱いてわーっと泣いていた。

「お前ら、何て事する⁉　社長、死んじゃったよーっ⁉　まだお給料貰ってないよーっ！」

すると、目を覚ましたチェイヤンが少女の胸倉を力なく摑み、

「勝手に殺すんじゃねえ！　あと、給料は先週やっただろうがっ！」

と凄む。少女は再び「フギャァーッ⁉　社長が生き返ったァ⁉」と叫んで涙を引っ込ませ、右往左往と泳いでいるうちに、あえなくチェイヤンと共に確保された。

無事、犯人全員を捕らえたまさる達は、応援に駆け付けた沿岸警ら隊の「たんご」「ゆら」と合流し、凱旋《がいせん》のようにして伊根浦へと向かったのだった。


戦い終えた大達は、沿岸警ら隊の「たんご」にチェイヤン達を引き渡した。

その「たんご」には、いつの間にかスサノヲも乗っていたのである。大達はスサノヲに丁重にお礼を述べた後、スサノヲを八坂神社へ送るついでに、チェイヤン達を伊根浦のあやかし課の事務所へ移送する事になった。

スサノヲは、

「葵、体は何ともないか。怖かったよなぁ。比奈太は、見事な操舵だった。去年より一段とよくなった」

と、最初に葵と比奈太の肩を叩いた後、

「古賀さんも総代くんも頑張った。山上さんの薙刀には惚れ惚れしたぞ。あれほどのものは滅多《めった》に見れまい。そして塔太郎、俺を乗せてくれよ！　犯人を捕まえた龍の背に乗って、悠々と伊根浦に帰ってみたいもんだ」

と言ったので、塔太郎は喜んで三度《みたび》龍となり、スサノヲを乗せて飛んだのだった。

「塔太郎、ご苦労だったな。先手は打たれたが、その後、よく俺の波に合わせてくれた」

「ありがとうございます。海中に沈められたのはお恥ずかしい限りで……。とにかく、犯人達を逮捕出来て、大島もご無事で何よりです。お力添え、本当にありがとうございました」

伊根湾の上空で、龍の塔太郎と、その背に乗ったスサノヲが会話している。元に戻った大は、手で顔に庇《ひさし》を作り、文字通り、神様が龍に坐《ざ》しているという神秘的な光景をデッキから眺めていた。

舟屋群に近づくにつれ、大達の間に他愛ない会話が戻ってくる。しかし、逮捕されたチェイヤン達はずっと黙っており、やがて、少女がふてくされたように言った。

「伊根の秘宝、ゲット出来なかったよ。それで、お金たんまり、と、思ってたのに」

よほど金品に執着《しゅうちゃく》があるのか、少女は下唇《したくちびる》を噛んで海を見つめている。男性も同様で、チェイヤンも「けっ」と鼻で笑ったが、内心ではやはり宝が欲しいらしい。

それを上空から見ていたスサノヲが、三人に声をかけた。

「なぁ、お前達。伊根の秘宝の噂を聞きつけて、大島へ行こうとしたんだろ？　誰から聞いたかは知らないが、どういう噂だったんだ？　『伊根の秘宝』が、何なのか分かってないのか？」

少女と男性は、小さく首を横に振る。チェイヤンが代表して答え、

「秘宝は実在するという事と、伊根にあるという事だけしか知らない。どんなに調べても具体的な話は出なかった。まぁ、噂の割にその程度しか情報がないって事が、かえって俺にガセじゃねえと気づかせたがな。嘘はお喋り、真実は無口っていう諺《ことわざ》が、俺の国にあるもんでな」

と、鼻で笑う。スサノヲも「ふうん」と鼻で笑い返し、

「じゃあ、秘宝が何なのかは、全くもって知らない訳だ」

と言うと、少女が割って入った。

「でも、凄く高い、めちゃ高いお宝とは聞いた！　売れば、億万長者になれるって！」

「そうか、そうか。億万長者なぁ。……まぁ、当たってるといえば、当たってるな」

「それ、本当⁉　やっぱり、お宝はある⁉」

「まぁまぁ落ち着け。犯人のくせに騒がしい奴だ。あんまりうるさいとガムテープを貼っちまうぞ。――今、丁度、俺達は伊根湾に入っている。一つ幻《まぼろし》を見せてやろう」

スサノヲが左手を海に向け、すっと横に振る。

すると、大達から見て西側の伊根湾から、笛や太鼓《たいこ》のお囃子が聞こえてきた。同時に、数隻《せき》の船が海を渡っているのが、蜃気楼《しんきろう》のように現れた。

ただの船ではなく、和船七艘を縄で絡めた上に、唐破風《からはふ》の屋台を載せた巨大なものである。屋台は全部で四基。それは、スサノヲや比奈太達から聞いていた海の祇園祭、すなわち、伊根祭の船屋台に他ならなかった。

スサノヲが過去の祭、その大祭の海上渡御の様子を、海に映しているのである。

無数の大幟《おおのぼり》に、傘や剣鉾《けんほこ》を立てた祭礼船が先頭である。その後ろを、化粧船や通い船も従えて行列をなし、五色の吹流し《ふきなが》を潮風にはためかせ、豪勢に海を渡る四基の船屋台。

　いずれの船屋台も、京都・祇園祭の山鉾と同じく、欄間《らんま》彫刻が施され、水引《みずひき》や見《み》送《おくり》を垂《た》らしている。まさに神々が船に乗り、海を巡航するのに相応しい備えだった。

「あれら船屋台はな、伊根浦の各地区が、幕末から明治にかけて趣向を凝らして作ったものなんだ。亀山《かめやま》地区の宝来山《ほうらいさん》、耳鼻《にび》地区の稲荷山《いなりやま》、立石《たていし》地区の神楽山《かぐらやま》、そして、高梨《たかなし》地区の蛭子山《えびすやま》の四つだ。その舞台の上で、歌舞伎《かぶき》をやる。伊根浦の人達が呼ぶ、播州《ばんしゅう》歌舞伎の一座だ。俺も、他の神々も、伊根浦の人も、皆それが楽しみなんだ。――こんな祭をやってくれる伊根浦の人達に、俺は感謝している」

　大達が感嘆して見惚れる中、スサノヲが、伊根の人々を慈《いつく》しむように言った。

「そういう一座を呼ぶのも、そもそも船屋台を海へ出すのも、お金がかかる。だから、船屋台の費用も含めて、伊根浦が潤った年にしか『大祭』はやらないんだ。鰤が何万本も獲れたとか、鯨《くじら》が獲れたとか、そういう時に大祭をする。その年に大祭をやるかどうかは、伊根浦が大漁だったかどうかで決まるんだ。海の幸が祭を決める。海の幸が、祭を作っている。――そこまで言えばお前達にも、特に、ドレッドヘアーのお頭《かしら》のあんたには、伊根の秘宝が何なのか察しがついとるんじゃないか」

「……伊根の食いもんだな」

「正解だ。まぁ、秘宝すなわち文化財と言うのなら、伊根祭の船屋台そのものや、宇良神社の玉手箱もあるんだがな。あれは室町時代のもので、鏡はもちろん、紅や筆まで揃《そろ》っている最上の化粧箱だ。そうじゃなくても、伊根の西北部にあたる薦池《こもいけ》地区には、薦池大納言《だいなごん》という小豆《あずき》がある。これはぜんざいにすると極上で、和菓子好きの者からすれば、ルビーにも劣らぬ宝だろうさ。そして何より、お前が今言った通り、伊根は海で獲れる生き物達によって生かされている。魚、貝、鯨、海藻。そして、青島を中心とした海と山！　それらが、漁業も観光も祭も、全部賄《まかな》っているんだ。自然の資源と、獲ったものをきちんと供養《くよう》する伊根の信仰心や文化それこそが、伊根の秘宝の正体だ。お前達の船では積み切れないよ。まぁ、ここまでくると、秘する宝とは言わなんだけどなぁ」

スサノヲが豪快に笑った。目の前に見える全てが、すなわち伊根の宝である。それを聞いた大は少しの異論もなく拍手を送りたくなり、総代も琴子も、スサノヲを乗せて飛ぶ龍の塔太郎も、船屋台の幻を見つめていた。

ただ、その壮大さは、少女には分からなかったらしい。

「秘宝、それ⁉　宝石じゃない⁉　魚⁉　私、ダイヤ欲しかったのに！」

「そりゃあ残念だなぁ。でも、獲れた魚は、お前の腹を満たすからいいじゃないか」

「食べるのは好き。でも、私は宝石がいい！」

「子供だな」

　スサノヲが少女をたしなめる。チェイヤンがまた、「けっ」と鼻を鳴らした。

「そんなもんだろうと思ったよ。初めから、密漁にしときゃあよかったぜ。まぁいい。出所したら、今度はその伊根の魚を乱獲してやる。鰤がよく売れるんだろ？　アワビも獲れるって聞いたぜ」

「おー、おー。やってみろ。あやかし課も沿岸警ら隊もいる。何より俺がいるんだ。今度は容赦《ようしゃ》せんぞ」

　最後のひと言の重さが、チェイヤンにはどすんときたらしい。胆力《たんりょく》のあるチェイヤンは怯えこそしなかったが、再犯は諦めたようだった。


　その後、あやかし課の事務所にチェイヤン達を引き渡して、その日の仕事を終えた大達は、民宿に戻った。民宿には、外出も出来る備え付けの浴衣風の服や甚平《じんべい》がある。着替えると、襟元から入る風が心地よかった。

　再び舟屋の一階に集まると、西の山に、穏やかな夕日が沈もうとしている。潮が香り、時が止まったかのような薄橙色《うすだいだい》の空は柔らかい。眺めるだけで、癒されるようだった。

　大は、船着場の縁に座って、ぽつりと呟いていた。

「何だか、壮大な一日でしたね」

氏神との対面から海上の大捕物《おおとりもの》、そして、明かされた伊根の秘宝の正体。矢継《やつ》ぎ早《ばや》の出来事に誰もが興奮しており、皆でうんうんと頷き合った。

総代が大の横に座りながら、

「僕も、伊根そのものがお宝って聞いて、映画を見ているようで感動した。僕達、お宝の中にいるんだなぁって思うと、何かロマンチックだよね」

と言うと、総代の背後に立っていたスサノヲが笑い、上から総代の頭をわしわしと掻いた。

「そうだろう、そうだろう。伊根の秘宝は素晴らしいだろう？　この夕景も、ぜひ写生してやってくれ。それもまた、伊根がもたらす恩恵だ。伊根は全てが宝。泥棒の船には積み切れない。……ま、海の賊共には、そう言っておけばいい。自然が大切なものである事には、変わりないんだからな」

そのひと言に、大と総代は振り向き、夕日に照らされるスサノヲを見上げた。

今の発言は、明らかに何らかの含みがある。気づいた塔太郎が、

「……伊根の秘宝が、別にあるんですか？　海の幸とかではない、本当の『秘宝』が？」

と驚きながら訊くと、

「そうだよ」

と、スサノヲははっきり肯定した。その途端、花村兄妹が狼狽《うろた》えた。

「スサノヲ様。それは……」

「あの、私達、上司にバラすなって言われてて……」

どうやら花村兄妹も、秘宝の真実を知っているらしい。さらにその事について、事務所からは箝口令《かんこうれい》が敷かれているらしい。ゆえに、八坂神社へ向かっていたあの時、二人は秘宝の話題をはぐらかしたのである。

しかし、スサノヲは花村兄妹を手で止めて、真面目な顔で言った。

「いいんだよ。氏神の俺が、自ら明かすんだから。お前達が怒られる事はない。事務所には俺から言っておく。遥々京都市から来て、秘宝を狙う賊の逮捕にあそこまで貢献してくれたんだ。今更隠すのは野暮《やぼ》だ。それに、いずれにせよ……、秘宝の存在は伊根浦だけじゃなく、京都府警のあやかし課隊員、その全員が知る日が必ずくる。それも近いうちにだ。だから、遅いか早いかの違いだけなんだよ」

今まで伏せられていたのに、近いうちに広まるとはどういう事だろうか。

大達はおろか花村兄妹まで困惑していたが、全てを知っているスサノヲだけが穏やかだった。

「今夜、午後八時前に、大浦中尾古墳《おおうらなかおこふん》に来てもらおう。比奈太と葵で、案内してやってくれ。そこで、本当の秘宝を見せてやろう」

日が暮れて夕食を取った後、大達は動きやすい服に着替え、時間通りに大浦中尾古墳に集まった。

花村兄妹の道先案内があったとはいえ、日没後の伊根浦は、わずかな町の灯《あか》りがあるだけ。山に囲まれた丘陵《きゅうりょう》は真っ暗だった。

伊根漁協の背後を登った先にある大浦中尾古墳は、横穴式石室《せきしつ》を持つ円墳《えんぷん》である。小高い場所にあるので青島や伊根湾が一望出来、朝日にも夕日にも照らされるという。

総代が鳥達から聞き、比奈太が話していた剣は、この古墳から出土した鉄刀だという。まさに、丹後王国と謳われていた古墳時代、海を支配する豪族が眠るに相応しい土地だった。

「ご苦労さん。来なったか」

懐中電灯を使って、辛うじて人影が分かるという宵闇《よいやみ》の中、先に来ていたスサノヲが手を挙げる。

「伊根湾の生き物達に、『秘宝』を呼ぶよう命じておいた。あまり見せるものではないから、短時間で消えてもらう。――そろそろだ。海をよく見ておけ」

自分達の持つ時計では、今、八時ちょうどである。何が起こるのかと真っ暗な海を見つめていたが、やがて、大達は一斉に声を上げた。

　夜の伊根湾で、七色に輝く何かが泳いでいる。炎さえ覆ってしまうような漆黒《しっこく》の海を、明らかに青島に近い大きさの超然たる巨体が、虹色の宝石のような光を放ち、厳《おごそ》かに、あるいは自由に、湾を遊泳していた。

　やがて、一瞬のうちに仰《の》け反《ぞ》って跳び、海面に体を叩きつけたその正体は、あまりにも巨大な鯨である。無数の宝石を呑み込みすぎて、自身がそれになったかのような、そんな輝きを大達に見せ、伊根浦全体を照らす。そうして潜った後は、再び海中から光を放って泳いでいた。

　とても、この世のものとは思えない。実際、不思議な事に、あれだけの鯨が跳ねたのに、伊根湾には波一つ立っていなかった。

　大達は、言葉を発するどころか息をする事さえも忘れて、光る大鯨を凝視する。花村兄妹も、実際に見るのは初めてらしい。

「お兄ちゃん。凄いね、あれ……」

「おう……。事務所で話に聞いてたよりも、ずっと大きいな……」

　伊根浦で育ち、海に詳しい二人でさえも、口から小さな息を漏らすばかりだった。

　ようやく、大が顔を上げると、スサノヲが腕を組んで微笑んでいた。

「あんな大きさやと、今頃、伊根浦の人達にも見えて、大騒ぎになってるんじゃ

「……」

「安心しろ。霊力のない者には見えていない。いや、霊力のある者さえ、ただの暗い海にしか見えていないはずだ。今、あの鯨が見えるのは、古墳に立つ俺達だけだよ」

「どういう事ですか？」

「おっ。ちょうど、鳥達が来てくれたぞ」

スサノヲが指さす夜空の先から、ウミネコ、鳶、カラスが飛んでくるのが見える。三羽で協力して大きな網を運んでおり、夜でもそれが分かるのは、網の中に、大量に光る何かが詰まっているからだった。

「スサノヲ様！　ウミネコ自警団が頼みに頼んで、特に綺麗なのを貰ってきました！」

「あっ、こいつまた！　俺達はカモメ警備組だと言っとろうに！」

「伊根湾ホークス……」

到着した三羽は、日中に総代を襲い、葵に怒られた鳥達である。未だにチーム名で揉《も》めている事に、葵が呆れていた。

「まだ言ってるの、それ⁉　早く決めたらどうですか？」

しかし、大達の目はもはやそれより、網から取り出された宝石の山に釘付《くぎづ》けだった。

海から上げたばかりで濡れている宝石は、どれも、人の拳《こぶし》一つと同じ大きさである。

ダイヤモンドのような白銀、ルビーのような深紅、サファイアのような紺碧、エメラルドのような翠緑《すいりょく》……と、輝きは目を瞠《みは》るばかりだった。

スサノヲの話によると、これは、今伊根湾を泳いでいるあの鯨の体内から出たもので、鯨が吐き出すか、あるいは、潮吹きと一緒に噴き出される事で、入手出来るという。

これらが全て本物の宝石であるならば、今、大達が目にしているものだけでも千億円はくだらない。チェイヤン達がこれを見たなら、目の色を変えてかき集めるだろう。

とすると、伊根湾を泳いでいるあの大鯨そのものの価値は、人間の通貨ではとても換算出来ない。換算出来ないどころか、宝石の値崩れを筆頭に、人間社会を変えてしまうような存在だった。

信じられない秘宝の正体に、大達は身震いする。スサノヲが宝石の一つを手に取って、大達に見せた。

「この宝石はな、潮流が持つ霊力や、海の生き物達が持つ生命力などが海に滲《し》み、何十年、何百年、あるいは、何千年とかけて結晶化したものなんだ。その名を『霊《れい》玉《ぎょく》』という。

赤いルビーのような霊玉は、生き物の血潮《ちしお》が結晶化したものだ。緑の霊玉は、海藻の栄養素が固まったものだろう。このピンクは……多分、伊根の鰤達の旨味《うまみ》だ。そういうものも、海では結晶化するんだよなぁ。

で、そういう命のような霊玉が集まり、固まり、生き物のように泳ぐようになったのが、あの鯨なんだ。だから、厳密には鯨じゃないが、俺達は『玉鯨《たまくじら》』と呼んでいる。今、鳥達に持ってきてもらったこれは、その玉鯨に吐き出してもらったものだ。……という事で、要は、玉鯨も含めて霊力の結晶なんだ。当然、霊力のない人には見えない。人間社会で使おうにも、まぁ難儀するだろうな」

玉鯨は、人の目の届かない海中の、奥深くにいるという。

その上で、魚やイルカ、鯨といった霊力を持つ海の生き物達が、人には理解出来ない独自の呪文《じゅもん》を用いて、その存在を隠し、守護しているとの事だった。

唯一、スサノヲノミコト等といった、海の神の命によって守護者達は動き、玉鯨の存在を露にして、伊根湾をはじめ特定の場所へ呼んでくれるという。

海を統べる神がちゃんと祀られて、獲った魚達を欠かさず供養するような地域でないと、海の守護者達の信頼は得られず、玉鯨にもお目にかかれないらしい。

当然、この瞬間、守護者達はもとよりスサノヲも伊根湾に神威を流しており、自分や花村兄妹、そして、大達にしか見えないようにしているのだった。

スサノヲの勧めで霊玉を一つ手に取ってみると、体温ほどに温かい。

「人間社会では使いにくいが、霊玉自体は凄いんだぞ。何せ霊力の塊だから、万能の資源になるんだ。空の灯油ストーブの中に入れれば、暖かくなる。ガソリンの代わりに車に放り込めば、走る。玩具に入れたら、電池代わりにもなるぞ。電気の供給源としても使えるな。さらに、食ったら美味いんだ。粉末にして大量に飲んだら、一ヶ月くらいは、飲まず食わずでもいけるんじゃないか。いや、それは言いすぎか。せいぜい半月くらいかな？」

いずれにせよ、霊玉だけで人間を生かす事が出来、何もかもが賄えるのである。

ゆえに、基本的に使ってはいけない。そういう神仏同士の取り決めが、実は存在するらしかった。

「この世界は、八百万《やおよろず》の神仏が創り上げて、人間や他の生き物達が整えたものだからな。一人の神の判断で、無暗《むやみ》に霊玉を使う事は出来ないんだよ。他の神様が怒っちまう。俺自身、伊根浦の人達が一生懸命自分達で文化を創り上げて、明るく生きている様子を見ると、『あぁ、霊玉なんかは、やっぱり観賞用に留《とど》めた方がいいよなぁ。広めない方がいいよなぁ』なんて思うんだよな。……そういう事を考えると、霊玉や玉鯨よりも、伊根の生き物や自然、人々の方が、よほど堂々と日向《ひなた》に出す事が出来るし、尊い宝かもしれないよなぁ」

スサノヲがしみじみと言い、持っていた霊玉を伊根湾に放り投げる。神の腕力で投げられたそれは、今なお遠くで泳ぐ玉鯨のもとへ吸い込まれるように消え、やがて、玉鯨の眩しい光と同化して分からなくなった。

秘宝の全貌《ぜんぼう》を知った大達は、しばらくの間、泳ぐ玉鯨を眺め続けた。短時間で消すと言ったスサノヲの言葉通り、だんだん光が弱まっていく。

霊玉の価値や凄さを知ると、同時に、新たな疑問が芽生えてくる。手近な岩にどっかり腰を下ろしたスサノヲに、大は再び尋ねた。

「霊玉や玉鯨の事を教えて下さって、ありがとうございます。でも、こんな凄いものを、何で私達に教えて下さったんですか?」

「だから言ったろう。いずれ、京都市のあやかし課隊員も知る事になるって。だから、先に教えてあげたんだよ」

「その、いずれ皆も知る事になるっていうのは……」

「祇園の八坂神社の祭神が、霊玉を分けてくれと申し出たからだ。五月に、向こうから親書を貰ったと言っただろう? 親書の内容は、その打診だったんだよ」

簡単には出せない霊玉を、祇園の八坂神社が求めている。その理由が分かるよう

スサノヲが場を和らげるように、腰を上げた。

「どっこいしょ……。ま、今、京都で何かが起こっている訳じゃないんだ。既に起こった事件は、塔太郎達が解決してくれているしな。……おっと、塔太郎！　謝るのはやめてくれよ。責めるつもりで、この話をしたんじゃない。むしろ逆だ。そのうち、京都信奉会の奴らは派手に行動するだろう。それは近いうちかもしれないし、一年後、あるいは十年後かもしれない。その『いつか』に備えて、祇園の八坂神社は俺に霊玉の供給を頼み、俺も、あの玉鯨から霊玉を採り、祇園へ送るんだ。そういう話が進んでいる。それを使って信奉会を迎え撃ち、京都の平和を守るんだ。――お前なら出来るよな、塔太郎。大丈夫だ。俺達神仏が一緒だ」

塔太郎は一度、ふっと目尻を下げる。しかしすぐに、エースというに相応しい表情となっていた。

「はい。必ず。よろしくお願いします」

氏神の信頼を得て、確《しか》と頷く塔太郎。それに続いて大達も戦う決意を述べて、塔太郎を助けると誓い合った。

やがて、玉鯨の光が完全に消える。伊根湾は元の平和な、静かな夜に戻っていた。

幕間　一

大浦中尾古墳《おおうらなかおこふん》から伊根浦《いねうら》の町に下り、大《まさる》達は、スサノヲを八坂神社《やさかじんじゃ》まで送り届けた。

民宿に戻った後は皆で伊根の地酒を飲み、花村《はなむら》兄妹が差し入れてくれたトビウオの刺身や料理をつまみ、色んな事を語り合う。

それは今後、京都信奉会《きょうとしんぽうかい》が動いたら協力し合おうという決起の宴《うたげ》であり、今日の事件解決の打ち上げや交流を深める場でもあった。大達と花村兄妹は、もうすっかり絆《きずな》を深めていた。

比奈太《ひなた》が塔太郎《とうたろう》を激励し、缶ビールを片手に赤ら顔の笑《え》みで、塔太郎と肩を組む。

「お前、実父の事でも何でもええから、困ったら俺《おれ》に相談しろよ！　話ぐらいは聞けるからな！」

新たな友を得た塔太郎も嬉《うれ》しそうにし、同じく、赤ら顔で頷《うなず》くのだった。

男三人、女三人、あるいは六人が一緒になって、霊力《れいりょく》の使い方や自分達の能力の事、出身地の事、地元の事を語り合う。

中でも、総代《そうしろ》の東京の話は葵《あおい》の羨望《せんぼう》を誘い、

「いいなー！　東京！　都会！　私、一度でいいから行ってみたい！」

と言うので大も、

「ほんまになぁ。私も、スカイツリーに上ってみたいねん」

と、両手でグラスを持ちながら相槌《あいづち》を打つと、総代が苦笑していた。

「えー、あそこ？　毎日混んでて、ゆっくり見学出来ないよ？」

それを聞いて大は些《いささ》かショックを受け、葵も、飲酒していないのに雰囲気で酔い、駄々《だだ》をこねていた。

「やーだー！　上りたーい！　それか、東京湾で泳ぐ！」

比奈太が兄らしく、珍妙なイルカ騒ぎになるからやめろ、と制していた。

やがて、花村兄妹が手を振って帰ると、それを皮切りに一人、また一人とばらけて、自然と宴がお開きになる。大もシャワーを浴びようと思い、琴子《ことこ》との相部屋に戻ろうとした。

その時、総代がそっと大に手招きして、廊下に呼ぶ。琴子も塔太郎もいないのを見計らって、そっと告げた。

「折を見て、一階の船着場に来てもらってもいいかな。一人で。話したい事がある

んだ」

「何？」と尋ねても、向こうは笑って「後でね」としか言わない。総代は先に行くと言って一階に下りてしまい、残された大は、目をぱちくりさせていた。

（また、モデルの相談とか……？）

総代と自分を結び付けるものといえば、仕事の話か、まさる部の話、あるいは、絵の話が大半である。

いずれにせよ、呼び出すというのは大事な話なのだろう。そうであれば尚更《なおさら》、酔いを覚ましてから行くべきである。

そう考えた大は一旦民宿の外に出て、夜風に当たろうとした。

すると、玄関のオレンジのライトに照らされて、ぼんやり立っている塔太郎がいる。訊《き》くと、彼も酔い覚ましに外へ出ているらしい。

「比奈太の奴《やつ》に、しこたま飲まされたしなぁ」

と、まだ頬《ほお》を赤くして笑う。大も、頬を緩《ゆる》ませて塔太郎の隣に寄った。

「そうでしたねぇ。お二人とも、めっちゃ楽しそうでした。比奈太さん、ガンガンに飲んだはりましたもんね」

「あいつの飲み方、ヤバいよな。明日仕事や言うてたけど、大丈夫なんかなぁ？」

「さぁ？」

　思いがけない、二人だけの時間。大の胸は小さくときめき、ほのかに笑い合う会話を楽しんだ。

　やがて締め括《くく》るように、塔太郎が背伸びする。

「俺、ちょっと、その辺散歩してから中に入るわ。大ちゃんは、もう寝るか？」

　即答出来なかったのは、塔太郎と離れるのが寂しいと思った他に、総代との約束が控えているからである。

　その感情がない交ぜになって、大の口からつい、正直な言葉が出た。

「あの、私、待ち合わせがあって」

　普通は、こんな夜更《よふ》けに約束なんてしない。すぐに塔太郎が、

「今から？　誰と？」

　と訊くのは、当然の事だった。

　同じ民宿なのですぐにばれるだろうと思った大は、

「総代くんとです。ここの船着場のところで。話があるからって」

　と話すと、塔太郎の表情が明らかに変わった。

　怒っているのではなく、それまでの笑顔が消えて、何かを考えるように目を落としている。

　どうしたのかと気になった大だったが、元々、酔いを覚ますためにここへ来たの

である。塔太郎との会話でそれなりに時間が経《た》っており、これ以上、総代を待たせる訳にはいかなかった。

「ほな、私、もう行きますね。おやすみなさい」

小さく頭を下げて、大は中へ入ろうとする。

その瞬間、塔太郎が動いた。

「行くな」

咄嗟《とっさ》に、手首を掴《つか》まれる。優しく掴まれているだけなのに、そこだけが、自分のものでないように熱い。突然の言葉と触れ合いに、大の世界の、あらゆる全《すべ》てが止まった気がした。

見上げた塔太郎の顔はひどく切なそうであり、ライトの淡い光を吸った瞳が揺らいでいる。おそらくは無自覚の、懊悩《おうのう》とも取れる塔太郎のその色気に、大は再び酔わされた気がした。

きゅうと胸を絞《しぼ》られ、頰が赤くなり、心臓がとくとくと鳴る。

「あの……。行くな、って……?」

ようやく言葉を発すると、塔太郎も数秒呆然《ぼうぜん》として、やがて正気を取り戻したように口を開いた。

「ごめん」

慌《あわ》てて詫《わ》び、大の手を放した後、引き留めた理由を明かしてくれた。

「ほら、大ちゃんも総代くんも、お酒を飲んでたやろ。船着場は足元が悪いし、ここよりもっと暗いし、危ないいんちゃうかと思って」

言われてみれば確かに、船着場は真っ暗である。花村兄妹ならともかく、慣れていない自分が足を滑《すべ》らせたり、踏み外《はず》して海に落ちないという保証はない。塔太郎が心配するのはもっともだった。

事情が分かれば落ち着く事が出来、大は、塔太郎の気遣《きづか》いに感謝する。

「ありがとうございます。でも、大丈夫ですよ。私も総代くんも、そんなに飲んでませんし。私も、酔ったまんまやとよくないと思って、一旦ここへ来たんです」

顔の前で手を振ると、塔太郎も、「そうか」と呟《つぶや》いて、もう止めなかった。

「それでも暗いし、ほんま気ぃつけや。総代くんにも言うといて。……おやすみ」

「はい。ありがとうございます。おやすみなさい」

大は、塔太郎と別れて中へ入り、立ち止まって未《いま》だに熱い手首を握った。

まさか塔太郎は、自分を求めてくれたのだろうか。いやそんな訳ない、塔太郎さんはただ後輩を案じただけで、本人もそう言っていた……。

（……あのまま引き寄せてくれたら……よかったのに……）

強引でもいいからとまで思いながら、大はそっと、触れられた手首を胸に抱《いだ》いていた。

総代の話というのは、やはり大が予想した通り、絵の話だった。

以前、大をモデルに描いた絵をネットで公開したところ、予想以上の反響だったという。

「最近では、投げ銭制度っていうものがあってね。ネット上からクリエイターへ、好きな額を振り込む事が出来るんだよ」

総代は船着場の縁《へり》に座り、伸ばした足をぶらぶらさせながら話している。大も同じように彼の横に座って、うんうんと話を聞いていた。

「ほな、総代くんの絵に、皆がお金を払ってくれたって事?」

「そういう事になるね。僕自身を応援したくて、お金を振り込んでくれるって感じかな。それか、データでの絵の購入。アップした絵を僕が削除しても、絵にお金を払ってくれた人の端末には、ずっと残るんだよ」

「へえ、そんなシステムがあるんや!」

今回の場合、応援としての投げ銭と、絵のデータ購入の両方があったという。一人一人は数百円という小さな額でも、それが、かなりの人数だったらしい。結果的に総代の絵がもたらした利益は、合計で数万円になったという。

「凄《すご》いやん!?　ほんまのほんまに、総代くんの絵が、お金を稼いだんやね!?」

「そうなんだよ。あやかし課の委託《いたく》隊員は公務員じゃないから、絹川《きぬかわ》さんも問題ないって言ってた。お金が入った事自体も嬉しいけど、皆が、僕の絵を価値ありと思ってくれた事実が、一番嬉しかった。だから、そのお金で、古賀《こが》さんにお礼がしたいなって思ったんだ。もしよければ今度、二人でどこかに出かけない？　そこで記念の品を買って、どこかでお祝いしようよ。もちろん、その費用は全部僕が、というか、今回の利益で払うから！」

　稼いだお金でどこかに行こうという相談だったので、琴子や塔太郎の前では話し辛《づら》かったらしい。

　それが分かれば大も納得し、総代を祝いたい気持ちでいっぱいだった。

「でも、それ、ほんまに私が入ってもええの？　私は、ただ座ったりポーズをとってただけで、何もしてへんし……。描いたのは総代くんやんか。そのお金で画材を買ったりとか、好きな画集を買ったりとかは？」

「もちろん、それは頭に入れてるよ。でも、古賀さんがモデルになってくれた絵が、もたらしてくれたお金だから、古賀さんのためにも使いたいんだ。同期として、僕からの日頃の感謝も込めて。駄目かな？」

　そう言われると、断る理由はどこにもない。総代の喜びを分かち合いたいと思

い、

「ありがとう。そのお祝い、謹《つつし》んでご一緒させて頂きます」

と丁重《ていちょう》に受けると、総代は大の手を握らんばかりに喜んだ。

「やった、ありがとう！　じゃあこれから、具体的に予定を立てようか。何か、欲しいものとかも考えといてね。あと、食べたいものとか！」

「うん。了解！　そうやなぁ……。せっかくの絵のお祝いなんやし、お料理はもちろん、素敵な座敷とか、素敵なお庭があるお店は？」

「最高だね！　僕、古賀さんのそういうところが好きなんだよ」

えっ、と大が反応すると、総代は悪戯《いたずら》っぽい笑顔で、

「いい意見をくれる、絵の助手としてね？」

と言う。勝手に子分にしんといてくれるー？　と大が怒ると、総代はまた嬉しそうに笑った。

「いいじゃない。子分にしてるつもりはないけど、絵の研鑽《けんさん》において、立派な相棒《あいぼう》のつもりだよ。他にも意見があったら、どんどん言ってね」

「ほな、私も絵の勉強をしとかへんとなぁ。……あ。来月は祇園祭《ぎおんまつり》やし、懸装品《けそうひん》のタペストリーとか、参考になるんちゃうかな？　ほら、前に、塔太郎さんが油天神山《あぶらてんじんやま》の事を話してたやん？」

「そういえば確か……。糸姫神社《いとひめじんじゃ》の奉納品を見た時だよね」

「そう。その辺からのアプローチも、絶対にええと思うねん。山鉾《やまほこ》の懸装品は、絵画のような作品が、沢山あるから」

「いいねぇ。じゃあ、宵山《よいやま》とかで休みがかぶったら、一緒に見に行こうよ」

「いいよ！　何やったら事前に、塔太郎さんにおすすめを訊いてみる？」

「坂本《さかもと》さんに？」

「うん！　塔太郎さんな、山鉾について凄く詳しいねん！　去年も、私に色々教えてくれて……」

　大が目を輝かせてあれこれ考え、ふと、総代の反対方向を見た時である。暗闇《くらやみ》の中に何かが立っている。大は小さい悲鳴を上げ、腰を浮かした拍子に倒れてしまった。

　それを、総代が自身の胸でしっかり支える。影の正体はサギであり、大に驚いたらしいサギも、鳴き声を上げて飛んでいった。

「あー、びっくりした！　何や、鳥やったんや。……あ！　ごめんな総代くん！　重かったや……ろ……？」

　謝って離れようとしたが、動けない。総代が大を強く抱きしめており、離してくれないのである。

「あの、総代くん？」

小さく呼んでも、総代は何も言わない。表情も、周りが暗いのでよく見えなかった。意図が分からず困惑していると、総代が何かを呟いている。

「……諦《あきら》めないよ」

その内容は、大には上手《うま》く聞き取れなかった。身じろぎすると、総代はぱっと両手を離し、大を自由にしてくれる。

「ごめんね⁉　僕も鳥にビックリしちゃってさ……。つい、体が固まっちゃった！」

「やっぱり。そんな事やろうと思った。確かにここは暗いし、いきなり影が見えたら『ひゃっ！』ってなるもんなぁ」

「そういう事。僕、化《ば》け物かなって思ったんだよね。だから、これは古賀さんを後ろにして戦った方がいいのかな、なんて思って、ちょっとパニックになっちゃった」

「それで固まって、腕に力が込もってたん？　あやかし課隊員が硬直しました、なんて言うたら、栗山《くりやま》さんから始末書書かされるんちゃう？」

「あー、あり得そうー。あの人なら、硬直しなくてもあり得そう。絶対言わないでよね？」

「はいはい。承知しましたー」

総代の言い方が面白くて、大は口に手を当ててころころ笑う。それを見守っていた総代が立ち上がり、大を促《うなが》した。

「時間も遅いし、戻ろうか。……じゃ、これからもよろしくね、助手さん。今度の格好《かっこう》はドレスにする？　そしたら、写生も出来て一石二鳥だよね」

「ドレス⁉　私、ドレスでお出かけするん？　あと今、さらっと助手って言うたやろー？」

「いいじゃない、別にー。助手が嫌なら、……でもいいんだよ？」

また、総代の呟きが聞こえない。大が訊き返すと、いつもの調子で「何でもないよ」と言うだけだった。

＊

（あー……、やってもうたなぁ……）

古賀大を見送った後、坂本塔太郎は顔を覆《おお》うように頭を抱《かか》え、その場に座り込んでいた。

先ほどまで二人だった民宿の表玄関は、塔太郎一人である。さっきまで傍《そば》にいてくれた大は、今、総代と二人きりで、話をしているはずだった。

こんな夜更けに、男が誘って二人きりで話す事といえば、だいたい相場は決まっている。それが総代となると、答えは一つしか考えられなかった。

きっと今頃、総代は大に告白している。彼女はもしかしたらそれを受け入れて、晴れて二人は付き合うかもしれない。

いいや、それでいいのである。そうなるように、塔太郎は今まで総代に協力し、まさる部や今回の丹後出張といった機会を用意し、総代との約束を果たして、彼女の幸せを願ったはずだった。

それなのに。

気づけば、彼女を引き留めていた。

「行くな」

本心から出てしまった、余計なひと言まで添えて。

あの時の大の打たれたような表情は、どう解釈すればよかっただろうか。

戸惑ったような、けれども嫌ではないような、そんな瞳。自分が手首を摑んだ事で、おそらく一瞬のうちに恥ずかしくなったのだろう。頰を染める彼女を、引き寄せてしまいたかった。

自分に、もっと幸せな日が来ると笑顔で言ってくれた彼女を、誰にも渡したくなかった。

けれどもそれは、協力すると約束した、総代への裏切りである。スサノヲに心根が綺麗《きれい》だと評されたばかりの自分が、どうして、これ以上自分本位になれるだろうか。

ごめん、総代くん。もう何もせえへんから。心の中で彼に謝り、彼女には引き留めた別の理由を説明して、そのまま別れた。

その後、自分との相部屋に帰ってきた総代にも、翌朝、顔を合わせた大にも、何も訊けなかった。

しかし、伊根から去る直前、辛《かろ》うじて勇気を出して、

「総代くん。昨日、大ちゃんと船着場で喋《しゃべ》ってんのを見たんやけど……、告白したんけ？」

と、それらしい理由を付けて訊いてみた。

すると、総代からは、

「いえ。ずーっと、ただの絵の話でしたよ。本当は、すぐにでも告白したいですけど……。まぁ、無理に距離を縮めようとして、失敗しても嫌ですしね。だからこれからも、距離を縮められるように頑張ります。なので、ご協力、お願いします」

という言葉が返ってくる。ほっとしたと同時に、改めて真剣に頼まれてしまっては、頷くしかなかった。

だから、京都へ帰る車の中で、後部座席の大がうたた寝をして、総代がさりげなく自分の肩にもたれかからせた時も、見て見ぬふりをした。

八坂神社の祭神に会えた自分は、もう十分幸せなのだから。二人が結ばれて、二人が幸せならそれでいいじゃないかと、言い聞かせながら。

第二話　祇園祭《ぎおんまつり》の始まりと化《ば》け猫の悪夢

暑く、寝苦しい夜の事である。

ベッドで寝ていた白猫の月詠《つくよ》は、うわあと叫んで飛び起きた。尻尾《しっぽ》が体に沿って丸くなり、耳もぺたんと折れている。

猫が怯《おび》えた時の仕草《しぐさ》である。千年生きてきた、化け猫の僕が……、と情けなく思ったが、仕方なかった。

恐ろしい夢を見た。今だって、体の震《ふる》えが止まらない。横で寝ていた陸奥聡志《むつさとし》が気づき、

「……どうしたの？」

と、目をしょぼしょぼさせながら身を起こした。

聡志の表情と、のんびりした声が、月詠を些《いささ》か安心させる。

「ご、ごめんよ。起こしちゃったね。――実は、怖い夢を見たんだ」

「夢ぇ？　どんな？」

「言いたくない」

何も知らない聡志が、怪訝《けげん》そうな顔をした。

その夢の光景は、たとえ親友の聡志であっても、話したくない内容だった。

普段の月詠は気が強い。聡志の笛の稽古《けいこ》に付き合っては、

「息が続かないから、音が弱くなっちゃうんだよ！　ほら。腹筋、腹筋！　腕立て

伏せも！」

と少女に化けて聡志を急《せ》き立て、筋トレをさせるほどである。

そんな月詠がここまで怯える様子に、聡志も、只《ただ》ならぬものを感じたらしい。ベッドで縮こまる月詠を撫《な》でて、心配してくれた。

「明日、病院行くか？　動物病院でいいのかな？」

「ありがとう。でも、大丈夫だよ……。ただの夢だから……」

もう一度寝ると言うと、聡志は、そっかと呟《つぶや》いて手招きする。聡志の懐《ふところ》に入った月詠は、次第にまどろんで眠りについた。

もう二度と、あんな夢を見ませんように、と願いながら。


今年も、祇園祭がやってくる。

今は、六月の終わり。京都では水無月《みなづき》を食べて、夏越大祓《なごしのおおはらえ》が済めば、入れ替わるようにすぐ始まる。

観に行くか行かないかは別にしても、祇園祭に関する話題は、京都の老若男女《ろうにゃくなんにょ》、誰の口からも大抵出る。

各地から、この祭を見るためだけに、京都に来てくれる人も多い。山鉾《やまほこ》や神輿《みこし》を拝観《はいかん》し、手を合わせ、京都と親しんでくれるのである。

日本三大祭の一つに数えられ、日本文化を代表する祭礼行事。

様々な神事の間に行事を挟《はさ》み、華麗《かれい》な山鉾巡行と、荘厳に輝く神輿渡御《とぎょ》が、人々を惹《ひ》きつける祭。

それが、祇園祭である。

祇園祭はどうして、こんなにも大きな存在なのだろうか。他の祭と比べても、別格ともいえる規模や、霊力云々《れいりょくうんぬん》だけではない何かが、そこにある気がする……。

大《まさる》は、総代《そうしろ》の絵の修行を手助けするようになり、塔太郎《とうたろう》から祇園祭の話を聞くようになってから、常々そんな思いを抱《いだ》いていた。

丹後《たんご》出張から帰った後、大は、総代に乗せられるようにして「絵の助手」という立場を引き受け、何かと協力する日々を送っていた。

作品について、女性目線で意見を述べたり、気になる漫画や画集を見つけたら、自分の感想も添えて総代に教える。丹後での写生や大の補佐が上手《うま》く作用して、総代の画力は今、さらなる飛躍を遂げていた。

大は、伊根《いね》でも話したように、祇園祭が総代の絵の刺激になるのではないかと提案している。

喫茶店業務の合間を縫って、塔太郎に尋ねてみた。

「今、総代くんと、一緒に宵山《よいやま》へ行こうって話になってるんです。おすすめの山鉾って、ありますか？」

テーブルを拭《ふ》いていた塔太郎は一瞬、何かに打たれたような顔をする。しかし布《ふ》巾《きん》を持ったまま腕を組み、一生懸命考えてくれた。

「おすすめなぁ。何のご利益《りやく》がええとか、希望にもよるけど」

「総代くんの絵の勉強のために、懸装品《けそうひん》を見に行くんです。山鉾って、全部で三十三基ありますよね？　私と総代くんで本を見たんですが、迷っちゃって……」

「あぁ、それやったら、俺《おれ》もいくつか考えてみるわ！　それにほら、宵山やったら、町内の人達が秘蔵の屏風絵《びょうぶえ》を出さはるやろ。それを見るんもええんちゃうけ？　後祭《あとまつり》の浄妙山《じょうみょうやま》のな、宇治川《うじがわ》の合戦図《かっせんず》屏風とか、男らしい絵で格好《かっこ》ええで！」

徐々に目を輝かせ、やがて多弁に気づいた塔太郎。照れ臭《くさ》そうに、うなじを撫でていた。

「ごめん、また喋《しゃべ》りすぎたわ。確か俺、去年もこんな感じやったよな？」

「はい。でも、全然嫌じゃないですよ。だからこそ塔太郎さんに相談したんです！　……ほんまに、祇園祭がお好きなんですね」

「うん。大好きや」

刹那《せつな》、大の胸が甘く疼《うず》く。塔太郎もさりげなく顔を逸《そ》らし、

「まぁ、祇園祭は特別やしな。自分もそうやろ？」

と言う。大もしっかり「はい」と頷《うなず》いた。

生まれた時から洛中《らくちゅう》育ちで、祇園祭には慣れ親しんでいる大。

加えて去年、あやかし課隊員として、塔太郎と共に宵山の巡回を行った。

四条烏丸《しじょうからすま》から見た、大海原《おおうなばら》のような人だかりに感動し、塔太郎からも、祇園祭について様々な話を聞いた。さらに、突然産気づいた女性の出産に立ち会った事は、今もって鮮やかな思い出である。

そんな特別なお祭へ、今年もまた行ける。大は、それが楽しみだった。

結局、懸装品の見所を言葉だけで説明するには力不足で、さらに、総代の好みもあるだろうから、と、塔太郎は考えたらしい。

「今日、俺も大ちゃんも、夜勤ちゃうかったやんな。総代くんも呼んで、仕事終わりに三人で話すけ？　家に、懸装品の本があんねん。一旦帰って、それ持っていくわ」

「ありがとうございます！　ぜひ、お願いします！」

その日の夕方、大の連絡を受けた総代も合流し、三条会《さんじようかい》商店街の喫茶店に集まる。お茶を飲みながら、時間も忘れて話し込んだ。

もっとも、話していたのは、ほとんど塔太郎と総代である。

塔太郎は祇園祭に思い入れがあり、総代もまた、芸術に対して深い愛着や知識を持っている。懸装品の話に二人が没頭するだろう事は、大も予想していた。

図録を開いた塔太郎いわく、山鉾を飾る懸装品は、西洋の文化財級のタペストリーをはじめとして、日本画の巨匠が下絵を提供した染織品や、巨匠本人の肉筆の絵もある。歴史的な名工による、まばゆい工芸品も多いという。

「ほんまにどれも絶品やけど、函谷鉾《かんこぼこ》のこれが、総代くんにはおすすめかもしれへんなぁ。鉾の屋根の軒裏《のきうら》に、鶏の絵と、鴉《からす》の絵があんねん。鶏で朝、鴉で夜を表現してるとか……。優しい絵やのに躍動感があって、傍《かたわ》らのひよこが可愛《かわい》い」

塔太郎の指の先には、函谷鉾の、金のけらば板の写真がある。描かれている鳥達は写実的で、中でも二羽のひよこの絵は、ふわふわの手触りまで伝わってくる。覗《のぞ》き込んだ大もつい、「可愛い」と口に出していた。

塔太郎の説明を聞きながら、総代は、食い入るように図録を見つめている。けらば板の絵の作者が、近代京都画壇の重鎮《じゅうちん》・今尾景年《いまおけいねん》という点に感動しており、

「日本画ならではの繊細《せんさい》さが、存分に出てますよね。うーん、さすが……。静の構図なのに、血の通ってる生き物を描くのって、本当に難しいんですよ！　他にもあります？」

と一気に懸装品へ惚《ほ》れ込み、わくわくした表情で塔太郎にせがんでいた。

「懸装品とはちょっと違うかもやけど、鯉山《こいやま》の鯉は外《はず》せへんな！　木彫の鯉と波な

んやけど、迫力満点やで。生き物の作品でいうたら、郭巨山《かっきょやま》の胴懸《どうかけ》もええと思うし、長刀鉾《なぎなたほこ》の後ろにつける見送《みおくり》は、伊藤若冲《いとうじゃくちゅう》の鳳凰《ほうおう》の絵を基にしてんねんて」

伝説の宮大工《みやだいく》・左甚五郎《ひだりじんごろう》が作った鯉や、花鳥画《かちょうが》の神髄《しんずい》を極めたとされる上村《うえむら》松篁《しょうこう》の絵を基にした胴懸、京都を代表する絵師・伊藤若冲の絵を基にした見送「旭日鳳凰図《きょくじつほうおうず》」……。

　これだけでも、それらを擁《よう》する山鉾の威光《いこう》が、ありありと伝わってくる。

　さらに、京都でよく聞く絵師・円山応挙《まるやまおうきょ》の絵を基にした保昌山《ほうしょうやま》の胴懸の刺繍《ししゅう》や、富岡鉄斎《とみおかてっさい》の絵を基にした橋弁慶山《はしべんけいやま》の前懸《まえかけ》などもある。ページをめくる度《たび》に、総代の顔が上気していた。

「どれもこれも、美術の本に出てくる名前ばかりですよ！　実際の作品も凄《すご》いし！　えっ、祇園祭の飾りって、そんなに沢山の大御所《おおごしょ》が関《かか》わってたんですか？」

「そうらしいなぁ。山鉾は、町を巡行しながら疫神《えきじん》を集めて、お神輿の道を清めてくれるっていう、大事な存在やしな。偉大な先生方も、ここが我が神事、とばかりに腕を揮《ふる》わはったんやと思うわ。俺が聞いた話やと、実際に山鉾町に住んでた先生もいはったらしいから、地元民としてのご奉仕の意味もあったんちゃうかなぁ。下絵を基に織らはった職人さんも、同じ気持ちやったと思う」

「なるほど……！　個人的には僕、この郭巨山の胴懸が凄く気に入りました。上村松篁の作品が元の……。本物のように写実的なのに、絵画ならではの崇高《すうこう》さがあるんですよね。そこがいい。生で見たいなぁ」

ふと、総代が気づき、

「もしかして坂本さん、僕の事を考えて、この郭巨山とか、他のおすすめを挙げてくれました？」

と訊《き》くと、塔太郎は「まぁ、一応」と、照れながら肯定した。

「総代くんは、いつも生き物の絵を描いてるし、それで仕事をしてる訳やからな。どやろと思って。すまん、要《い》らんお世話やったか？」

「いえいえ！　お気遣《きづか》い、すっごく嬉《うれ》しいです！　実際、そういうジャンルが好きですから。……祇園祭って、芸術家にとっても凄く貴重な場所だったんですね。あー、何で去年、栗山《くりやま》さんとナンパなんかしてたんだろう⁉」

「知らんがな。文句はあいつに言うてくれ」

総代が大袈裟《おおげさ》に頭を抱《かか》え、塔太郎が頰杖《ほおづえ》をついて歯を見せる。笑い合った二人はまた図録に向かい、あれこれ話すのだった。

美術の専門用語のような単語や名前が、二人の口から飛び交う。大も、初めこそ一言二言口を挟んでいたが、やがて、微笑《ほほえ》んで紅茶を飲むだけとなった。途中、気づいた二人に謝られたが、大は一向に構わなかった。

耳学問はためになるし、何より、白熱する二人の話を聞いていると、その場にいるだけで楽しくなる。自分の不用意な質問で雰囲気を壊したくないために、大は黙っていた節《ふし》もあった。

ただし、総代を、どうしても羨《うらや》ましく思ってしまう。

(塔太郎さん、総代くんの話を楽しそうにうんうん聞いたはる……。いいーなぁー！　私も、もっと山鉾の事を勉強しとけばよかった！)

得意分野の知識で以《もっ》て、塔太郎と対等に話す総代。その姿は、今の大には真似《まね》できないものである。丹後出張の時に続き、大は、頬を膨《ふく》らますようにヤキモチを焼いてしまった。

自分の独占欲が存外強い事に、目をぱちくりさせ、少しだけ反省する。

しかし、大は改めて祇園祭の凄さを実感し、二人の会話には入れなくても、自分なりの見識を深めていた。

(神様の乗らはるお神輿が、輝くように作るのはもちろんやけど……、その先祓《さきばら》いをする山鉾も、図録が出るほど豪華になってる。一流の職人さんが作ったり、画家の先生が筆を執《と》ったり、囃子方《はやしかた》の人が演奏したり。お神輿かって、担《かつ》ぎ手の人が、一生懸命担がはって……。皆が皆、昔からの神事を守って自分の出来る事を捧《ささ》げるから、祇園祭がこんなに大きくなるんやね。……何が、人をそこまでさせるんやろう……？）

　やがて、塔太郎が席を立ち、総代に頼んだ。

「俺、家の事せなあかんし、先帰るわ。総代くん、大ちゃんを家まで送ったげて。図録も、よっかたら貸すし」

「えっ、じゃあお言葉に甘えて！　ありがとうございます！　――古賀《こが》さんの家って、二条《にじょう》通りだよね？」

「うん、そう。堺町《さかいまち》二条。よろしくお願いします！」

　大が頷いて解散となり、総代と連れ立って帰路に就《つ》く。総代はずっと上機嫌であり、鼻歌まで歌っていた。

「古賀さん、お店ではごめんね。美術の事になると、テンション上がっちゃって……。僕と坂本さんだけで話してたよね。古賀さん、途中で消えてなかった？　いた？」

「消えてへんって！　ずっといました！」

　大が笑うと、総代も笑う。冗談を言う時でさえ、総代の目は星のように輝いていた。

「僕、今日、凄く楽しかった。美術談話が出来たからっていうのもあるけど……、坂本さんが、僕の好きそうな懸装品を考えてくれてたからっていうのも、きっとあるよね。それが当たってるかどうかじゃなくて、その気持ちが嬉しかった。図録も貸してもらえたし。……坂本さん、本当にいい人だよね」

上がり切ったテンションを一旦冷まして、総代はしみじみ言う。大も、好きな人が褒《ほ》められた事が嬉しく、

「そやろ？　私はとっくに気づいてた！　どやっ」

と対抗意識を込めて、わずかに胸を張ってみた。

喫茶店でのヤキモチを再び思い出し、じとーっと総代を見つめてみる。すると、総代が吹き出した。

「前も思ったけど、古賀さん、僕に何か恨《うら》みでもあるの⁉　あるなら聞くけど⁉

――その坂本さんのお陰で、宵山がもっと楽しみになったね。前祭《さきまつり》の日は、古賀さんが休みで、僕も夜勤なしで本当によかったよ。後祭も行きたいけど、行けるかなぁ……？　せっかくだし、店から浴衣《ゆかた》を借りようかな。古賀さんも着てくれるでしょ？」

「そっか。私も浴衣やったら、夏の絵の写生が出来るんやもんね。考えてみる！」

大達は、純粋にその日が来るのを、楽しみにしていた。

いよいよ、京都が待ちかねた七月一日。この日は、祇園祭の吉符入《きっぷい》りである。

山鉾町の関係者が各々《おのおの》の町会所《ちょうかいしょ》に集まり、「本日はおめでとうございます」と挨《あい》拶《さつ》を交わし、神事始めを執《と》り行う。町会所の二階ではお囃子の稽古《けいこ》が始まり、往来まで聞こえるそれを、「二階囃子」といった。

太陽が照り付ける四条界隈《しじょうかいわい》を中心に、お祭気分が高まってゆく。そんな中、喫茶ちとせは相変わらず平和だった。

午前中は客が少ないのをいい事に、伊根の名産を使った新メニューの試食会である。伊根のイワシを使ったバーニャカウダ、それをバゲットにつけて皆で味わっていた時、ドアベルが鳴った。

鬼笛の事件で関わった陸奥聡志と、京都ゑびす神社の末社・岩本稲荷社《いわもといなりしゃ》に祀《まつ》られている在原業平《ありわらのなりひら》である。加えて、聡志の腕には、白猫の月詠が抱かれていた。

「やぁやぁ、ちとせの諸君。元気だったかね。というか、やっぱり元気そうだな。相変わらず、美味《うま》そうなものを食べてるじゃないか」

「こんにちは。ご無沙汰《ぶさた》してます」

軽く手を挙げた業平は、店に入るなりバーニャカウダを覗き込む。聡志も、事件を経て一皮むけたのか、丁重《ていちょう》に挨拶してくれた。

しかし唯一、月詠が明らかにおかしい。いつもなら、店に入った途端よく通る声を出し、長巻《ながまき》と薙刀《なぎなた》で刃《やいば》を交わして以来、稽古等で親交を持つ琴子《ことこ》へ真っ先に話しかける。

なのに、今日に限って、聡志に抱かれたまま動かない。大が月詠の顔を窺《うかが》い、

「大丈夫ですか？」

と訊いても、「うん……」と、大を見上げるだけだった。

聡志も心配そうである。業平も真面目《まじめ》な顔になり、

「今日は、月詠くんのためにここへ来たんだよ。近頃、ずっとこの調子でな」

と言う。琴子が歩み寄り、月詠の頭を撫でた。

「月詠ちゃん、お腹《なか》でも壊したん？　あったかいミルクでも飲む？」

琴子の優しい声と手つきに、月詠は緊張が解《と》けたらしい。ぱっと聡志の腕から飛び降り、少女に化けて琴子に迫った。

「えっ、何。どうしたん⁉」

「琴子、琴子。聞いてくれよ！　君たち京都府警のあやかし課は、優秀な奴《やつ》らばっかりだよな⁉　祇園祭の事、ちゃんと守ってくれるよな⁉　な⁉」

よほど切羽《せっぱ》詰まっているのか、発言が要領を得ない。少女に化けたのも、猫よりは人間の表情の方が、訴えが伝わるからだった。

月詠の様子に、聡志や業平も驚いている。ただ事ではなさそうだった。

傍らにいた玉木《たまき》が月詠を座らせ、すぐに二階から深津《ふかづ》を呼ぶ。大や塔太郎も含め

て七人、月詠を中心にして話を聞いた。

それによると最近の月詠は、単なる夢では片付けられないほどの悪夢を、何度も見るという。

「とんでもなく強くて、悪い奴らが来て、山鉾を持っていっちゃうんだ。町の人達を人質《ひとじち》に取られるから、僕らも山鉾を渡すしかない。そんな夢を毎晩見るんだ。言おうかどうか、ずっと悩んでたんだよ」

それを聞いた大達は、顔を見合わせる。聡志と業平が、補足《ほそく》するように月詠の状況を説明した。

「六月の半ばぐらいから、夜中に必ず飛び起きるんです。俺が寝かせたり、笛を吹いてあげると、落ち着くんですけど……。夢の内容は、俺も今知りました。言いたくないって丸まって、ずっと教えてくれなかったんです。祇園祭が狙《ねら》われるとか、そんな内容だったなんて……」

「私も、今聞いてびっくりしてるよ。本当に月詠くんは、私にさえも口を閉ざしていたからな。溜《た》め込んでいたものが、ここに来て溢《あふ》れたんだろう。普通なら夢の話で終わるだろうが……、月詠くんは、かの浄蔵《じょうぞう》とも親交を持つ猫だ。予知夢《よちむ》ぐらいは、見るかもしれんな」

とすると、月詠の夢は、現実となる可能性がある。夢ゆえに覚えている光景は断片的でも、悪い奴が山鉾を奪取する点は、どの夢でも変わらないらしい。

聡志と月詠は何も知らないが、大達の間では一つ、心当たりがあった。

京都信奉会《きょうとしんぽうかい》である。

武則大神《ぶそくおおかみ》と呼ばれる教祖・神崎武則《かんざきたけのり》を鎮《しず》める献上品として、信奉会上層部は、今、京都の「ほんまもん」を手に入れようとしている。祇園祭の山鉾にも、手を出す可能性は十分あった。

深津に目線だけで許可を得た塔太郎が、月詠に尋ねた。

「月詠さん。その恐ろしく悪い奴っていうんは、どんな奴やった？　そいつは、俺に似てへんかったか？」

質問の意味を悟った大は、さっと青ざめる。だが、訊かれた当の月詠はぽかんとして、すぐ首を横に振った。

「全然似てない。山鉾を持っていく奴らは、皆、柄《がら》が悪い奴らばかりだった。その中でも強くて悪い大将は、金髪だった。体も、塔太郎よりはでかいよ」

それを聞いた塔太郎は、「そうか。ありがとう」と呟いた後、深津と厨房《ちゅうぼう》へ入っていく。そこでどんな会話がされているか、大は容易に想像出来た。

自《みずか》ら実父かどうかを確かめた塔太郎に、大は胸が痛む。

一般人の聡志はもちろん、化け猫の月詠も、信奉会の事は何も知らない。塔太郎と深津が厨房に入った理由も分からず、首を傾《かし》げるばかりだった。

反対に、京都の一神仏として、信奉会の件をつぶさに知っている業平は、厨房にも聞こえるように聡志に言い聞かせていた。

「まぁ、今はまだ、月詠くんの夢の話だ。あやかし課の皆さんも、これからは祇園祭の警備で忙しくなるだろう。だから聡志くん。無暗《むやみ》にこの話を広めたり、警察へ問い合わせたりはしない事。いいね」

「はい。分かりました」

聡志は素直に、笛の師匠の言う事を聞く。そのあと業平は、琴子の傍《そば》を離れない月詠の頭に、ぽんと手を置いた。

「君もだぞ、月詠くん。あやかし課に相談したのだから、君がやるべき事は一日終えた。坂本くん達を信じなさい。大丈夫さ」

あやかし課ではなく、「坂本くん」と言ったところに、業平の信頼があった。

厨房から塔太郎が顔を出し、

「おっしゃる通りですよ！　任せて下さい」

と、皆を安心させるように、力強く言った。


その日の夜更《よふ》け、夜勤だった大は書類を栗山へ届ける事になり、彼が巡回している京都駅まで赴《おもむ》いた。

栗山は、半透明で烏丸《からすま》中央口の入り口付近に立っており、周囲を見回している。弓は持っていないが、肩まで覆《おお》う弓籠手《ゆごて》を左腕につけており、自らの術で、いつでも弓矢を出せる態勢だった。そのため、あやかし課の腕章を、普段と違って右腕に巻いている。

筒袖《つつそで》の着物に、下は袴《はかま》。弓籠手と袴は、武士らしい細やかな柄である。人の多い京都駅でも、よく目立っていた。

大が、「お疲れ様です！　古賀です！」と声をかけると、栗山も、「おー。お疲れさーん」と、笑顔で手を振ってくれる。

書類を渡して近況報告をし合い、

「前に、塔太郎さんと総代くんとで、山鉾の懸装品の話をしたんです。二人とも、時を忘れてずっと喋ったはりました。私も、宵山で見る予定やったんで、楽しみにしてたんです」

と、話したまではよかったが、

「でも、もう……」

と俯《うつむ》き、月詠の話を思い出す。大の顔を見た栗山も短く唸《うな》り、腕を組んでいた。

月詠が相談してくれた夢の件は、月詠達が帰ってすぐに深津から京都府警本部へ、本部からあやかし課の各事務所へと連絡が回され、日が沈む頃には、全《すべ》ての事務所に知れ渡っていた。

ゆえに当然、栗山も知っている。喫茶ちとせをはじめ各事務所では既に、山鉾の警備の強化が決定していた。

大達あやかし課隊員達は、七月十日から始まる前祭の鉾建て・山建て以降、山鉾が建っている期間は、全員出動する事になったのである。

さすがに、夜勤も含めて、交代で休みを取る。しかしもう、拝観者として宵山や巡行を見に行くどころではない。栗山も残念そうだった。

「俺、今年こそは、宵山のお誘い作戦を成功させて、彼女作ったろうって思っててんけどなぁー……。ま、それはええとして、こうなった以上は頑張らんとな。坂本なんか、交代せんと、休みなしで警備に出よるんちゃうん」

「多分、本人はそのつもりやと思います。夕方、塔太郎さんと深津さんが、そういう話をしてたので……。深津さんは、私らと同じように交代制でって言わはったんです。でも、塔太郎さんが、『俺が頑張らんでどうするんですか。ばんばん使って下さい。対策部隊が立つようでしたら、ぜひ入れて下さい』って、頼もしい顔で……」

「あー。もう絶対、そうなる思たわ。あいつやったら絶対、自分からそう言いよるもん」

いつもは明るい栗山が、静かに目線を上げる。その先にあるのは、夜を照らす京都タワーだった。

「信奉会の存在が危険視されるようになってから、あいつ、少しずつ身ぃ削《けず》ってる感じするしなぁ。まぁ、あいつの境遇が境遇やし、無理ないけども……。体、壊さへんか心配やわ」

「私も、そう思います」

栗山にとっては旧友、大にとっては想いを寄せる相手である塔太郎は、信奉会絡《がら》みの事件が起こるにつれて、修行を増やしたり、あやかし課への忠勤を口にする。何せ、実父が、京都信奉会の巨魁《きょかい》なのである。実子として、塔太郎が身を挺《てい》してそれと戦おうとするのは、京都の町に対する最大限の誠意だった。

いくら気丈《きじょう》に振舞っていても、今、塔太郎の心が、いつでも戦えるように張り詰めているのは明白である。ましてや、大好きとまで言った祇園祭の山鉾が狙われるとあっては、何としても阻止《そし》したいに違いなかった。

「今の坂本は、また、『昔』に逆戻りしてる気ぃするわ」

誰に言うでもなく、栗山が呟く。それがどういう意味なのか、大にはよく分からなかった。

今、栗山が思い描いているのは、旧友の彼だけが知る塔太郎の過去であるらしい。

「あの……。栗山さんと塔太郎さんは、高校の同級生ですよね。お二人が出会ったきっかけって、何やったんですか？　それと、その時の塔太郎さんって、どんなお人やったんですか」

前から気になっていた事を、大は訊いてみる。栗山は一瞬考えて、

「古賀さんは、どこまで知ってんの？」

という問いに、大も思案して配慮し、

「中学二年の冬の事は、教えてもらいました」

と、明確な単語を避けて答えた。

稲荷神社の任務を終えた後、栗山は、塔太郎を気遣って一人にしようとした。とすれば、栗山も、塔太郎の起こした火事について知っているはずである。大が全てを言わずとも、栗山は察してくれた。

「なるほどな。あの、冬の事な」

大に火事の件を話したという事は、塔太郎が大に、一定以上の信頼を置いているのだと、栗山は判断したらしい。

「あいつ自身がそこまで話してんのやったら、俺も、話してええやろなぁ。昔のあいつが、どんな風やったかも含めてな」

しみじみ言い、

「あいつと出会ったんは、一年の時なんやけど……。いつやったかな？　あれ多分、五月の初めやったと思う。俺とあいつで、クラスは違ってたん」

と、最初から話し始めてくれた。

当時の塔太郎、そして、塔太郎の内面に触れる貴重な機会として、大は栗山の話に耳を傾ける。

その瞬間、ふと大の背中に、すっと冷たいものが走った。

妙な違和感がして、目だけで周りを確かめてみる。しかし、夜の京都駅はいつものように街灯が点々とつき、通行人達が、駅から出たり入ったり、せわしなく通り過ぎていくだけだった。

「今、何か……。変な感じしませんでした？」

念のため栗山に訊くと、

「あぁ。俺も、ちょっとだけ感じたけど……。あそこの集団やと思う。幽霊と酔っ払いの気配って、混じると変な感じするし」

と言った栗山が小さく、北のバスロータリーを指さした。

そこには、小袖《こそで》姿に、小さな紙パックの日本酒や洋酒の瓶《びん》を持って楽しそうに笑う、若い幽霊が三人いる。ほろ酔いで上機嫌に話し込んでおり、時折、紅一点《こういってん》の美人の幽霊が、大口を開けて笑っていた。

彼女ら三人に意識を向けると、確かに、幽霊の気配と酔いの気配とが混じり合い、妙な空気を作っている。

聞けば栗山は、大と話しつつ、彼らがその場で嘔吐《おうと》したり、何らかのトラブルを起こさないかと、秘《ひそ》かに観察していたらしい。

「俺らが保護するだけやったらええけど、霊力ある人に絡んで喧嘩《けんか》するとか、まぁまぁ勃発《ぼっぱつ》するしなぁ。夜って、結構おるやん、そういうの。古賀さんも、酔っ払いの世話した事あるんやろ？　坂本と一緒に」

「はい。お世話というか、戦ったというか……？　去年の大晦日《おおみそか》なんかは、酔っぱらったお侍《さむらい》さんが塔太郎さんを人質みたいにして、『酒をかけるからな！』なんて言うてました。それを塔太郎さん、呆《あき》れ顔で裏拳《うらけん》しはったんですよ。戦ったっていうても、その程度ですね」

「うわー、あるあるやわー。あくまで変化庵調《うち》べやけど、めんどい幽霊ランキングの一位が貴族、二位が侍やもん。貴族は変に口回るし、侍は暴れるしで……」

「そんなランキングあるんですね？　でも、お気持ち分かります」

大も去年の初夏に、牛車《ぎっしゃ》で事故を起こした金魚の貴族から、ぺちゃくちゃ暴言を吐《は》かれた事がある。どこの管区も、苦労は一緒なんやなぁ、と実感した大は、思わず笑っていた。

「さっき感じた違和感は、あの人らと、酔いの気配やったかもですね。何かあった時は、私も手伝いますよ！」

「ありがとう！　頼むわー。……で、どこまで話したっけ？」

「栗山さんと、塔太郎さんが出会った時です。一年生の五月で、クラスは違ってて、って」

「あー、そやったな！　俺が学校帰りにな……」

栗山が気を取り直して、思い出話を再開する。

大も笑顔で彼の言葉を待っていた、その時だった。

「――面白い話だな。僕にも聞かせてくれよ」

突然、低い男の声が、頭上から降ってきた。影のように忍び寄ったのか、いつの間にか大達の横に、男が立って見下ろしていた。

まさるよりも背の高い、身《み》の丈六尺三寸《たけろくしやく》（約百九十センチメートル）もある大男。鬼灯色《ほおずきいろ》の詰襟《つめえり》の服に、目を見張るオールバックの金髪。月詠が話していた「強くて悪い大将」の外見と、完全に一致していた。

さらに両手には、真っ黒な手袋をはめている。鬼灯色と黒が目をチカチカさせるような、異様な威圧感だった。

大達は、一瞬で顔から血の気が引いた。先ほどの違和感は幽霊ではなく、この男だったらしい。鬼灯色に黒というこれほど目立つ外見なのに、いつの間にか自分達の横にいたという事も、不気味な事この上なかった。

やがて、男の背後から、

「船越《ふなこし》様、待って下さいよぅ」

と、甲高《かんだか》い声がする。立派な山伏《やまぶし》装束《しょうぞく》を着た小さな烏天狗《からすてんぐ》が、息を切らして飛んできた。

烏天狗は、持っている木の棒を杖《つえ》代わりにして、船越と呼んだ男の肩に乗る。

「船越様は、本当に、お足がお速い事で……。やぃやぃやぃ、お前ら！　船越様のお成りだぞ！　控えぃ、控えぃ」

船越の手下らしい彼は、威勢よく両翼を広げ、大達へ木の棒を向けた。

大と栗山は咄嗟《とっさ》に身構える。が、船越が一瞬で自分の両腕を差し出し、大と栗山の二の腕を同時に摑《つか》んだ。

「えっ⁉」

「っ……！」

摑まれた腕が簡単に捩《ね》じり上げられ、大も栗山も、激痛に顔を歪《ゆが》める。烏天狗がまた、「やぃやぃ、やぃ！」と船越の威を借りて棒を突き出し、ぎょろりと凄んだ。

「いきなり敵意を露《あらわ》にするとは、随分野蛮《やばん》なこった！　今の、京都を守護する奴らというのは、そんなもんかい。ええ？　困りますねえ。ねえ、船越様！」

「なっ、何なんですか！　あなた達はっ⁉」

大が叫んでも、船越は笑みを崩さない。しかし、笑っていてもどこか殺気があり、大達を捩じ上げている力も、明らかに常人離れしていた。

船越が優雅に口を開き、その途中、烏天狗も言葉を被《かぶ》せた。

「捕《つか》まっているその状態で訊くとは、君は結構まぬけだな？　まぁいい。僕は……」

「こちらにおわしますのは、理想京《りそうきょう》の……」

烏天狗が朗々《ろうろう》と口を挟み、本人の代わりに名乗ろうとする。しかし船越本人は、遮《さえぎ》られたのがすこぶる嫌だったらしい。

「喜助《きすけ》。僕が喋ってるじゃないか」

「あっ、へぇ、すみません……！」

低い声で、こちらにも伝わる圧力で叱《しか》りつける。喜助は途端に怯え出し、両翼を畳《たた》んで縮こまった。

喜助を黙らせた船越は、パフォーマンスでも始めるかのように、小さく咳払《せきばら》いした。

「失礼、馬鹿な世話係が粗相《そそう》をした。改めて僕の名だが……。まぁ、名乗れば、野蛮な君達の事だ。どうせ暴れ出すんだろう？　戦いは大歓迎だが、僕は京都駅がお気に入りなんだ。ここでやるのは好ましくないから、場所を変えよう。どこか、いい場所はないかい？」

自ら場所を変えようと提案するとは、それだけ余裕があるらしい。

大達が、不快感を覚えなかったといえば嘘《うそ》になる。だが、大達としても、人の多い場所での戦闘は避けたいし、別の場所に移動したい気持ちは同じだった。

周辺を管区としているだけあって、栗山がすぐに提案する。

「……こっから西の、梅小路《うめこうじ》公園はどうや。あそこやったら広いぞ」

「なるほど、悪くないな。ここから一駅分の距離だ。――では喜助。僕とこの二人を、今すぐそこへ転移させせろ」

「えっ」

命じられた喜助が顔を上げ、慌《あわ》て出した。

「あの、三人一緒にですか？　えっと、私の法力《ほうりき》では、三人はその、出来るかどうか……。あと私、自分自身は転移出来ないんですが、どうすれば」

「つべこべ言わずやるんだ。お前は後から飛んでくればいい。まさか、梅小路の場所が分からないとは……？」

「と、とんでもない！　少々読経《どきょう》が長くなりますが、それでよろしければ……。何卒《なにとぞ》、お時間を下さいませっ！」

　船越の有無を言わせぬ口調に恐れをなし、喜助が肩から滑《すべ》り落ちる。木の棒を寝かせ、地面に正座して懐から数珠《じゅず》を出し、ぶつぶつ何かを唱《とな》え始めた。

　その間、船越は、大達を掴んだままである。もちろん大達は逃《のが》れようとしたが、船越の握力によって、腕が千切《ちぎ》れそうなほど痛い。身動きすら出来なかった。

「とりあえず、君達の腰についてる無線機を貰《もら》おうか。途中で仲間をわらわら呼ばれるのは、興《きょう》ざめだからな。もっとも……。坂本塔太郎だけなら、大歓迎だがね」

　予想外の言葉に、大は目を見開いた。

「何で、塔太郎さんの名前を……⁉」

「そういう話をするのも含めて、場所を変えるんだろう？　君は本当にまぬけだな」

　大は言い返そうとしたが、船越は遮って話を続ける。

「今、ここで暴れるような、野蛮な真似はやめろよな。手を離した途端に無線を使ったり、暴れるようなら、僕もやむを得ず拳《こぶし》を振るう。僕は動きが速いから、周りの人を巻き込んでしまうかもしれないな？」

　船越の正体、塔太郎を知っている理由、すぐにでも知りたい事は山ほどあった。しかし今は、ここから離れる事が第一である。

　大達は仕方なく、摑まれていない方の手で、自分達の無線機を船越に渡した。船越は二人を摑んでいた手を離して、無線機を左手でまとめて受け取る。右手で上着のボタンを一つ外してから、懐に入れた。

　喜助は、まだ読経の最中である。

「内ポケットというのは、便利なものだよな。僕は特注で縫ってもらって、懐中《かいちゅう》時計やら何やらを入れてるんだ」

　そこに銃が入っていて、乱射する可能性は十分あり得る。大達が内ポケットに警戒していると、船越が豪語した。

「ハハハ、安心したまえ。僕は、銃なんてお粗末な物は持たない。己《おのれ》の体で十分だ」

　もちろん、信用など出来なかった。

　無線機を回収する一方で、大の刀は取り上げない。大が不審に思っていると、気づいた船越が吐き捨てた。

「まぬけ君が棒を持って、何が出来るんだい？」

　その言葉には何の他意もなく、単に、大を挑発したいだけらしい。大は頭に血が上り、それでも平常心を保とうと歯を食いしばって、船越を睨《にら》んだまま深呼吸した。

　大の悔《くや》しさを代弁するかのように、栗山が話を打ち切った。

「もうええやろ？　早《は》よ行こうや」

「やれやれ、呆《あき》れた奴だ。余裕のかけらもない。そんな男と連れ立っても嬉しくないね」

「気ぃ合うな？　俺もや。どうせやったら、綺麗《きれい》なお姉さんがよかったわ」

戦いは起こっていなくとも、張り詰めた空気は痛いぐらいである。

船越が小さく舌打ちし、

「喜助、まだか？」

と訊くと、喜助は読経で返事が出来ない代わりに必死に頷き、相当な早口で読経を終えた。

かっ、と、喜助が気合を入れて嘴《くちばし》を開いた瞬間、大達の視界が変わる。目の前の景色は、京都駅の西にある梅小路公園。その敷地の端に位置する、芝生《しばふ》広場の真ん中だった。

夜更けなので、誰もいない。雨もぽつぽつ降り出しており、辺りに人はいそうもない。少なくとも、一般人を巻き込む心配はなさそうだった。

大と栗山は、喜助の能力に驚いた。特に大は、伊根のスサノヲから同じように転移させてもらった事がある。スサノヲが指一つで自分を含めた七人を転移させたのに対し、喜助は長い読経の末に、自身を除く三人が精一杯。その差はあれど、転移の力自体が強力なのは、間違いなかった。

　それでも、大達はすぐに頭を切り替え、船越を捕《と》らえようとした。しかし、船越も先手《せんて》を打っており、京都駅の時と同じやり方で、大達を拘束《こうそく》する。

「戦いの前に、君達に頼みたい事があったんだ。話が終わるまでは、こうさせてもらおう」

　船越は、さっきよりも強く大達の腕を捩じり上げながら、冷徹に見下ろして言った。

　栗山は、こうなった以上は、少しでも相手に呑《の》まれないようにと考えたらしい。腕の痛みに耐えつつ、落ち着いて言い返していた。

「そんなに話がしたいんやったら、名前ぐらいは教えてくれや。さっきの烏天狗が言うてたけども、船越でええんか。見る限り……、信奉会の上層部やな？」

「ご名答。京都信奉会が四神《しじん》、ならびに、治安維持長の船越だ。覚えておきたまえ」

　何の隠し立てもせず、船越は身分まで名乗った。この京都に来た理由を栗山が訊くと、船越はその性急さを見て「まぁまぁ」と笑う。

　その時、東の夜空から、ぜいぜいと喜助が飛んできた。自分の肩に着地するのを見た船越が、喜助を褒めた。

「思ったより早かったな。お前もやれば出来るじゃないか。それでこそ、僕の世話係に相応《ふさわ》しい」

「へぇ、へぇ。ありがとうございます……」

「僕を喜ばせたついでに、こいつらに説明してやれ。僕がなぜ、ここ『現実の京都』へ来たのかをな。奴らが知りたがってるんだ」

船越が促《うなが》すと、喜助は褒められた喜びで自らの疲労を打ち消し、

「はっ、お任せあれ」

と、背筋を伸ばし、大達をびしっと指さした。

「やぃやぃやぃ！　よく聞けぃ！　今宵《こよい》の船越様は、坂本塔太郎を討伐《とうばつ》するという崇高《すうこう》なご使命のもと、おん自らここへいらっしゃったのだ！

その者は、武則大神様の生き別れた息子らしいな？　我々、信奉会の上層部は、近頃ようやくその情報を手に入れ、確認を取ったのだ！　武則大神様のお血を引いておきながら、現実の京都を守る一兵卒らしい。渡会《わたらい》様の逮捕、成瀬《なるせ》様の退治、可《か》憐座《れんざ》の消滅にも携《たずさ》わっていたと……。まーったく嘆《なげ》かわしい！　ねぇ、船越様⁉」

渡会や成瀬、可憐座の名が出て、大達は目を見開く。喜助が元気に喚《わめ》いて横を向くと、船越は、ちらりと喜助を見た後、すぐこちらへ向き直った。

「僕らが献上品を探している事も含め、全てが、武則大神様のお耳に届いてしまった……。献上品に関しては、失敗続きとはいえ僕らの忠勤をお褒め下さったが、息

子の事は全くの逆。僕さえ見た事ないぐらいに、怒り狂われた。ただでさえ、武則大神様は以前からご機嫌がよくない。そこへ、この話だ。お気の毒に、武則大神様のご心労はいかばかりか……。

武則大神様は僕をお呼びになって、とうとうご命令されたんだ。『例の奴はお前に任せる。消せ』とね。

こうなれば、息子を討ち取り、そのうえで素晴らしい献上品を差し上げれば、万事解決だと思わないかい？　僕は、畏《おそ》れ多くも武則大神様のご信頼を賜《たまわ》り、理想京の虎《とら》とまで言われている。武則大神様の目障《めざわ》りとなるものを排除し、宸襟《しんきん》を安んじ奉《たてまつ》るのは、僕の役目だ。君達は幸運だぞ。今から虎の活躍を、その目で見られるんだからな」

船越は、過剰なまでに武則大神という名を連呼し、自分の威武《いぶ》もろとも示したいらしい。その表情を見る限り、神崎武則に、かなり心酔《しんすい》しているようだった。

さらに、今の話が真実だとすると、塔太郎の存在が信奉会にも届いている。上層部が、京都の至宝を献上品として狙うと同時に、他でもない神崎武則の命《めい》によって、塔太郎を亡き者にしたいらしかった。

（京都のものだけじゃなしに、塔太郎さんまで……！　消せとか目障りとか、実の息子を何やと思ってんの……！）

大の心が、言いようのない怒りでいっぱいになる。栗山も同様に憤《いきどお》っているはずだが、それを決して表には出さず、船越との対話に集中していた。

「ほな今夜は、坂本を討つためだけに、ここへ来たんやな」

「そうだな。それは武則大神様のご神勅《しんちょく》だから、僕の身分も含め、今ここで堂々と宣言しよう。やる事は他にもあるが、とにかくご神勅が最優先だ。早く息子と戦いたいね」

「俺らが、させると思うか？　渡会の時も成瀬の時も、こっちが勝ったんやぞ。可憐座には集団戦で勝ってる」

「今拘束されている身で、何を強がっているのやら。四神にも、強さは色々あるものさ。可憐座なんて、そもそも武装集団じゃない素人《しろうと》だろう？　その程度だ。君達の中にだって、強い弱いの差はあるだろう？　坂本塔太郎はどれくらいだろうな。下《した》っ端《ぱ》かい？　中堅ぐらいかい？」

「どんな奴かって、適材適所いうもんがある。一概には言えへんな」

「実に京都的な返しだ」

栗山はわずかな挑発を織り交ぜて、船越に探りを入れている。対する船越も、栗山から塔太郎の情報を引き出したいのか、あるいは駆け引きで遊ぼうとしているのか、ある程度は栗山の挑発に乗り、本題から逸れたような事しか言わなかった。

しかし、喜助がそれを理解できず、迂闊《うかつ》にも横入りする。

「中堅だろうが大将だろうが、船越様にかかれば問題なしだ！　その後、軍を出して山鉾も……」

即座に、船越が大喝《だいかつ》した。

「黙れ喜助！　喋っていい事の線引きさえも出来ないのか！」

「ひっ⁉　すみません、いえ、申し訳ありません……！」

声の恐ろしさだけで、喜助が震え上がって尻もちをつく。船越の肩から転がり落ちて、芝生の上で必死に平伏していた。

反射的に、大も声を上げた。

「今、山鉾って言いました？　軍って何⁉」

いくら問い詰めても、船越の機嫌は最悪である。

「うるさい。まぬけとは喋りたくない。せっかく、ギリギリの会話で遊ぼうと思ってたのに……！」

吐き捨てて、大を完全に無視してしまう。船越はもはや栗山とさえ喋ろうとせず、きつく舌打ちした。

「まぁ、とにかく。息子を探しに行こうと思ったら、お前達がその話をしていた。だから、ちょうどいいと思ったんだ。知り合いは格好の餌《えさ》だ。手間が省《はぶ》ける。息子を呼んでくれるなら、このまま手を離して、無傷で帰してやってもいい。悪い事は言わない。呼ぶと言え」

「どうするも何も、嫌じゃの一つしかないわなぁ⁉」

「私もです！」

栗山はもちろん、大も怒りを込めて断固拒否する。その瞬間、船越が両手を離し、栗山へ猛然と殴《なぐ》りかかった。

栗山は予想していたかのように斜め後方へ飛びのき、ただちに、左手から弓矢を出現させる。素早く射られた矢は、栗山の霊力が入った特別製らしい。分身するように二本に分かれ、一本が船越の右腕に、もう一本が懐に命中した。

中の無線機が貫《つらぬ》かれたようで、機械の割れる音と雑音がする。大はその隙《すき》に抜刀《ばっとう》し、「修学院神楽《しゅうがくいんかぐら》」で船越の足を斬《き》ろうとした。

――が。船越が、「うらァッ！」と気合を入れた瞬間、斬り込んだと思った大の刀が弾《はじ》かれる。腕に刺さった栗山の矢も同様に、押し出されるように地面に落ちていた。

栗山の矢が刺さっていた腕にも、出血どころか傷一つない。懐の矢を抜いた船越が、猛々《たけだけ》しい拳で反撃してきた。

大は、ハンマーのような激しい横殴りを辛《かろ》うじてかわし、距離を取って刀を構え直す。

「船越様！　喜助も参りまする！」

　喜助が棒を持って加勢を申し出たが、

「お前がいるとかえって足手まといだ！　視界から消えろ！」

と船越が怒鳴《どな》ったので、怯えるように低く飛んでゆく。やがて芝生に同化するようにしゃがみ込み、姿が見えなくなった。

　大達が二手に分かれて喜助を追おうとしても、船越に阻《はば》まれて進めない。一歩でも動けば殴り倒される。そういう威圧感と実力が、船越にはあった。

（今まで戦った敵と、全然違う……！　あのパンチかって、一発でも当たったら……！）

　雨に打たれ、冷や汗をかきながら思案する。栗山がさっと跳《と》んで大の横に立ち、小さく指示してくれた。

「多分、あいつの能力は回復や。一気に治して、その勢いで弾いとんのを確認した。俺と連携して、治すのに手間取るか、治し切れへん威力で斬ってくれ。その隙に確保する。――手は打った。応援も来る。それまでの辛抱《しんぼう》や！」

「はい！」

　栗山の言葉で、大は体勢を立て直す。すると船越も、自分の能力が知られ、なおかつ応援を呼ばれたと気づいたらしい。

「大した観察眼と根回しだ。さっきの会話も面白かったし……。先にやるべきは、どうやら君のようだな」

言い終わった途端、船越が風のように走り出す。標的は、栗山一人だった。

栗山は射るのが間に合わず避《よ》けるしかなかったが、船越は執拗《しつよう》に栗山だけを追い、栗山だけを倒そうとする。

栗山も矢を射て反撃するが、矢が刺さっても傷自体が小さい。船越はたちまち治《ち》癒《ゆ》して矢を弾き、自慢の拳で栗山の弓を破壊していた。

この時、大は既に簪《かんざし》を抜いてまさるとなっており、思い切り刀を振り上げて、得意の「栗田列火《あわたれっか》」の威力で以て船越を叩《たた》き斬ろうとした。

それに気づいた船越が、振り向きざま拳を振り子のようにして、勢いよく下から振るう。船越の黒い拳が、まさるの腹へとめり込んだ。刀を上げて胴が空《あ》いていただけに、まさるは、この突きを真正面から食らってしまった。

地をも割るような威力に加え、船越が即座に拳を引く。その反動が二重の衝撃となったため、まさるは、声なき呻《うめ》き声を上げた。目がくらみ、猛烈な吐き気と痛みに襲われた。

「なかなかの迫力だった。斬られるかと思ったぞ？　褒美《ほうび》のパンチを味わいたまえ」

嫌みたっぷりの称賛《しょうさん》を浴びながら、膝《ひざ》をつき、不覚にも刀を取り落とす。半ば朦朧《もうろう》としながら顔を上げた時には、少し離れた場所で、捕《つか》まった栗山が船越の猛打を受けていた。

栗山は辛うじて手で拳を防いでいるが、倒れ、馬乗りになられ、だんだん抵抗出来なくなる。船越が殴りながら、余裕で話しかけていた。

「君達は、渡会を捕らえて成瀬を退治したというが、本当かい？　こんなにも弱いじゃないか！　ま、渡会は、軟弱な女に入れ上げるような奴だし、成瀬はそもそも弱かった！　君達でも、まぁ潰《つぶ》せるだろうな！」

船越の声の合間に聞こえる、殴る音と栗山の呻き声。まさるは真《ま》っ青《さお》になって刀を拾い上げ、船越へ向かって走り出した。

以前、大が、その一刀のもとに成瀬を退治した、「神猿《しんえん》の剣　第二十九番　音羽《おとわ》の清め太刀《きよめだち》」。まさるはそれで船越を退治し、栗山を助けようとした。

光り輝くまでの魔除《まよ》けの力や霊力、体力を込め、払うように斬る技。この時、まさるの力も集中しており、刀が白銀の光を放っていた。

だが、その光が、船越の目《め》の端《はし》に入ったらしい。技の威力を感じ取った船越が、栗山に覆《おお》い被《かぶ》さるようにして回避する。技の性質上、捨て身同然に突進していたまさるは横薙《よこな》ぎが空振《からぶ》りして船越に躓《つまず》き、大きく芝生へ転がってしまった。

勢いが強すぎて背中を打ち、泥水が音を立てて撥《は》ねる。さらに、技の反動によって体力や霊力も激減し、元の姿に戻ってしまった。

大が急いで身を起こすと、船越が目を光らせるようにして、こちらを見下ろしていた。

船越は、大を取るに足らないものと見ているのか、見下ろすだけで殴ってこない。栗山は重傷で動けないのか、声すら聞こえなかった。

その状況に、大はわずかな恐怖を抱く。しかし、何とか自らを奮《ふる》い立たせ、ぱっと刀を逆手《さかて》に持った。相手が動く前に柄頭《つかがしら》を突き出し、飛び込むようにして、船越の腹を突いた。

今、大が最も得意とする技、「眠り大文字《だいもんじ》」である。

これは本来、魔除けの力を流して気絶させる捕縛《ほばく》技であり、斬りつける技ではない。船越の回復による弾き返しをすり抜けるかもしれないと踏んだ、大の最後の賭《か》けだった。

その賭けが当たったのか、ここにきて初めて船越が驚き、揺らいだ表情を見せる。単に意表を突かれたのではなく、魔除けの力が直《じか》に流れ込んで動きが鈍り、わずかに苦しんでいるようだった。

(効《き》いてる……。いける!)

　船越から、恐ろしい量の邪気が流れ込む。それを覚悟していた大は、自分の精神を集中させて、柄頭をより強く押し込んだ。

　一瞬の時の中で、船越の邪気と、大の魔除けの力とがせめぎ合い、互いに相手を制しようとする。

　大がさらに集中しようとした、その時。大の脳裏《のうり》に、思わぬ光景が流れ込んできた。


　激しい喧嘩の果てに、倒れた数人の少年達。

　その中央には、喧嘩に勝った一人の少年が立っている。倒れている方はもちろん、勝った方の少年も、血まみれだった。

　やがて、勝った少年は顔を歪ませて、この世の何かを理解したように、晴れやかに笑った。

　なのに、少年の目からは涙がこぼれている。

　泣きながら笑う彼の姿は、恐ろしいと同時に、悲しかった。

　大は、はっと目を見開いて戸惑《とまど》い、ほんの一瞬、体が止まる。それが決定的な隙となり、邪気に押し返されて柄頭が弾かれてしまった。

気づけば、燃え上がるような怒りの形相《ぎょうそう》の船越が迫っており、大の顔を横殴りにした。

頭が破裂したかのような、強い衝撃。大は軽々とその場に倒され、刀も吹き飛んで転がった。やがて、こめかみの上辺りから、雨の雫《しずく》に混じって温かい血が流れてきた。

経験した事のない痛みと共に、視界も揺れ、立つ事が出来ない。機嫌を損ねたらしい船越が大の胸倉《むなぐら》を摑んで持ち上げ、前後に揺さぶった。

「何をされたかよく分からないが、実に不愉快だ。――君は、強い男に変身するようだな？　だが、動きを見る限り、君と変身した男は別物だ。さっき褒めたのも、お前じゃない……。僕は、お前みたいな、役立たずな下っ端が大嫌いだ！　まぬけよりひどい！　なぜ、お前の初太刀《しょだち》は素直に浴びて、男の刃は浴びなかったか分かるか？　威力が違うんだよ。お前の刃は怖くなかった。避けるまでもねえ！　だから、柄頭で突くなんてケチな真似を……。おっと失礼。口が悪くなった。また武則大神様に叱られてしまう。……そうだ。君を捕虜《ほりょ》として、一旦理想京に帰ろう。苛《いら》立《だ》った時には、武則大神様に労《ねぎら》って頂くのが一番いいんだ。そうしよう。すぐ帰ろう」

今の船越はひどく子供っぽく見えて、口調も乱暴になっている。しかし、力の強さは変わらない。殴られた痛みと揺さぶられているせいで、大は抵抗出来なくなっていた。

「来い」

「嫌……っ！」

何とか船越の手に噛《か》みつくと、激しく平手打《ひらてう》ちされる。大は、目の前が一瞬真っ暗になり、再び意識が朦朧とした。船越は構わず歩き出すが、為《な》す術《すべ》がなかった。

（どうしよう、栗山さんは倒れてる、船越も逃げてまう。誰か……！　……塔太郎さん……！）

そのまま、大が連れていかれそうになった時。倒れているはずの栗山から、よく通る声がした。

「なぁ、船越。――坂本の一発芸って、知ってるか」

船越が足を止め、怪訝そうな顔をする。本降《ほんぶ》りの中、栗山は倒れたまま喋っていた。

「……見上げたものだな。君はあれだけ殴られて、まだ口が回るのか。で、何の話だ？　坂本塔太郎がどうしたって？」

「三条大橋《さんじょうおおはし》の東にな、高山彦九郎《たかやまひこくろう》先生の銅像があんねん。それを真似て土下座《どげざ》する『待ち合わせ場所』……。俺らがあやかし課隊員になった時に、俺が教えた」

「そうかい。くだらない芸だ」

「ああ、せやな。俺もそう思う……。けどな、高山先生は、何だかんだ怒りながら、若気《わかげ》の至りや言うて、大目に見てくれんねん。もう、怒られるまでが、ワンセットのネタになってるんかもな……。それやし、あいつも、気が緩んだ時にやる。昔のあいつでは考えられへんかった」

「いい加減にしろ、何が言いたい？　僕は案外短気なんだぞ。早く武則大神様のもとへ帰りたいんだ」

摑んでいる大の事など忘れて、船越が語気を強める。栗山が芝生を握りしめて起き上がり、血だらけの顔で、船越を睨みながら立ち上がった。

その眼光は、船越も驚くほどの迫力があった。

「昔のあいつは……、笑いたくても笑えへん、周りにも異常に気を遣う、可哀想な奴やった。それを親が、周りの人が、時間をかけて治したんや。芸まで出来るようになって、ようやく平穏な人生が送れると思った途端に、お前らが来た。今のあいつはまた逆戻りや。お前らのしょうもない神、いや……、神崎武則のせいでなぁ！」

「……お前、今、何て言った？　武則大神様を侮辱《ぶじょく》したな？　呼び捨てにしたな？　命が惜しかったら今すぐ詫《わ》びて訂正しろ」

「神崎武則に伝えとけ！　追放された身なんやから、京都とあいつに関わるな！

一生、箱庭で大人しくしてろってなぁ！」

その瞬間、船越が目を血走らせて、大をその場に投げ捨てる。怒り狂って栗山を殴り倒し、激しい鉄拳《てっけん》を何度も振り下ろした。その姿は、もはや殺気の塊《かたまり》だった。

栗山は、自身の想いをぶつけると同時に、大を解放させるため、自らを囮《おとり》にしたのである。

船越が塔太郎を狙っていると聞いて、大の中に怒りが湧《わ》いた時。あれほど冷静だった栗山も、きっと大以上に怒っていたし、今もそうなのだろう。

何度殴られても、栗山は決して、命乞《いのちご》いさえしなかった。

という、何かを覚悟したような、かすかな声を出すだけだった。

「古賀さん、逃げろ」

「やめて、栗山さんが死んじゃう！」

大は絶叫と同時に、死力を尽くしてもう一度変身する。しかし、重傷の身では、栗山を庇《かば》おうとしたまさるも、もはや暴走状態といえる船越に腹を蹴《け》られるだけだった。

栗山への殺意が、そのまま蹴りとなった痛みは段違いである。再び倒れて呼吸さえ出来ない。それでも、まさるは自らに鞭打《むちう》ち、滑り込むように栗山の上に覆い被さった。

船越が忌々《いまいま》しそうに、まさるの背中へ容赦《ようしゃ》なく拳を振り下ろす。それがまさるを砕かんとした時、横から来た別の気配が、船越とぶつかった。

轟音《ごうおん》と強い閃光《せんこう》で、船越が吹き飛ぶ。その気配を誰よりもよく知っているまさるは、はっと顔を上げた。

暗い豪雨の中、塔太郎の背中がそこにある。右足から幾筋もの細い雷が走っており、その光が、背中を照らしていた。

龍《りゅう》となって駆け付けた塔太郎が、一瞬で人間に戻り、船越を蹴りで引き離したらしい。今しがたの轟音と閃光は、もちろん、蹴りに含まれた雷だった。

塔太郎の両手両足どころか全身から、パチパチという音が鳴っている。蹴りを鼻に食らったらしい船越が、顔を押さえて痛みに耐えていた。

さすがの回復能力でも、蹴りに雷という、二重の威力は防ぎ切れなかったらしい。後から発生する強い火傷《やけど》も、船越の治癒力を鈍らせていた。

その様子を、芝生のどこかで喜助も見ていたようである。船越に怒鳴られた時以上の恐怖を抱き、一瞬、錯覚《さっかく》さえ起こしていた。

「ぶ、武則大神様……⁉　いや、違う……？　もしかしてあれが……⁉」

一方の船越は、傷つき、呻いても尚《なお》、塔太郎だけを見据《みす》えている。乱入した敵が、標的である坂本塔太郎だと気づいた途端、血湧《わ》き肉躍《おど》るように興奮していた。

「そうか……君が例の息子か！　待っていたよ！　これでまた一つ、武則大神様の御心《みこころ》に沿う事が出来る！　僕の強さを飾る事が出来る！」

塔太郎は、そんな船越に、一つの言葉も返さない。まさる達にさえ振り向かず、ただ船越と対峙《たいじ》するだけだった。

その表情は、背後からでは分からない。ただ、栗山とまさるの惨状《さんじょう》を目《ま》の当たりにして、極限まで意識を集中させている事だけは、確かだった。

「……遅くなってごめん。栗山を頼む」

硬く、短い声がして、

「あいつを退治するまで、絶対にこっちを見るな」

と言い終わった瞬間、塔太郎は地面を蹴り、船越に飛び掛かっていた。

船越も、意気揚々とそれを迎え撃つ。まさるが指示に従って背を向けた瞬間、激しい雷や、拳のぶつかる音がした。

まさるはすぐに、目の前の栗山に身を寄せる。暗くてよく見えないが、意識はあっても朦朧としている。自分とは比べ物にならないほど出血しているのが、触れた顔の滑《ぬめ》りで分かった。

一刻の猶予《ゆうよ》もないと思ったまさるは、不器用な自分でも何とか眠り大文字を施《ほどこ》そうと、夜雨《よさめ》の中で刀を探す。

しかし、負傷して朦朧とした頭では、すぐには見つけられない。第一、これ以上自分の力を使ってしまうと、栗山を救うどころか元に戻り、倒れてしまうと気づく。どうしようもなかった。

背後では今、塔太郎と船越が戦っている。聞こえる音から察するに、塔太郎の優勢らしかった。

船越は、自らの能力と格闘技で対抗しているようだが、雷を帯びた塔太郎の動きと威力、そして何より、塔太郎自身の錬磨《れんま》極められた格闘技によって、翻弄《ほんろう》され、打たれ、徐々に追い詰められているらしい。

「このっ……！」

という、船越の焦《あせ》り声がする。

直後、

「どうした？　俺に勝ったろっていう、最初の目つきはどこいった？」

という塔太郎の声はむしろ冷静で、それがかえって、内なる激情を表していた。

逆転した状況に、まさるはわずかに安堵《あんど》する。塔太郎に船越を任せて、栗山を安全な場所へ運ぶべきかと迷っていると、遠くから喜助の悲鳴がした。

嫌な予感がして振り向くと、塔太郎が船越を地面に押さえつけている。まさしく今、とどめの拳を振り下ろさんとする塔太郎の右拳が、雨が降っているにもかかわらず、熱で真っ赤になっていた。

　まさるは無我夢中で塔太郎に飛びつき、力の限り制止する。自分の体も痺《しび》れたり熱かったりしたが、一向に構わなかった。

　拳の限界は塔太郎本人も気づいており、

「止めるな、まさる！　百も承知や！　手一つぐらい構へん！」

と叫ぶのに対し、まさるは必死に首を横に振る。

　その隙に、船越が死に物狂いで塔太郎を蹴り飛ばし、窮地《きゅうち》から脱して距離を取った。乱れた髪も構わず、喉《のど》を押さえて咳《せ》き込んでいた。

「くそっ、くそっ、くそっ！」

　ぎらついた目で、塔太郎を睨んでいる。

「僕を打ちのめす存在は、武則大神様だけなのに……っ！　この屈辱は決して忘れない。絶対にお前を討ち取ってやる！　絶対に山鉾も奪ってやる！　絶対だ！

——喜助ぇ！　何してる！　早くしろ！」

　怒号に弾かれるように、恐ろしく速い読経が聞こえた。

　喜助の能力を思い出したまさるは、血相を変えて走り出す。喜助の事を知らない塔太郎も、それが船越の逃走手段と気づいたらしい。

　まさるが喜助に手を伸ばし、塔太郎も走り出して船越を捕らえようとしたが、遅かった。

船越一人分の転移なら短い読経で済むのか、塔太郎の伸ばした手とすれ違うように、船越の姿が一瞬で消えてしまう。

その後、塔太郎がいくら辺りを見回しても、とうとう船越は見つからなかった。

喜助を捕まえたまさるは、船越が逃げたと知って愕然《がくぜん》とする。逃がした張本人である喜助も、無我夢中で読経した反動からか、まさるの手の中で茫然自失《ぼうぜんじしつ》だった。

やがて、塔太郎が火傷している右手の事など忘れて、

「栗山！」

と叫んで駆け寄っていく。

まさるも一緒に行こうと思ったが、ふと、摑んでいる喜助の存在を思い出し、目を見開いて睨みつけた。

「ひぃ、ひぃっ！　すみません、すみません！　船越様がご命令したからです！　俺は勢いでやっただけです！　命だけは……！」

喜助は、泡を吹かんばかりに今更《いまさら》詫び、船越のせいだと言って命乞いする。

その卑屈さに嫌悪感を抱いたまさるは、栗山の痛みを味わえと言わんばかりに手に力を込め、もう片方の手も、しっかり喜助を包み込む。

まさるの握力が小さな体を締めつけ、喜助が恐怖で身じろぎしながら、涙ながら

に叫び出した。

　それを見た瞬間、まさるははっと何かに気づき、動きを止めた。

　このまま締めれば、暴圧極まりない船越と変わらない。それを悟ったまさるは、無限に湧き出す怒りを必死に抑えて、手を緩めた。

　まさるの中で咄嗟に芽生えた、警察の、あやかし課隊員としての矜持《きょうじ》である。まさるは歯を食いしばって喜助から目を逸らし、傷つけない程度に喜助を片手で持ったまま、塔太郎と栗山のもとへ走った。

　塔太郎が膝をついて屈《かが》み、左手から小さな雷を発して栗山を照らしている。栗山の状態を目の当たりにした塔太郎も、背後から様子を窺ったまさるも、喜助さえも、言葉を失った。

　栗山の顔面はもちろん、着物も弓籠手も、何もかもが血だらけである。雨が顔に当たって血が溶け出し、首筋や耳へと伝っている。衣服に染み込んだ血は、時間が経《た》って赤黒くなっていた。

「栗山、俺が分かるか。意識はあるか。返事はええから、瞬《まばた》きだけでもしてくれ」

　塔太郎が請《こ》うと、栗山はかすかな意識の中で、確かにこちらを見て瞬きする。

「まさる、眠り大文字を……！」

　という塔太郎の声で、まさるは弾かれたように大に戻る。摑まれていた喜助が手から落ち、ぺたんと芝生に座り込んだ。

元に戻った瞬間、大の体に、今までの痛みが圧《の》し掛かる。眠り大文字を施すどころか、自分までもが倒れてしまった。

塔太郎が反射的に大を受け止め、自身の胸に抱き上げた。

「大ちゃんまで……！」

顔半分が血で染まった、大の痛々しい姿。それを見た塔太郎は、何よりも辛そうに顔を歪める。腰に巻いていた帯布を引き抜き、大の傷口に当てた。

やがて、パトカーのサイレン音がする。総代をはじめ、変化庵《へんげあん》の隊員達と、深津がバイクで現場に駆け付けた。

「栗山さん⁉　古賀さん⁉」

最初に走ってきた総代が、衝撃を受けて足を止める。絹川《きぬかわ》や深津をはじめ、隊員達がただちに栗山の傍へ集まり、応急処置を始めていた。

絹川の指示により、総代が青ざめながら筆を執《と》っている。隊員の差す傘とライトの下で巻物を広げ、包帯や毛布、ビニールシート等、必要なものを描いて出していた。

栗山が、自らの矢で無線機を壊した事で、変化庵へ救援信号が送られたらしい。さらにそこから、喫茶ちとせにも情報が伝えられたのだろう。

塔太郎が駆け付けたのも、その経緯によるものである。栗山は、こうなる事を見越して、最初の矢で船越の懐を射たのだった。

（やっぱり、栗山さんは凄い人……。船越が、一目置いただけある……）

芝生広場は、今や大騒ぎである。喜助は腰を抜かして怯えるばかりで、絹川達にあっさり逮捕された。救急車も二台呼ばれ、パトカーとは別のサイレンと赤色灯《せきしょくとう》が、夜の梅小路公園に飛び込んできた。

大がわずかに顔を上げると、ぼやけた視界の中で、塔太郎と目が合う。雨の冷たさに大が無意識に身を寄せると、塔太郎が守るように抱きしめた。

やがて、大は救急隊員に引き渡され、ストレッチャーに乗せられる。ストレッチャーが動き出す直前まで、塔太郎は大の手を握っていた。

その手が、怒りなのか悔《くや》しさなのか、わずかに震えていた。

「栗山も大ちゃんも、ほんまごめん……。俺が、もっと早く来れてたら……。深津さん達も来たし、救急隊も来たし、もう大丈夫やしな。後は俺が、全部やるしな……」

絞《しぼ》り出すような声だった。

あなたのせいじゃない。そんな悲しそうな顔しないで下さい。私は大丈夫ですから……。

大も手を握り返そうとしたが、力が入らない。

やがて、二人は離されて、大は眠りに落ちるように目を閉じた。


その後、大と栗山は霊力の治療も出来る特別の病院に搬送され、緊急入院を余儀なくされた。

大は救急車の中で目を覚ましたが、栗山は意識がほとんどなく、病院に着いてもその状態は変わらなかった。大が後から聞いた話では、塔太郎を含め周りは全員、栗山の殉職《じゅんしょく》を覚悟していたという。

しかし大は、こめかみの上辺りの傷だけで短期の入院で済み、栗山も意識を取り戻した。治療を担《にな》った医師の話では、霊力を巡らせた体は、通常より何倍も強靱《きょうじん》になるので、怪我《けが》の回復が早いらしい。

加えて、大が、変身から戻ると多少の傷なら癒《い》える事や、栗山が、船越から殴られる度に、顔の向きや体勢を咄嗟に変えて急所を外していた事も幸いしたという。結果的に、大は、二日間の入院と三日間の自宅療養。栗山は、今月いっぱいの入院となった。

夜が明けた七月二日。大のもとに、両親が朝一番で駆け付けてくれた。親として、誰よりも深い愛情で娘を心配しつつ、入院に必要な着替えや日用品等を届けてくれた。

その後、検査と治療を終え、深津がやってきて見舞った後、

「ほんまは、もっと体が治ってからにしてあげたいんやけど……。捜査として、船越の事を訊かなあかんねん。ごめんな。寝たままでええし」

と、事情聴取になった。

大は、戦いの経緯や船越の言動、喜助の能力など、覚えている事は全て伝えた。

もちろん、信奉会が塔太郎の事を知り、神崎武則が船越を差し向けて塔太郎の命を狙っている事も、隠さず話す。

委細《いさい》を聞き取った深津は、四神と名乗った船越の襲来だけでなく、いよいよ、神崎武則までもが動き始めた事に呻き、

「なるほどな……。いずれ、こうなるとは思ってたけど」

と今後を案じ、長いため息をついていた。

「あの……。塔太郎さんは今、どうしたはりますか。右手は、やっぱり火傷を……？」

訊かずにはいられず、大はベッドから身を起こす。深津は、手を挙げて大を止めつつ、塔太郎の事を教えてくれた。

「あいつも治療を受けたけど、今はもう、手に包帯を巻いて仕事に復帰してるよ。比較的、すぐ治るんちゃうかな。雷を宿してる体そのものが高温に強いのと、雨で腕が冷やされてたんが、よかったらしいわ。今、俺や玉木と一緒に、船越の対策部隊に入ってもらってんねん。古賀さんの事も、栗山くんの事も、ずっと心配してたで。ここに来たいけど捜査や警備で来れへんから、よろしく言うて下さいって頼まれたわ」

「そうですか……。私は、もう大丈夫です。こうして深津さんとも喋れますし。塔太郎さんに、そう伝えて頂けますか。あと、助けて下さって、ありがとうございましたって……。すみません、伝言ばっかりで。極力電話は控えなさいって、お医者さんから言われてるんです」

「もちろん、全部伝えとくよ。それで、あいつも少しはほっとするやろ。栗山くんも、峠《とうげ》は越えた事やしな」

この日はまだ、栗山は面会謝絶の絶対安静であり、大も基本的には同じである。しかし、両親と、職務として必要のあった深津だけは、医師から特別に面会を許可されていた。

そんな状況では、大が塔太郎に会いたくても会えなかったし、塔太郎が同様に思ってくれていても、叶《かな》わない。

深津が帰った後、大は、寂しさや色んな思いを紛《まぎ》らわそうとして、病室のテレビをつけてみた。

この日、京の町では、山鉾巡行の「くじ取式」が行われており、画面に映ったニュース番組が、ちょうどその内容を取り上げていた。各山鉾町の代表者達が京都市役所に集まり、市長立会いのもと、くじ引きで巡行順が決まったのである。

くじ取式は、かつて巡行の先陣《せんじん》争いが絶えなかった事から、応仁《おうにん》の乱の後、明応《めいおう》九年（一五〇〇年）に始められたという。

現在、くじを引く代表者達は、夏の正装である黒絽《くろろ》の紋付羽織《もんつきはおり》に袴、あるいは、黒の紗《しゃ》の紋付羽織に袴を着る。会議場に、和服の第一礼装が揃《そろ》う様は、京都ならではの迫力がある。くじを引く様子がテレビで放送されるほど、注目度の高い儀式だった。

昨年、このくじ取式で、山一番を引き当てたのが、大にとっては忘れられない占《うら》出山《でやま》。

宵山の見回りの時に、占出山の巡行順が早いほど、その年のお産が軽いという話を塔太郎から聞き、その後、皆の力や占出山の神様・神功皇后《じんぐうこうごう》の力も合わせて、無事、赤ちゃんが生まれたのだった。

（あの時の赤ちゃんの名前は……。そうや、佑輔《ゆうすけ》君や。元気にしたはんのかな）

大は夕方、母親に頼んで新聞や祇園祭の本を買ってきてもらい、それを読んで過ごす。

（皆で、新メニューの試食会をしたのが昨日の事。それから何事もなく平和やったら……。私は今頃、塔太郎さんとくじ取式の話とか、巡行順の話をしてたんやろか……）

想像すれば余計に、今の状況が悔しくなった。

翌七月三日から、喫茶ちとせのメンバーや、まさる部で修行を共にする仲間達へも、面会の許可が下りたらしい。皆、それぞれ時間を作って大を見舞い、負傷した体を労《いたわ》ってくれた。

船越の件も伝えられており、病室では、その脅威《きょうい》が話題になる事も多い。

喫茶ちとせの代表として見舞いに来た琴子は、北条《ほうじょう》みやびと病院で待ち合わせて一緒に来た。

「私もその場にいて、助けてあげたかったわ……」

「古賀ちゃんの仇《かたき》は、うちと姉さんで、絶対取るしな！」

琴子はしんみり大の手を握り、みやびは息巻いて敵討《かたきう》ちを誓ってくれた。

この前後に見舞いに来た他の隊員達も、皆、慰めてくれたり悔しさを共有してくれる。大は、よい先輩や仲間を持った事をありがたく思い、一人一人にお礼を言った。

しかし、琴子やみやびはもちろん、他のあやかし課隊員達も皆、大に何かを隠している。

見舞客が一旦途切れ、業務連絡で電話した玉木に訊くと、事情を説明してくれた。

「実は昨日の夜から、あの烏天狗への取り調べを筆頭に、色々ありまして……。それが、僕達ちとせや変化庵はもちろん、各事務所にも伝えられて、共有されてるんです。古賀さんと栗山さんは、まだ安静が第一ですからね。特に栗山さんは、今日はまだ面会出来ませんし……。伝えないようにと、お医者さんから言われています。ですから皆、そういう態度になっちゃうんですよ。すみません、悪気はないんです」

大は、スマートフォンをぎゅっと握って確かめる。

「駄目もとで訊くんですけど、色々あったっていうのは、塔太郎さんの事ですか。船越が、絶対に討ち取るって言うてましたし……」

「ああ、それは本当に大丈夫です。塔太郎さんはご無事ですよ。問題になったのは別件の方です。古賀さんには、療養して任務に復帰した時に、深津さんか僕が話します。栗山さんにも、入院中に、折を見て絹川さんが話すそうです」

「分かりました。その時、お願いします」

船越が再び現れて、塔太郎が襲われたのではないらしい。

とすると、色々あったという「別件」が何なのか。玉木は何も言わなかったが、船越らと直接会話した大にはおおよそ察しが付いていた。

（軍を出して山鉾も……）

（絶対に山鉾も奪ってやる！）

彼らの言葉を思い出し、月詠の悪夢が、現実として迫っているのを感じる。

まだ、事件そのものが起こった訳ではなさそうである。しかし、喜助の取り調べで重要な情報を摑んだ等、捜査に何らかの進展はあったようだった。

塔太郎はこの日も病院に来なかったが、玉木と電話を代わった竹男《ちくお》いわく、

「あいつ今、対策部隊の中心にいよんねん。船越の捜索や山鉾町の巡回やらで、あっちこっち出向いとる。深津もそうなんやけど、店にも来てへんで」

との事だった。

案《あん》の定《じょう》、塔太郎は事件の早期解決のために、その身を投げ出して動いているようだった。


――もう大丈夫やしな。後は俺が、全部やるしな……。

気を失う直前に聞いた、塔太郎の言葉。

その宣言通り、彼は今、設置された対策部隊に入っている。深津や京都府警本部の命令ではなく、自ら志願したのだと、大には分かっていた。

あの雨の夜、真っ赤になっていたあの拳は、京都信奉会や船越に対する、塔太郎の心そのものだったろう。実際、手一つぐらい、と言ったように、自分の体がどうなっても、船越を退治する気だったに違いない。

（神崎武則が命を狙っている事も、塔太郎さん本人に伝わってるはず。そうなったら、塔太郎さんは恐れるどころか受け入れて、果敢《かかん》に迎え撃とうと……無理しはるやんな……）

塔太郎が大達を心配していたように、大もまた、塔太郎の事が心配だった。

しかし、塔太郎の奮起の理由が、今や信奉会や船越に対する義憤《ぎふん》だけでなく、大自身にもある事を、大は理解していた。親友と後輩の惨状を目の当たりにして、塔太郎はどれだけショックを受け、さらなる責任を感じただろうか。

特に大は、船越から一端でも評価された栗山やまさるとは違い、最初から最後まで船越に軽んじられ、その通りの敗れ方をした。塔太郎が来てくれなければ、自分はどうなっていただろうか。考えると、今でも身震いしそうだった。

これでは、塔太郎に心配するなという方が無理である。今、塔太郎が責務として守ろうとしているものの中に、自分も含まれていると思うと、うなだれるほど申し訳なかった。

「役立たずな下っ端、か……」

船越に言われた言葉が、大の心にどすんと響く。身の丈六尺のまさるに変身するようになってから、大は、まさると比べて自身の非力さ、未熟さを、何度も痛感してきた。

「まさる」という存在ありきで戦っている事についても、可憐座の副座長だった多々里《たたり》から、「卑怯者《ひきょうもの》」と言われた事がある。

その都度《つど》、大は乗り越えてきた。多々里に非難された時も、「守れるのなら、卑怯者で結構です！」と言い返した。その毅然《きぜん》とした態度を、塔太郎は褒めてくれた。

そういう風に、大は、剣術はもちろん精神面でも、配属当初よりずっと強くなっていたはずである。しかし、今回は勝つどころか、何も守れていない。大自身はもとより、心の中にいるまさるも、船越にやられた事を悔いて落ち込んでいた。

船越の残した爪痕《つめあと》は決して浅くない。むしろ、塔太郎やまさるの心まで抉《えぐ》っているのかと思うと、言い訳も出来ぬ完敗だった。

（せっかく、鴻恩《こうおん》さんや塔太郎さんが、私の事を『魔除けの子』って言うてくれたのにな……）

丹後出張の時は、塔太郎もスサノヲと会えて幸せそうだった。大も、魔除けの子と言われて幸せだった。

きらきらした時間を思い出し、心が沈みそうになる。

けれど大は、自分の両頬《りょうほお》をばしばし叩いて、気持ちを立て直した。

（落ち込んだって、何にもならへん。不幸の思うつぼや！）

唇をきゅっと結び直す。それが、今の自分に出来る、船越へのせめてもの抵抗だった。

この日、最後に見舞いに来てくれたのは総代で、包帯を巻いた大を見るなり、言葉を失っていた。

静かに、ベッド横の椅子《いす》に座り、

「古賀さんは、いつも頑張り屋さんで、『大丈夫！』なんて言っちゃうけど……。今度だけは本当に、少しでも痛くなったらナースコールで人を呼ぶんだよ。いいね？　頭を殴られたんだし、命に関わる事だから」

と、語る姿は真剣である。

大が負傷した時の総代は、大抵明るく振舞って、その場の空気を和《やわ》らげてくれる。大も、普段なら「大丈夫やって！　私、鍛えてるもん！」と軽口を返すところだが、今は、入院しているだけに、いつもとは違う。彼がいかに心配してくれているかが伝わり、素直に頷いていた。

初めこそ真剣な対面だったが、総代は、大が元気と分かったようで安心している。気を取り直して、

「せっかくだから、お茶にしようよ！　僕、いいものを持ってきたんだ」

と言ってピンクの袋から取り出したのは、リボンがかけられた赤い箱だった。

「何？　これ？」

「僕からのお見舞い。開けてみて」

大がリボンを解《ほど》き、箱をそっと開く。中には、小箱に入った、四種類の紅茶が詰まっていた。ティーバッグのセットであるらしい。大は目を輝かせて、まじまじとそれを見つめた。

「凄い！　ありがとう！　これ、どこで買《こ》うたん？　私、ちょうど紅茶が飲みたいなぁって思っててん」

「烏丸通りから、錦小路《にしきこうじ》通りを西へ行ったところに、紅茶の専門店があるんだよ。ムレスナティーハウスっていうんだけど、知ってる？」

「烏丸から、錦を西に……。あっ。もしかして！」

その地域名は、「占出山町」。

昨年、路上での出産騒動を経てから数日後、大は塔太郎と一緒に占出山保存会へ行き、出産を手伝ってくれた霊力持ちの役員さんに挨拶にした。

その帰り道で、ムレスナティーハウスを見つけたのである。確か、その時の大も、

「こんなとこに紅茶のお店がある！」

と高揚し、スマートフォンで調べていた。総本店は兵庫の西宮《にしのみや》にある事や、今度の休みに友達と行ってみようというような話を、隣を歩く塔太郎にしていた。

しかし、場所が自宅から近い事もあって、いつでも行けるからと休みの度に後回しになり、結局、今日までずっと行っていなかったのである。

「そやし私、初めて飲むねん。どれにしようかなぁ？　今は夏やし、下の購買でお水を買ってきて……」

「そう言うと思って、ほら！　水出しは既に作ってあるよ。本当はカップがいいんだろうけど、紙コップで我慢してね？」

総代がステンレスボトルを見せると、大は手を叩いて喜ぶ。ボトルから紅茶を注《そそ》ぐ総代を見てうきうきし、手渡された紙コップを軽く揺らして、アイスティーの香りを嗅《か》いだ。

面白いでしょ？」

「そう。『お京都でお茶しましょう……』の、『京都祇園の香り』の紅茶だって。面白いでしょ？」

「ほんまにね！　確かに、紅茶やのに祇園っぽい！　他のは……」

四種類のティーバッグは、どれも香りを嗅ぐだけで心が癒《いや》され、お菓子が欲しくなるほど芳醇《ほうじゅん》である。

七つのベリーにベルガモット、ローズのスペシャルブレンド、メロンとアールグレイを混ぜたバニラ風味、ジャスミンをラズベリーで調《ととの》えたもの、と、それぞれ違っているし、独特である。

名前も、先の『お京都で……』の他に、『代々木上原《よよぎうえはら》でお茶しましょうッのおいしい紅茶』や、『なな色のバラのように美しく生きていこうよォッの紅茶』など、読むだけでクスッとし、話題にしたいものばかりだった。

「代々木上原って、東京やんな。どんなとこなん？　紅茶が似合うとこ？」

「あー、そうかもしれない。何て言うか、お洒落《しゃれ》な住宅街みたいな？　レストランやカフェもあって、そうだな……。こっちでいう、北大路《きたおおじ》とか、北山《きたやま》通りかな」

「なるほどー！　めっちゃイメージ湧く！」

飲み比べをして、二人だけのティータイムとなる。最近流行《はや》っているテレビ番組の話や、総代の絵の事も話す。同期であるからか、遠慮のないやり取りが続いた。大は、湿った雰囲気にならないよう、努めてそういう明るい話題を選んでいた。

それは、少しでも前向きになろうと自分を律しているからで、話が弾《はず》めば弾むほど、気持ちも切り替えられると思ったからである。大は、総代にも無意識にそれを求めており、総代もまた、大の気持ちに気づいて合わせてくれていたらしい。船越の事にも、塔太郎の事にも触れる事なく、ひたすら世間話に付き合ってくれた。

船越に負けた悔しさや、京都信奉会が起こそうとしている事件への不安、何より、塔太郎の事を心配していた大。

しかし、この時だけは以前のような日常を楽しみ、憂《うれ》いも忘れて、心が軽くなっていた。それは大にとって何よりの療養であり、話を合わせてくれた総代には、いくら感謝してもしきれない。もう一つ深いところで、先輩である塔太郎とは別の意味で、大は総代を頼りにし、厚い信頼を寄せていた。「同期」という二人ならではの絆《きずな》を、確かに感じていた。

やがて、時計を見た総代が立ち上がる。

「――そろそろ夜勤の準備をしなきゃいけないし、この辺で帰らなきゃなぁ。名残《なごり》惜しいけど」

「そっか。いってらっしゃい。夜勤、頑張ってな！」

実は、大も少し寂しいと思ったが、夜勤ならば仕方がない。小さく手を振り、せめてエレベーターまでは送ろうと、ベッドから起き上がった。

総代と連れ立って、病室を出る。エレベーターが昇ってくるのを待っている間、総代がおもむろに口を開いた。

「今日の紅茶の事なんだけど……。古賀さん、凄く喜んでたよね」

「うん！ めっちゃ美味《おい》しかった！ 誰にも言えへん、ほんまの事を言うとな……、今日は沢山の人がお見舞いに来てくれたけど、総代くんのお見舞いが、一番嬉しかってん。何気ない話をずっとするのがほんまに楽しかったし、何て言うか……気持ちがめっちゃ楽になった。いい時間と紅茶をくれた総代くんには、ほんまに感謝やね。ほんまにありがとうね。あの紅茶を飲んだら、私、また頑張れそうな気がする。総代くんに励ましてもらってるような気持ちで飲んで、復帰を目指すわ！」

大は笑顔で、心からの感謝を総代に伝えた。その流れで、

「やっぱり総代くんは、私の頼れる同期やね！」

と言うと、総代は一瞬ぽかんとした後、照れ臭《くさ》そうに頭を掻《か》き、

「……そっか。僕、古賀さんから頼りにされてるんだね。まいったなぁ、凄く嬉しい」

と、満面の笑《え》みを見せてくれた。ふんわり表情を和らげる総代を前に、大は、今更ながらに総代の整った顔立ちに気づき、何だか自分まで照れ臭くなった。

雰囲気を変えるつもりで、

「それにしても、お見舞いに紅茶って、総代くんはほんまにお洒落やんな。例えば彼女さんが出来て、その彼女さんが熱を出して寝込んだりしたら、さぞかし、凝《こ》ったお見舞いするんやろうなぁ」

と言ってみる。てっきり調子に乗って胸を張ると思っていたが、総代は何も言わない。

大が不思議に思っていると、数秒経ってから、とある真相を教えてくれた。

「……紅茶はね、坂本さんの助言だよ。僕じゃないんだ」

「えっ。塔太郎さんが？」

予想していなかった話に、大は目をぱちくりさせる。すぐ、塔太郎の気遣いを理解した大は、わずかに顔を赤らめた。

「それやったら、お店も？」

と訊くと、総代はうんと頷いた。

「古賀さんは、去年、仕事の帰りに、あのお店を見かけたんだよね。坂本さんも、それを覚えてたんだと思う。坂本さんはね、昨日、僕に電話してきたんだ。一般の面会が出来るようになったら、元気づけてあげてほしいって。古賀さんは紅茶が好きで、いいお店があるから、持っていってあげたら喜ぶだろうって……。それで実際に用意したら、古賀さんが、本当に喜んでくれたって訳」

「そうやったんや……」

総代の説明を、大は一語一句漏《も》らさないように、じっくり聞く。

塔太郎は今、対策部隊に詰めており、喫茶ちとせにすら顔を出せないほどの忙しさだと聞いている。そんな中彼は、大が落ち込んだ時の事まで、考えてくれていた。大が一番、心を開けるだろう同期の総代に託《たく》してまで。

大の胸に、火が灯《とも》ったような熱さが巡る。離れていても、どこまでも自分を案じてくれる優しい先輩を想って、両手をきゅっと握った。

「……さすが、塔太郎さんやね。私の事は、何でもお見通しなんかな」

「そうだね。直属の先輩だからね。古賀さんの事はきっと……、凄く大事なんだと思う。今度会ったら、お礼を言いなよ」

「うん！」

総代の存在と塔太郎の気遣いで、大は、しっかり笑顔を取り戻す。それを見た総代も嬉しそうに笑った。

「古賀さんと何気ない話をするの、僕も好きだよ。古賀さんもそうでしょ？　だから、この事件が無事解決したら、また一緒に紅茶を飲もうよ。烏丸錦の、あのお店にも行ってさ。

――あ、エレベーターが来た。それじゃ僕、本当に帰るね！　病院食、好き嫌いしちゃ駄目だよ」

「大丈夫！　病院のご飯、意外に美味しいねんで？　今日はほんまに来てくれてありがとう！　ほなね！」

「うん。お大事にねー！」

エレベーターのドアが閉まった後、今日の病院食のメニューがオムライスだと思い出す。

大は以前、何かの折に総代の好物がオムライスだと聞いた事があり、「教えてたら、きっと羨ましがってたやろな」と、一人笑っていた。

塔太郎本人が見舞いに来てくれたのは、大が退院する日の午前中。大が着替えて荷物をまとめ、病室を出る直前だった。

ノックの音がして、そっと病室の扉《とびら》が開いた時、大は何となく塔太郎だと予感していた。その通り、静かに塔太郎が入ってくると同時に、

「塔太郎さん！」

と、大は顔を上げ、自分から歩み寄っていた。

塔太郎が小さく、手を挙げる。その右手には聞いていた通り包帯が巻かれており、大が心配するのを先回りして、塔太郎が「大丈夫やで」と笑顔を見せた。

「おはよう、大ちゃん。ごめんな、お見舞いに来るんが遅なって」

「いいえ。お忙しいと聞いてましたし……。来て下さっただけで嬉しいです。ありがとうございます！」

大の姿を見て、塔太郎は心から安堵したらしい。お見舞い用の小さな花束を置きながら、わずかに息をついた。

「深津さんから一応聞いてたけど、元気そうでほんまよかったわ……。せやけど、どっか痛いとか、頭がくらくらするとか、そういうのはないか？」

あれこれ心配するのを見て、大はあえて強調して、元気な表情を見せる。

「お陰様で、顔の痛みもないです！　総代くんとか、色んな人に、励ましてもらいましたから！　今日からの自宅療養も、ゆっくり過ごそうと思います。総代くんが持ってきてくれたアイスティーが美味しかったので、家でもそれを飲んで、過ごすつもりです」

「そっか。美味しいもんな、あれ」

そこで、大は少しわざとらしく「あら」と言い、

「塔太郎さん、飲んだ事あるんですか？」

と訊くと、塔太郎がわずかに、しまったというような顔をした。

「私、総代くんから全部聞きました。あの紅茶……。塔太郎さんが、総代くんに教えてくれはったんですよね。美味しいアイスティー、ありがとうございました」

塔太郎はどういう訳か、紅茶の事は隠しておきたかったらしい。苦笑《にがわら》いして小さくため息をつき、

「総代くん、俺の事なんか言わんでもええのに」

と、呟いていた。

自分自身が大変な中で気を配ってくれた塔太郎に、大は本当は、もっと深い感謝を伝えたかった。

しかし、その前に塔太郎が顔を上げ、

「そうや。ちょっと、まさるになれるか？　しんどかったら、ほんまに無理せんでええし」

と言うので、

「はい。大丈夫ですよ」

と、大は答えて簪を抜き、変身した。

自力で立ち直っている大とは違い、まさるは、塔太郎の顔を見ると、栗山の事や

船越の事を思い出し、少し落ち込んでしまう。

鞄《かばん》から紙とペンを取り、小さい字で、

(負けちゃって、すみませんでした)

と書いて塔太郎に見せると、塔太郎の手が、ぽんとまさるの頭に乗った。

「気にすんな。それよりもあの時、俺を止めてくれてありがとう。お前がいいひんかったら、今頃俺は、片腕になってたかもしれへんしな。まぁ、それも覚悟のうえではあったけど……。それにしてもお前、ほんまに成長したなぁ。あの状況で、俺の事を危ないと思って、止めてくれたんやろ？　それに、あの喜助っていう烏天狗の事も、お前が怒り狂って殴るかもしれへんと思ってたのに」

(でも、俺、栗山さんを守れなかった。すごく、くやしいです。ほんとうは、ふなこしをにがしたきすけを、いたいめにあわせたかった。でも、それをすると、俺もふなこしになってしまうと、思ったんです)

思い返してみれば、大が配属されたばかりの頃は、怒りのままに敵と殴り合っていたまさるを、塔太郎が止めていた。それが今では、塔太郎を止めることが出来るようになっており、どんなに仲間が傷ついても、怒りで敵を殴らないようになっていた。

この時、まさるのメモを読んだ塔太郎が、不思議な事に一瞬目を逸らした。しか

しすぐ向き直り、

「……お前が船越にならんで、ほんまに、嬉しいわ」

と感情を込めて言う。まさるの肩をそっと叩く姿には思いつめたようなものがあり、さすがのまさるも、塔太郎に何かあったのでは、とかすかに思った。

しかしそれを訊く前に、塔太郎が口を開く。

「もし時間あったら、今から、栗山のお見舞い行かへんか。お前も気になるやろ？」

（いきます！　俺も、栗山さんの体とか、しんぱいでした）

二人で相談した結果、まさるは一旦元の大に戻って病院内を移動し、栗山を見舞う事にする。

意識を取り戻した栗山は、病室に大達が現れた時も、

「おっ。ありがとう！　色々心配かけて悪かったなぁ」

と、いつもの調子だった。大はそこに、栗山の精神的な強さの一端を見た気がした。

大は、船越との戦いで助けてくれた事に感謝し、深々と頭を下げた。

「あの時、私を逃がそうとしてくれて、ほんまにありがとうございました。それと、お力になれへんくって、すみませんでした……」

「そんなん、気にせんでええって！　むしろ、後輩に助けられたら、俺の立場なく

ない？　それ地味に辛《つら》ない？」

　栗山の冗談はとても自然で、嫌みがない。そんな栗山の、塔太郎への友情は紛《まぎ》れもなく真実であり、

「船越は、俺を探してたそうやな。俺の事なんか、すぐに呼んだらよかったやんけ」

と、塔太郎が申し訳なさそうに言うと、

「友達を売るくらいやったら、死んだ方がましや。意地は通したったぞ」

と、栗山は不敵な笑みを浮かべながら、大真面目に言ってのける。塔太郎がまた目を伏せるように、

「ありがとう」

と言い、少しの間、何も言わなくなった。

大もなんとか励ましたかったが、栗山は長年の親友なだけに、塔太郎の扱いにも慣れているらしい。沈む塔太郎に構う事なく、

「まぁ、それはもう置いといて。悪いけど坂本、ちょっと本屋行ってくれへん？　多分、俺のバイブル的新刊が、もう出てるはずやねん。金は後で払うし頼むわ！　あ、特典もほしいし、今から言う店で買ってー」

と、笑いながら手を合わせ、塔太郎に頼んでいた。

するると、頼まれた塔太郎も、栗山に引っ張られるように頭を切り替えられたの

か、普段通りに話している。

「それはええけど……。えっ、お前、漫画は電子書籍ちゃうかったっけ？　題名は？　あの、略して『イド戦』とかいうやつ？」

「そう、それ！　お前もええ加減読めって『イド戦』！　俺、電書で読んでんねんけど、紙の本でも読んでんねん。それぐらい、あれは名作。お前も読め」

「まぁ、また今度な」

「お前、そう言うていつまでも読まへんやん。たまには流行《はや》りに乗ろうぜー」

「俺、もうそういう歳《とし》ちゃうし」

「流行りに歳は関係ないって。というか、俺もおない（同い年）ですけど!?」

大が総代と普段通りの会話で救われたように、今の塔太郎もまた、栗山との会話で救われているらしい。

（私にとっての総代くんが、塔太郎さんにとっての栗山さんなんかな）

と思いながら、大は二人のやり取りを微笑ましく眺めていた。

退院の手続きを済ませて、病院を出る。塔太郎が自宅まで送ってくれた。塔太郎はそのまま書店へ行き、栗山から頼まれた漫画を買うらしい。

「三日経ったら復帰しますけど……。無理、しんといて下さいね？　私もお手伝いしますから！」

「うん。ありがとう。でも、俺は大丈夫。大ちゃんはほんまに、何も気にせんと、ゆっくり休んどいて。それが、俺にとっても一番やから」

去りゆく塔太郎を見送りながら、かえって塔太郎の荷を重くしてしまったかもしれないと、大は気落ちする。

紅茶の話題で、少しは塔太郎の笑顔を取り戻せたかと思ったが、まさるが落ち込んでいた事もあり、なかなかどうして、栗山みたいに上手く出来ない。

栗山は長年の親友だから比べるのもおこがましいが、大も同じように、塔太郎の心に寄り添いたかった。

退院して自宅に帰ると、妙に懐かしい気持ちがこみ上げてくる。出迎えてくれた母親の笑顔を見ると、ほっとすると同時に、

(心配かけて申し訳ないな)

と少し俯き、さらに自分の無力さを感じてしまうのだった。

玄関で、大の荷物を受け取った母親が、

「ちょうどよかった」

と、リビングに大を手招きする。

促されるままテレビを見ると、お昼のワイドショーで、祇園祭のニュースが報道されていた。

今日四日は、みやび会お千度《せんど》があったらしい。祇園甲部《こうぶ》の芸舞妓《げいまいこ》達の踊りで知られる、京舞井上流《いのうえりゅう》。その門下生で作る、「みやび会」の恒例行事である。

毎年この時期、祇園祭の花笠《はながさ》巡行等に参加する芸舞妓が、総勢百名余りで八坂神社《やさかじんじゃ》に詣《もう》でてご祈禱《きとう》を受け、芸の上達や健康を祈願するのである。

それが京都の夏、そして、祇園祭の風物詩の一つとして、テレビで紹介されている。画面の隅にはスタジオの映像もあり、ゲストの芸能人が「華《はな》やかだなぁ」と唸《うな》っていた。

「あんた、四月に祇園の置屋《おきや》さんへ行ってたやろ？　そこで一緒やった子、映ってるんちゃうのん？」

それで大を呼んだらしい母親は、興味津々《きょうみしんしん》で画面をじっと眺めている。それに釣《つ》られて、大も顔を近づけてみた。

すると、映像が切り替わり、西楼門《にしろうもん》をにこやかにくぐる、芸舞妓達の一行となる。その中に、大が職務として住み込んだ置屋・松本《まつもと》の舞妓である、清香《きよか》と清《きよ》ふくが映っていた。

普段のだらりの帯とは違う、毎年新しくデザインされるという揃いの浴衣姿。

「おはようさんどす」

と、他の芸舞妓達と挨拶を交わし合っている。再び映像が切り替わり、彼女達が本殿《ほんでん》の周囲を回って手を合わせて拝《おが》む、お千度の美しい横顔が映された。涼やかな薄化粧の香りまで、視聴者に伝わってくるようだった。

（清香ちゃんも、清ふくちゃんも映ってる。彩莉奈《さりな》ちゃんと多《た》つ彩《あや》ちゃんは映ってへんけど、絶対いるはずやし……。皆、元気に頑張ってるみたい）

年長の舞妓である証《あかし》、「おふく」に結《ゆ》っている舞妓は、この祇園祭の時期だけ、「勝山《かつやま》」という髪型になるという。おふくの舞妓である清香や清ふくも、銀の花かんざしが目を引く勝山となり、夏のお座敷に出るのだろう。

芸舞妓という夢に向かって、真っすぐに生きる彼女達。その姿を見るだけで、励まされるものがあった。

彼女達と寝食を共にして、祇園の浄化《じょうか》に務めた日々を思い出す。半月にも満たない日々だったが、あの事件を通して自分が確実に成長した事と、清香達を守り抜けたという実績を、大は思い出した。

（大丈夫。これから何があっても、きっと大丈夫……。だって、私もまさるも、「魔除けの子」やもん）

船越が怖くないと言えば、嘘になる。けれどもそれを振り払うかのように、大は心の中で初めて、自らをそう名乗った。

幕間　二

自分が片想いしている同期、古賀大《こがまさる》が、坂本塔太郎《さかもととうたろう》に抱かれてぐったりし、自分の先輩である栗山圭佑《くりやまけいすけ》も、芝生《しばふ》に倒れてぴくりとも動かない。

それらを見た時、総代和樹《そうしろかずき》は悪夢だろうかと目を疑った。

総代自身も、「栗山さん⁉　古賀さん⁉」と二人に駆《か》け寄ったが、あまりの衝撃を受けて、このあたりの記憶は曖昧《あいまい》である。

救急車で運ばれる二人を見送った後、敵の下《した》っ端《ぱ》だという烏天狗《からすてんぐ》の逮捕や、現場検証などで、総代は悲しむ暇もない忙しさだった。

変化庵《へんげあん》に戻って一旦帰宅し、再度出勤した総代がようやく一段落出来た時、壁の時計を見ると、七月二日の昼前だった。

対策部隊から一旦帰ってきた絹川《きぬかわ》から、事件のあらましを聞く。

まず、栗山と大について、命に別条はないと聞いて安心し、次に、彼ら二人を襲ったのは、京都信奉会《きょうとしんぽうかい》の上層部で四神《しじん》の一人である船越《ふなこし》という男だと聞かされた。

栗山を殉職《じゅんしょく》寸前にし、大も殴《なぐ》り倒したという話を聞いて、総代は船越の脅威《きょうい》に青くなると同時に、自分にとって大切な人を二人も傷つけたという事に、怒りが湧《わ》いた。

　絹川が再び対策部隊へ向かうのを見送った後、総代のスマートフォンに、電話があった。

　画面を見ると、坂本塔太郎だった。

「お疲れ様です。総代です」

「お疲れ。ちょっと今、大丈夫か？」

「はい」

　現状が現状なだけに、電話の向こうの塔太郎の声はもちろん、何でしょうかと訊《き》く自分の声も、どうしても低くなりがちだった。

　お互い、栗山と大について話したい事は沢山あると雰囲気で分かったが、それよりも、互いに気持ちを落ち着かせて、塔太郎はまず、用件を伝えるべきだと考えたらしい。

「大ちゃんの事なんやけど……、絹川さんから、事件の内容は聞いたか？」

「はい。僕も辛《つら》くなりましたし、今すぐにでも船越と戦いたいです」

「せやんな。俺《おれ》もや。でもその前に、一つ相談があんねんけど……。一般の面会が出来るようになったら、大ちゃんを、励ましたげてほしいねん。今回の件は多分、大ちゃんが一番悔《くや》しがってるやろうし……」

「そうですよね。古賀さんって、そういう子ですもんね。こう言ってはなんですけど、坂本さんに言われるまでもなく、もちろんお見舞いに行くつもりですよ。僕なりに精一杯、元気づけようと思ってます。だから、安心して下さい」

「うん。ありがとう。ほんま頼むわ。あれやったら、烏丸錦《からすまにしき》を西に入ったとこに、紅茶の専門店があんねん。大ちゃんは紅茶が好きやから、ええお見舞いになるんちゃうかな」

「ありがとうございます。早速、買いに行ってみます」

彼女はイチゴやラズベリー等のベリー類が好きだが、前に色んな紅茶を試したいと言っていたので、珍しい味でも喜ぶのでは、という助言を受けた後、電話を切る。

塔太郎に言われなくても、総代は、栗山や大の見舞いへ行こうと思っていた。彼女が傷ついているのなら、彼女の心や要求にどこまでも寄り添い、励ますつもりである。

塔太郎の頼みを余計なお世話だと言うつもりはないが、

（当然だよ。だって僕は、彼女が好きなんだから……）

と塔太郎に対して、ほんのわずかに言いたくなった。

そんな対抗心のような気持ちを抱いた時、ふと、総代は気がついた。古賀大に寄り添いたい気持ちは、きっと、坂本塔太郎も同じではないかと。

あの雨の中で、塔太郎は何物からも守るように、大を抱き締めていた。塔太郎は今、彼女の負傷だけでなく、心の傷まで案じている。

それだけ塔太郎は――大の事を想っているのだ。それがあくまで後輩としてなのか、また、塔太郎本人がその気持ちに気づいているかどうかまでは、まだ分からないが……。

しかし、それほど大を想っている塔太郎が、見舞いをわざわざ総代に託《たく》したのは、対策部隊の忙しさが理由にあるとしても、以前から約束している「恋の手助け」の誓約が、一番大きいだろう。

（こんな時まで、律儀に約束を守ろうとするんですね）

総代は、大が励む「まさる部」へ参加するようになり、丹後《たんご》出張にも、急遽《きゅうきょ》参加が決まった。そのどちらも、塔太郎が深津《ふかづ》や猿ケ辻《さるがつじ》へ提案したり、後押ししたかららだと、総代は大達から聞いている。

その都度《つど》、総代は、後で塔太郎本人に電話して確かめ、お礼を言った。

すると塔太郎はいつも、

「まぁ、総代くんの方が、ええやろしな」

としか言わず、その後小さく、「距離縮めんの、頑張れよ」と言って、自分の恋を応援してくれた。

今回の事件の犯人は、京都信奉会の上層部。塔太郎とて心穏《おだ》やかではなく、そんな中、可愛《かわい》い後輩が入院していたら、すぐにでも飛んでいきたいだろうし、自分自身が、出来る限り励ましてあげたいに違いない。

それを自分との約束ゆえに、塔太郎は我慢して、全《すべ》て総代に譲《ゆず》ったのである。

だから総代は、実際に大を見舞った時、言わずにはいられなかった。

「……紅茶はね、坂本さんの助言だよ。僕じゃないんだ」

傍《そば》にいて、彼女に気晴らしの一時を与えたのは自分でも、彼女が喜ぶ紅茶を選んだのは、自分ではなく塔太郎。

黙っていれば、全て総代の手柄《てがら》となり、大からの信頼は総代一人のものになったかもしれない。しかしそれだけは、きちんと言わなければいけないし、伝えなければいけないと、総代は思ったのだった。

今日まで総代は、自分に協力してくれるという約束を盾《たて》に、塔太郎の動きを封じている。

心のどこかで、それが卑怯《ひきょう》な事だとは分かっていた。しかし、約束を言い出したのは、他ならぬ塔太郎自身である。総代はそれに甘えていた。今でも甘えている。

その一抹《いちまつ》の罪悪感があるからこそ、大の心に、塔太郎を入れてあげたいと、思ってしまったのである。

懸装品《けそうひん》の図録を用意し、自分が興味を持ちそうな作品を選んで教えてくれて、そのまま、図録を貸してくれた塔太郎。

その時も今回も、塔太郎の優しさや律儀《りちぎ》さという尊い人格が、総代の心に刻まれていた。

「……坂本さんって、本当にいい人だよなぁ」

ぽつり、呟《つぶや》いてみる。

正直なところ総代は、坂本塔太郎という人物に、幸せになってもらいたいと思い始めていた。

しかし、彼女の笑顔を思い出すと……。

(総代くんは、私の頼れる同期やね！)

やっぱり、大の隣にいつまでもいたいと、総代は自分のささやかな恋を、止められなくなるのだった。

第三話　在りし日の宵山《よいやま》と青龍《せいりゅう》の追憶《ついおく》

世間が七夕《たなばた》を楽しむ、七月七日の午前中。

大《まさる》は、自宅療養を経て、喫茶ちとせに復帰した。ドアを開けると、レジに小さな笹飾《ささかざ》りが見える。最初に出迎えてくれたのは、琴子《ことこ》だった。

「大ちゃん！　待ってたで！　退院おめでとうー！」

飛び込むように、小柄な大を抱き締める。琴子は直前まで、賄《まかな》いの準備か定食の仕込みをしていたらしい。しなやかな体から、美味《おい》しそうな卵焼きの匂《にお》いがした。

それが大に、この店に帰ってきたのだと実感させる。大も琴子をきゅっと抱き返し、心機一転の笑《え》みを浮かべた。

「ご心配をおかけして、すみませんでした！　お見舞いに来て下さったの、めっちゃ嬉《うれ》しかったです。ほんまにありがとうございました。古賀《こが》大、ただいま復帰しました！」

竹男《ちくお》も二階の事務所から下りてきて、大の復帰を喜んでくれる。喫茶ちとせにいたのはその二人だけで、深津《ふかづ》、玉木《たまき》、そして塔太郎《とうたろう》の姿はなかった。

大は、エプロンを付けて腰紐《こしひも》を結びながら、竹男に尋ねた。

「深津さん達は、今日も、船越《ふなこし》の対策部隊にいはるんですね」

「せやねん。多分、玉木は俺《おれ》らへの報告と昼飯を食うので、こっち帰ってくると思う」

以前から聞いていたように、深津達三人は、本部に設置された京都信奉会の対策部隊に入っている。逃げた船越の捜索はもちろん、烏天狗《からすてんぐ》の喜助《きすけ》の取り調べや、今後起こる可能性があるという「事件」に備えて、八坂神社《やさかじんじゃ》との連携や、山鉾《やまほこ》自体はまだ建っていなくとも、町の巡回警備まで、様々な準備を行っているのだった。

そのメンバーには、八坂神社氏子区域事務所の所長を務める深津や絹川《きぬかわ》をはじめ、あやかし課隊員の主力が揃《そろ》っているらしい。そのエースの一人として塔太郎も加わっており、捜査や警備で出ずっぱりだった。

たとえ、塔太郎自身が船越に狙《ねら》われる身であっても、である。

船越を退治寸前まで追い込んだ実力が対策部隊に不可欠なのと、敵の目が塔太郎に向けられている今、自分が囮《おとり》になれば、山鉾や町は守れると塔太郎自身が主張して譲らなかったからだという。

塔太郎本人の強い希望と説得が、対策部隊にその決断をさせたと竹男が教えてくれた。

大はまだ、対策部隊や塔太郎が、そこまで動いている事情を知らない。船越が山鉾を狙っているらしい事までは、喜助の発言もあって察している。だが、大と栗山《くりやま》が戦った後の事は、入院と自宅療養が必要なことを理由に、何一つ聞かされていなかった。

目の前の琴子や竹男、そして、他のあやかし課隊員達は、既に全《すべ》てを知っている。そのうえで、対策部隊に入っていない隊員はいつも通りの仕事に就《つ》き、その他の通報に備えている——という事らしかった。

大は復帰した今日、全てを聞くことになっていた。

大がエプロンを付けて間もない頃、竹男が話していた通り、玉木だけが店に戻ってくる。大は復帰の挨拶《あいさつ》をした後、

「あの、玉木さん。船越の件なんですが……」

と、切り出し、玉木もそれに頷《うなず》いた。

「そうでしたね。深津さんか、僕が話す約束でしたよね」

テーブルにつくよう促《うなが》されたので、大は静かに椅子《いす》を引き、腰を下ろした。

琴子と竹男は、これから聞かされる話で、大が心を痛めるだろうと考えたらしい。

「終わったら皆で、お昼ご飯を食べよな」

「ちょっと重たい話やけど、あんま気ぃ張らんようにな」

大を不安にさせまいと、普段の口調で声をかける。その後、静かに厨房《ちゆうぼう》へ入った。

それを見送った玉木が、口を開く。大が入院している間、喜助の取り調べからどんな情報が得られたのか、逃げた船越が何を企《たくら》んでいるらしいか等を、ゆっくり説

明してくれた。

「古賀さんが一番気になる点でしょうから……、まず、結論から言いますね。船越はやはり、自《みずか》らの軍を率《ひき》いて、山鉾を奪う計画を立てています。船越本人は無事なので、その計画は依然進行中。あの喜助という烏天狗《からすてんぐ》が、何もかも吐《は》きました」

それも、狙うのは一基だけではなく、五基以上。

来《きた》る十七日の前祭《さきまつり》巡行で、山鉾と共に歩く町内の人達や各関係者、二十万人超とも言われる見物人を人質《ひとじち》に取り、山鉾を奪って理想京《りそうきょう》に持ち帰る、という内容だった。

元々の船越の計画では、大達を襲撃したあの夜、塔太郎を討《う》ち取ってから、意気《いき》揚々《ようよう》と十七日に京の町へ攻め込むつもりだったという。それが狂った今、船越は予定を変更し、塔太郎の討伐《とうばつ》と山鉾の奪取とを、同時に行うつもりらしかった。

京都最大級の「ほんまもん」を、武則大神《ぶそくおおかみ》に献上するためである。船越は、力での侵略こそが、武則大神の威光を京都に示す最大の要素であると、考えているらしかった。

大は、一度聞いただけでは信じられず、真《ま》っ青《さお》になって玉木を見つめた。

「そんな事が、あり得るんですか……？　二十万人を人質にって、どうやって……。

相手は、どこから攻めてくるんですか……？」

「それについても、今から説明します。こうして話している僕も、未《いま》だに信じられないくらいですよ」

大は戸惑《とまど》うばかりで、玉木も、困ったように首を横に振る。テーブルの上で両手を組み、目線を落とすばかりだった。


遡《さかのぼ》る、七月二日。船越との戦いに敗れ、大が病室で寝込んでいた頃の事である。

対策部隊では、逮捕した喜助の取り調べが行われていた。

しかし、どれだけ厳しく追及しても、喜助は一向に口を割らない。これは、船越を裏切るまいという手下の意地ではなく、梅小路《うめこうじ》公園での戦いの直前、要《い》らぬ事を言って怒鳴《どな》られたという、恐怖の経験ゆえらしかった。

今度喋《しゃべ》れば、船越にどんな折檻《せっかん》をされるか分からない。そう言いたげに震《ふる》えるだけの喜助を見て、対策部隊は方針を変えた。喜助の取り調べを一旦止《や》めて、別の者に話を訊《き》く事にしたのである。

それが、府警本部の地下に収監《しゅうかん》されている、渡会《わたらい》だった。喜助や船越の発言から、渡会と成瀬《なるせ》も京都信奉会の四神《しじん》、あるいは上層部だという事が、もはや決定的だったからである。

渡会に面会したのは塔太郎で、隣で書記を務めたのは玉木。過去の取り調べでの渡会の反応もあって、対策部隊には、塔太郎になら渡会も喋るだろうという目算《もくさん》があった。

その期待通り、普段は監視員に対してほぼ口を開かない渡会が、面会室に入ってきた塔太郎を見るなり、嫌みたらしく口角《こうかく》を上げたという。

「どうも、武則《たけのり》さんの息子さん。久し振り。元気だったか？」

塔太郎にしてみれば不快だったろうが、玉木がそっと窺《うかが》うと、塔太郎は動揺せず冷静さを保っていた。

「元気も何も、お前らのせいで散々やぞ」

自虐的《じぎゃくてき》に、薄《うっす》ら笑みさえ浮かべていた。

塔太郎が無理して笑っていると、長年の後輩である玉木にはすぐに分かった。しかし、塔太郎の様子を見た渡会が、

「あんたが来たって事は……、また、信奉会の誰かが事を起こしたんだな？　今度は誰だ？」

と、面白がるように自《みずか》ら訊いたので、取り調べの滑《すべ》り出しとしては上々と言えた。

塔太郎が船越の出現を伝えると、渡会は一瞬不快そうに目を細めて、

「あいつか」

と、顔を歪《ゆが》めた。さらに、「四神」について訊かれた渡会は、そこはもう隠す必要はないと判断したらしく、

「ああ、そうだよ。お前らの考えてる通りだよ。信奉会の上層部には四神というのがあって、一人は船越、一人は俺だ。ついでに、もう一人も言っといてやろうか。お察しの通り、成瀬だよ。もっとも、あいつは器用さだけで工事長……四神になったような奴《やつ》だ。お飾りで据《す》えたみたいなもんだな」

と、京都信奉会での自らの立場について、ついに口を割ったのだった。

この時の玉木は、心の中で、渡会にここまで話をさせた塔太郎の功績を称《たた》えると同時に、目の前の渡会と、清水寺《きよみずでら》の激闘の末に倒した成瀬が、京都信奉会の上層部だったという事実に衝撃を受けた。内心の動揺を隠しつつ、必死に記録を取っていた。

四神の残り一人についても塔太郎は尋ねたが、その人物だけは対策部隊も把握していないためか、渡会は何も喋らなかった。

そんな風に、四神については供述した渡会も、船越に関しては適当な返事をするだけで、ずるずる黙秘を決め込もうとした。

しかし塔太郎が、

「船越が、お前の事を『軟弱な女に入れ上げてる』って言うてたぞ」

と話した瞬間、

「……軟弱な女？」

と、今までの飄々《ひょうひょう》とした態度から一転、顔色を変え、目を吊《つ》り上げて憎悪《ぞうお》を滾《たぎ》らせた。

それをきっかけに、

「船越はな、四神の中で唯一、武則さんが自ら拾ってきた奴だ。船越は昔、相当ないじめに遭《あ》っていたらしい。その人格が、戦い方にも表れている」

と手の平を返すように、船越について話し始めた。

これには玉木はもちろん、塔太郎もさすがに眉間《みけん》に皺《しわ》を寄せ、不思議そうに身を乗り出した。

「突然どうしたんや」

「いいからさっさと記録を取らせたらどうだ。今回ばかりは、お前らに協力してやる。船越の事は何でも訊け。全部話してやるぜ。――美織《みおり》を悪く言う奴は全部敵だ。その点に関しては、信奉会の奴だろうが誰だろうが関係ねえ。武則だって例外じゃない……。特に船越は、一度ならず二度までもときた。死んでも許さない。あいつをこの世から消すためだったら、お前らの側にも立ってやるぜ。ここを出してくれるなら戦闘員として働いてやるが……、ま、さすがにそれは無理だろうな？」

「当たり前やろ」

「だろうな。そう怖い顔するなよ、息子さん。俺もちゃんと、その辺は分かってる。だから、情報提供してやるって言ってるんだ。逮捕されてなきゃ、俺が今すぐ消しに行くところだ。それぐらい、俺はあいつが嫌いだ」

渡会の目は本気だった。心の底から船越を憎んでおり、その存在を消すために、本気であやかし課に情報を売り渡す気だった。「美織」という存在の大儀《たいぎ》のもとでは、一片の罪悪感もないようだった。


船越はな、さっきも言ったように、ガキの頃から散々いじめを受けてきたらしい。それがある日ぷつんときて、自分から、いじめっ子達に襲い掛かった。生存本能が恐怖を超越した、いわゆる窮鼠《きゅうそ》猫を嚙《か》むというやつだな。自分は一人、対する相手は数人だ。双方とも血まみれになるような、凄《すご》い喧嘩《けんか》だったらしいぜ。

それでも、あいつは勝った。死に物狂いになって、全員を殴《なぐ》り倒した。いじめっ子達は震え上がり、その後、二度と船越に近づかなくなった。船越の自慢話では、最後には立場が逆転し、いじめっ子達を使い走りにしていたらしい。

それ以来、船越は、力こそが全てだと悟った。力があれば虐《しいた》げられない。力があれば大抵の事は叶《かな》う……。要は、暴力至上主義の、バカになっちまったって訳さ。

強さを極めようと古武術の道場に通い出したが、性格に問題ありとして、どこに行っても破門された。その都度《つど》、最後に試合がしたいと申し出て、そこの門弟をボコボコにした――っていう話を、俺は本人から何度か聞いたよ。

そういう少年時代の間に、背が伸びて体格がよくなり、荒事《あらごと》が好きな化《ば》け物と偶然出会って霊力《れいりょく》に目覚めて、自分なりの体術や回復能力を身に付けた――って事らしい。

こういう過去を持った鬼の伝承や悪僧、怪人の伝承って、日本でもあるよな？ま、それは関係ない話だな。

とにかく、奴が武則さんと出会ったのは、その頃だ。理想京が出来上がって、治安維持は誰がするって俺達が話し合ってた時に、武則さんが連れてきたんだ。

どっちが喧嘩を売ったかは知らないが、要は、武則さんが船越を完封したのさ。

船越は暴力至上主義だが、同時に、ロマンチストだ。負けて悔《くや》しがるどころか、むしろ、武則さんの力を崇拝《すうはい》した。武則さんの人柄にも感銘《かんめい》を受け、その場で、武則さんに忠誠を誓ったらしい。武則さんが俺達の前に船越を連れてきた時、既に奴は、武則さんを「武則大神様」と呼んで慕《した》っていた。そんな忠臣ぶりを、武則さんもよく褒《ほ》めていたよ。

船越はその後、武則さんから直々《じきじき》に「治安維持長」に任命され、自分の力と、徐々に頭数《あたまかず》を増やした軍隊「船越武士」を率いて、理想京の治安維持に務めた。

やがて、武則大神の一の虎《とら》を名乗るようになりましたとさ……。

ま、こんな感じだな。治安維持に関しては、船越とその軍は、確かに手腕を発揮していた。理想京の和を乱す狼藉者《ろうぜきもの》は、その武力であっという間に捕《つか》まえていた。

とはいえ……如何《いかん》せん、長たる船越が暴力的だからな。その下にいる兵士達も、船越が喧嘩して集めてきた、やくざまがいの化け物達が中心だ。仕事は出来ても、後処理や態度がよくない。弱い者いじめとしか思えないやり方もあったぜ。

住民の中でも嫌う奴はかなりいたし、成瀬なんかは、中枢会議の度《たび》に、「下品でかなんわ。あー、嫌や嫌や」って、言ってたっけな。船越に睨《にら》まれると、ビビッて黙ってたけどな。

そういう奴なんだよ。船越っていうのは。

何はともあれ、実力が信奉会の中でも上位っていうのは、俺も認めるところだ。戦い方は息子さん、あんたと同じ格闘だよ。もしかしたら、あんたと船越は、案外気が合うかもな？　おっと、眼鏡《めがね》の兄ちゃんに睨まれたから、続きを語るとしますかね。

弱点らしい弱点は……、残念ながら、すぐには思い浮かばない。腕力はもちろん、無駄のない足運びや剛柔《ごうじゅう》の技術といった、戦いの基本は満遍《まんべん》なく修めてる奴だ。少年時代に、古武術の道場に通ってたのが、まずかったな。道場で人格が矯正《きょうせい》されてりゃよかったが、殴る蹴《け》るの技術だけ学んで、肝心《かんじん》な事は学ばなかった。それが一番駄目だ。

それに、一定レベルの回復能力を持ってるんだ。並の奴では勝てない。だからこそ、化け物の軍を束《たば》ねる事が出来る。力があるからこそ、他人を平気で侮辱《ぶじょく》する……。

今となっては、最初に美織への暴言を吐かれた時、武則さんの制止を振り切ってでも奴を「退治」しときゃあよかったぜ。

ん？　ここまで喋って大丈夫なのかって？　ご安心を。俺は確かに今、信奉会や武則さんを裏切っている。が……武則さんは俺を殺せない。絶対だ。美織を侮辱した船越が悪い。

……こんなところかな。ま、船越以外に関しては、黙秘って事で。

玉木が話を止めて短くため息をつき、喉《のど》を潤《うるお》したくてお茶を淹《い》れようとしたらしく、一旦、席を立った。それを予測していた琴子が、氷の入った冷たい水をグラスに入れて、玉木に渡す。

「すみません、琴子さん。ありがとうございます」

「いいえ。玉木くんもお疲れ様。無理しんようにね」

「はい」

琴子が優しく労《ねぎら》っているのを、大はぼんやり眺《なが》める。背筋を伸ばして座ったまま、船越の事を考えていた。

大が「眠り大文字《だいもんじ》」を仕掛けたあの時、脳裏《のうり》に流れ込んできた光景は、船越の原点だったらしい。まさしく、世の中の暗い真理の一つを悟り、その後の人生を決定づけた瞬間だった。

（いじめられて、力でそれに打ち勝った。力こそが全てやと思って、その力だけを頼りにして、今に至ってるんやな……）

その船越もまた、神崎武則の力に屈し、心酔《しんすい》した。船越を完封したという神崎武則の力が一体どのようなものなのかは、渡会の黙秘もあって、今も謎《なぞ》だという。己《おの》が信条としている「力」で、船越は今後、どのようにして山鉾を奪う気なのか。

席に戻った玉木が、続きを話してくれた。

船越については驚くほど話した渡会だったが、その船越が何を企んでいるかについては、

「逮捕されてここにいるんだから、分かる訳ないだろ」

と一蹴《いっしゅう》した。

しかし渡会は、それでは自身の腹が治まらなかったらしい。思い出したように顔を上げ、

「そういえば、船越の手下を捕まえたって言ってたな？　もしかして、世話係とかいう喜助の事か？　だったら俺に訊くより、そいつを攻めた方が早いぜ。船越の腰《こし》巾着《ぎんちゃく》だから、絶対に知ってるはずだ。……船越の野郎も、よくあんな奴を傍《そば》に置くよな。転移が出来るから、緊急脱出用として使ってるんだろうが……。俺だったら、どんなに便利な奴でも、絶対にあんな軽率な奴は置かねえ」

と、提案したという。

確かに、喜助の口が軽いのは、梅小路公園の事件で証明されている。今、取り調べで喜助が喋らないのは、口が堅いからではなく、単に船越の制裁が怖いからだった。

それならば、喜助から情報を得る事は、やりようによっては可能である。塔太郎と玉木は渡会との面会を終了させ、対策部隊へ進言した。

その後、対策部隊内で、喜助への尋問もやはり同じ人物が行った方がよいという事になり、ここでも塔太郎が尋問し、玉木が書記を務める事になった。

喜助は最初、塔太郎が何を訊いても震えており、「知りません、俺は知りません」の一点張り。しかし、渡会から聞いた話を出されると徐々に追い詰められ、逆に、声を荒《あら》らげるようになったという。

「そんな事は、船越様を捕まえて訊けばいいでしょうが！　何で俺にばっかり訊くんです⁉　大体あんたら人間はね、昔から神経質すぎるんだ。そんなに祭が大事かい。ええ？　ああいう豪華な山鉾はね、あんたらみたいな人間よりも、武則大神様の所有になった方が、ずっとずっとお似合いなんだ。だから、相応《ふさわ》しい場所へ貰《もら》ってやろうと言ってるんだ。どうしても俺に吐かせたいってんなら、あんたらも船越様みたいに力でやってみたらどうだい、ええ？　ほら、やってみろよ！」

勢い余っての口ぶりに、さすがの玉木も記録の手を止めた。

「いい加減にして下さい。こっちが何もしないと思って――」

玉木が顔を上げた、その時である。隣の塔太郎が、無表情で拳《こぶし》を振り上げる。玉木が止める間もなく塔太郎の拳が机を直撃し、火花や光、音と共に、机が跳《は》ねて真っ二つに割れた。

　破片がぱらぱらと落ち、机が床に倒れる。外で待機していた監視員が慌《あわ》てて入ってきたので、玉木が「な、何でもありません。大丈夫です」とその場を収め、監視員を再び外へ出した。

　これを目の当《ま》たりにした喜助はというと、ひきつけを起こし、椅子の背もたれに縋《すが》ろうとしてバランスを崩し、床へ転げ落ちる。挑発したのは自分であるにもかかわらず、恐怖のあまり頭を抱《かか》え、泣いてその場に伏せていた。

　そんな喜助に降ってきたのは、

「……自分の気持ちは、もう、よう分かったから。とりあえず今ここで、知ってる事を全部喋ってくれ。俺が言いたいのはそれだけや」

　という塔太郎の、有無を言わさぬ声だった。

　こんな塔太郎を、玉木は過去に一度も見た事がなかった。玉木でさえ秘《ひそ》かに怯《ひる》み、塔太郎の顔を見られなかったほどである。真っ向から威圧を受けた喜助の震え上がり方はもう尋常ではなく、

「はい……はい……。申し訳ありません、武則大神様……」

　と、嘴《くちばし》をカチカチ鳴らし、再び人違いを起こしている事について、塔太郎はもはや指摘も修正もしなかった。

「船越は軍を出して、山鉾を奪うのが目的らしいな」

「おっしゃる通りでございます……。船越様は、ご自身の軍を率いて、まず人質を確保し……、その交換条件として、山鉾を五つ以上要求し……、理想京へお持ち帰りになる計画を……立てておられます……」

「人質というのは、誰や。お稚児《ちご》さんか」

「いえ……巡行に集まる、全ての人間でございます。上空から襲来《しゅうらい》し、いつでも民間人を撃てるようにすれば、すなわち人質の完成である。警察も守り切れまい、こちらの要求に従うしかあるまいと……、船越様が……」

例年の、祇園祭《ぎおんまつり》の山鉾巡行の見物人、その人数を思い出した玉木は戦慄《せんりつ》した。

(二十万人超……!)

それだけの人数を、船越は人質にするというのか。

塔太郎はさらに問い続け、喜助は息も絶え絶えになりながら、何とか答えていた。

「上空からというのは、言葉通りの意味でございます。我々船越武士は、治安維持の兵器の一つとして、空飛ぶ船を所有しており……、その数を増やして、この度、攻め込む計画です……。どの方角からの出陣かは、その時はまだ、船越様から聞いておりませなんで……。なので、私も知らないです……。本当です……。もともと、船は五隻《せき》ほどでしたが、船越様は今頃は理想京に戻り、急遽《きゅうきょ》追加の船も作らせておいでかと思います……。あと、山鉾を載せるための船も……、武則大神様のお力で、全て飛ばせるようにして、準備が整っています……。此度《こたび》の戦《いくさ》は、武則大神様のご神勅《しんちょく》を頂き、我が軍の威信をかけたものと、船越様はおっしゃっていました。な、なので、十七日の出陣《しゅつじん》は、船越様配下の隊三つ、全てがお出になると……。その規模ですから、たとえ、我々の計画が漏《も》れ、祇園祭が中止になって山鉾を隠されても、空飛ぶ船だから、代わりにいくらでも、京都の町の宝を奪えると……。も、もう許して下さい、武則大神様。許して下さい……」

最後まで、塔太郎を神崎武則と錯覚《さっかく》したまま、喜助はくたりと元気をなくし、気絶した。

取り調べはそこで続行不能となり、塔太郎と玉木は静かに部屋を出た後、喜助の介抱《かいほう》の手配をしたという。

取調室から対策部隊の会議室まで戻る途中、玉木も塔太郎も、ほとんど何も喋らなかった。

船越の計画があまりにも突飛《とっぴ》という衝撃もあったが、何より、塔太郎の気持ちを考えると、とても話せる空気ではなかったという。

それでも辛《かろ》うじて玉木が、

「塔太郎さん。本当にありがとうございました。お陰で、船越の計画を事前に知る事が出来ました。お手柄《てがら》です。人々や山鉾を守るための対策を、立てる事が出来ますよ」

と励ますと、塔太郎は、

「……そうやな。手柄やな。力で脅《おど》して、あれだけ吐かせたもんな」

と小さく言い、

「俺は、船越と同じになってもうたんやな」

と呟《つぶや》いて足を速める背中に、玉木はもう何も言えなかった。


玉木が全てを話し終えても、大は、しばらく顔を上げられなかった。玉木も同じ思いでいるらしい。それでも、俯《うつむ》いたまま補足してくれた。

「……今の対策部隊では、陰陽師《おんみようじ》隊員も加えて、迎撃の準備が進んでいます。今回ばかりは、警察だけで済ませられるものではありません。祭の規模から考えても、今から中止は難しい。

八坂神社のご祭神、ならびに、神社を守る狛犬《こまいぬ》さん達や随神《ずいじん》様で構成される八坂神社の霊的部署である『随神課』、山鉾の御神体《ごしんたい》、そして、祇園祭の関係者および山鉾町の、霊力持ちの役員の方にも極秘にお伝えして、連携を取る調整をしています。それぐらい今は、大規模になりつつあります。僕自身、ここまでの事件は初めてです。というか、大抵の隊員はそうでしょうね。

敵の襲来の鍵《かぎ》となる、理想京からこちらの世界への出入り口についても、喜助に尋問しました。ですが……機密保護のためか、何らかの術がかけられているようです。喜助はその話題になると途端に呆《ほう》けて、『あれ、どこから来たんでしたっけ……』と、喋ろうにも喋れなくなっていました。一応、京都駅周辺も捜査しましたが、それらしいものは見つかりませんでした」

「それで、陰陽師隊員の皆さんが今、占いで、船越達が来る方角を割り出してるんですね」

「そういう事です。文博《ぶんぱく》の事件以上の、難しい予測になります。今回は鶴田《つるた》も補助に回り、総出で頑張っているそうです」

十七日に、船越の軍が攻めてくる。二十万人もの人々と、山鉾が狙われる。

山鉾の御神体や八坂神社の祭神は、もちろん当日は霊力や神威《しんい》を町へ流し、人々を守ってくれるだろう。

しかし、実際に船越とその軍を逮捕・退治し、取り締まるのは、京都府警あやかし課の役目である。空から襲来するものに対し、自分達はどう迎え撃てばいいのだろうか。

事件そのものの他にも、渡会の供述で判明した船越の経歴、人格、さらに、渡会に寝返りまでさせた「美織」という存在にも、驚きを隠せない。

大の頭の中で、様々なものが交錯《こうさく》する。しかし、それら一つ一つを整理して、ようやく口から出た言葉は、

「……可哀想《かわいそう》な塔太郎さん……」

だった。

もはや、塔太郎一人の責任感だけで、何とか出来るような問題ではない。それは本人も分かっているだろうが、かといって、決して他の者に頼りっきりにしないのが、塔太郎である。

そういう性格にも大は惹《ひ》かれたのだが、今となっては、それこそが塔太郎自身の枷《かせ》になっているようで、恨《うら》めしい。

船越の計画を聞き出すためとはいえ、喜助を震え上がらせ、実父と錯覚された事についても、真面目《まじめ》な塔太郎は内心、どんなに傷ついているだろうか。

病院に見舞いに来てくれた時、塔太郎はまさるの精神的な成長を見て、こう言った。

「お前が『船越』にならんで、ほんまに、嬉しいわ」

その意味も、事情を知った今ならよく分かる。誰もそんなふうには思っていないが、渡会から指摘されたように、同じ格闘技の使い手で、力で相手を威圧したとい

う共通点から、塔太郎自身は、自分と船越とを重ねているかもしれなかった。

ちょうどその時、店のドアが開く。タイミングがいいのか悪いのか、入ってきたのは深津と、まさしく思いを巡らせていた相手、塔太郎だった。

大や玉木が立ち上がると、深津が大に気づき、手短に労《いたわ》ってくれる。

「古賀さん、無事、退院出来てよかったな。体もしんどくて大変やったやろうけど、また、今日から頑張ってな」

「はい。ありがとうございます」

深津の後ろにいた塔太郎も、大に声をかけようとした。

しかし、それより早く大が、

「……痩《や》せました？」

と塔太郎の顔を見て、胸を突かれるように訊く。塔太郎は何かを隠すように、笑って否定した。

「二、三日では、そんな痩せへんって。変わってないよ」

痩せたのではなく、やつれたのではないかと大は疑う。厨房から出てきた竹男が、あえて重い雰囲気を打ち消すかのように、明るい声を出した。

「お疲れー。あれ今日、綾傘鉾《あやがさほこ》の警備ちゃうかったっけ。今から？」

深津が「うん、そう」と言い、警備へ出る前に、復帰した大の様子を見に来たのだと話した。

深津も塔太郎も、コーヒーさえ飲まず、すぐに店を出るという。玉木もここで昼食を取った後、府警本部へ行くとの事だった。

七月七日の今日は、山鉾の一つ・綾傘鉾の先導を務める稚児達が、紋付袴《もんつきはかま》の正装に身を包んだ父親や、綾傘鉾を出す善長寺町《ぜんちょうじちょう》の役員と共に、八坂神社に参拝する日である。

今日の昼過ぎに、八坂神社の常盤御殿《ときわごてん》で町内縁組の結納《ゆいのう》を済ませ、一同、神社の正門にあたる南楼門《みなみろうもん》から参じて宮司《ぐうじ》からお祓《はら》いや宣状《せんじょう》等を受け、お千度《せんど》を行う予定だった。

綾傘鉾を含め、山鉾自体はまだ、町には建っていない。しかし、対策部隊や八坂神社の随神課は、敵が「お稚児さん」を狙う可能性があると、判断したのだという。

社参《しゃさん》の舞台となる八坂神社の境内《けいだい》や、烏帽子《えぼし》と水干《すいかん》に身を包んだ可愛《かわい》いお稚児さん達、その父親達や役員達は、鴻恩《こうおん》や魏然《ぎぜん》、他の狛犬や随神といった存在が、きっちり守るという。

塔太郎ら京都府警の対策部隊のメンバーは、八坂神社の外、すなわち祇園や清水《きよみず》といった周辺を警備するとの事だった。

鴻恩や魏然まで加わるという話に、大は、玉木から聞いていた通りの、警備の拡大を実感する。

同時にこの件について、塔太郎と、塔太郎を幼い頃から見守っている鴻恩と魏然は、直接話をしたのだろうかと、気になってしまった。

とても塔太郎には訊けないが、もし、話をしたとすれば、塔太郎はよもや手をついて二人に謝ったのではないかと、憂慮は広がるばかりである。

「あの、塔太郎さん……」

大が声をかけると、塔太郎は何となく、大が不安がっている事を察したらしい。

「ん？」

小さく首を傾《かし》げ、すぐに微笑《ほほえ》んでくれた。しかし大には、仮初《かりそ》めの笑みにしか見えなかった。

「――大丈夫や。対策部隊は今、八坂神社の随神課さん達や、山鉾町の霊力ある人達とも、連携を取りつつある。そのうち、大ちゃん達も警備に出てもらうけど、今度こそ、何かあったら俺がすぐに駆け付ける。やから、心配すんな。山鉾は渡さへんし、もう大ちゃんを入院させへん」

そうじゃなくて、塔太郎さんが心配なんです、とは、大は言えない。山鉾もお稚児さんも町も大切であり、塔太郎本人が自分を犠牲にしてでも、それを第一に考えている事が、よく伝わってきたからだった。

それに、船越に負けた自分が今、塔太郎を心配したり、「大丈夫」と言っても、説得力のない事は大自身よく分かっている。船越より弱いというその事実だけは、今はどうすることも出来なかった。

大が困っていると、塔太郎が優しく大の頭に、ぽんと手を乗せてくれた。

「ちょっと遅くなったけど……、復帰、おめでとう。でも、無理しんときや。大ちゃんが入院してた時、俺、めちゃくちゃ心配やってんから」

いつもならば幸せいっぱいになる大も、今は、小さい返事しか出来ない。再会の時間は終わり、深津と塔太郎が店を出ていった。

(私自身が前向きになっても、どうにもならへん事はあるんやな……)

大はつい、ため息をついてしまう。そんな中で救いだったのは、

「はいはーい！　久し振りに六人で会えたんやし、ご飯食べて、元気出そ！」

と言って琴子が用意してくれた素麺《そうめん》と、

「もうここまできたら、一致団結するしかないわな。戦いはこれからやぞ」

と言う竹男の、お手製ジュースの美味しさだった。

七月十日になると、京の町ではいよいよ、「鉾建て」が始まる。

四条《しじょう》通りを中心に、前祭の鉾の組み立てが行われる。概《おおむ》ね二日から三日かけて、徐々に、雄大な姿が人々の前に現れるのだった。

「手伝《てつた》い方《かた》」「大工方《だいくかた》」「車方《くるまかた》」等と呼ばれる専門の職人達が、釘《くぎ》を使わず、縄だけの「縄がらみ」という伝統的な技法で、鉾を組み上げていく。

土台にあたるやぐらを組んだ後、綱引きによる人力やウィンチ、万一に備えての補助のクレーンも使って、鉾の象徴ともいえる真木《しんぎ》を立てる。

その後、鉾車や屋根、天井《てんじょう》などを取り付け、懸装品《けそうひん》の飾りつけをして、完成に至るのだった。

十日は、長刀鉾《なぎなたほこ》、函谷鉾《かんこぼこ》、月鉾《つきほこ》、鶏鉾《にわとりほこ》、菊水鉾《きくすいほこ》の鉾建てが始まり、翌日より順次、放下鉾《ほうかほこ》、船鉾《ふねほこ》、綾傘鉾、四条傘鉾《しじょうかさほこ》も建てられる。

十一日からは、鉾が建てられるのと同時並行で、各町内で、岩戸山《いわとやま》、保昌山《ほうしょうやま》、山伏山《やまぶしやま》、油天神山《あぶらてんじんやま》、芦刈山《あしかりやま》、霰天神山《あられてんじんやま》、郭巨山《かっきょやま》、蟷螂山《とうろうやま》、占出山《うらでやま》、木賊山《とくさやま》、伯牙《はくが》山《やま》、白楽天山《はくらくてんやま》、太子山《たいしやま》、孟宗山《もうそうやま》といった「山建て」も始まる。

その期間、四条通りをはじめ、山鉾町の路上を歩けば、

「南の六番、こっち上げて」

「それ、どこのやつや。北か？　北一番か」

というような、方角や番号等で区分けされている部材を受け渡す、職人達の息の

合った声が聞こえる。

「もう時代がちゃうんやし、水飲んどきや」

「おっちゃん、歳《とし》考えて働きや」

酷暑《こくしょ》の中の作業で互いを気遣《きづか》う、男らしい会話も聞こえるのだった。

よく見れば、職人達の肌は、皆日焼けしている。その浅黒さがまた、職人としての奉仕の心や、伝統的な技術を今に伝えているという、祇園祭を支える京都人ならではの矜持《きょうじ》を物語っていた。

これは知られざる、京都の夏の一幕である。船越の計画を知らない人達は、今年も平和に、いつも通りの風景を作り出していた。

山鉾は、このような熟練の技術や人達がいないと、とても建てられない。

だからこそ全てが組み上がり、一列に並んで巡行する日に、船越は一挙に奪う気なのだろう。計画としては、非常に合理的だった。

巡行の日の十七日に襲撃というのも、その点から見ても嘘《うそ》ではないだろうというのが、対策部隊・八坂神社・祇園祭各関係者の、一致した意見である。もちろん、吉凶を占った、陰陽師隊員達の意見も入っていた。

そういう訳で、山鉾が姿を見せる十日から十七日にかけては、大達対策部隊以外のあやかし課隊員にも、警備の応援要請《ようせい》がかかる。それまでの三日間、大は勘を取り戻すべく、仕事終わりのまさる部の修行を欠かさなかった。

予定では、十二日に行われる鉾の「曳初め《ひきぞ》」の警備が、大の最初の出動である。

山鉾が町に建ち始めると、最初に予知夢《よちむ》を訴えた月詠《つくよ》は、居ても立ってもいられなくなったらしい。業平《なりひら》や聡志《さとし》に連れられて、喫茶ちとせにやってきた。

「琴子！　山鉾や町はどうだい。敵は来てないかい。大丈夫かな」

業平がドアベルを鳴らして店に入ると、白猫の姿のまま、聡志の腕から飛び降りる。出迎えた琴子の袴の裾《すそ》を、両前足の爪《つめ》でカリカリ引っ掻《か》いた。

琴子はしゃがんで、月詠の毛並みのいい体を撫《な》でてやる。月詠が少し落ち着いたのを見計らって、元気づけていた。

「心配せんでも大丈夫。私らが皆で力を合わせて、ちゃんと警備してるから！　月詠ちゃんに言うのもあれやけど、あんたも、私と戦った実力者やろ。いざという時には、業平様や聡志くんを守ったげてや」

琴子の笑顔を見た月詠は、ようやく、「うん！」と頷いて腹を括《くく》る。

「任せといて！　いざとなったら、僕の長巻《ながまき》が火を噴くぞ！」

いささか物騒《ぶっそう》な事を言うので、大もその時だけは和《なご》み、クスッと笑うのだった。

船越の件そのものが極秘なので、月詠や聡志は、事件については何も知らない。大達もまた、守秘義務があるので話せなかった。

しかし、月詠が予知夢を見ているだけに、祇園祭に大きな危機が迫っている事だけは、月詠はもちろん一般人の聡志さえ、薄々気づいているらしい。

アイスコーヒーを注文した聡志が、メニューを閉じてテーブルの端《はし》のスタンドに挿《さ》しながら、業平に尋ねていた。

「月詠の見た夢のような事が、もし、これから起こるなら……、京都中の神様や仏様が出陣して、敵を殲滅《せんめつ》しちゃえばいいんじゃないですか？　神仏には、それだけの力があるんですよね？　晴明神社《せいめいじんじゃ》に祀《まつ》られてる安倍晴明《あべのせいめい》だって、凄い陰陽師なのは俺でも知ってるし……。何で、そうしないんですか？」

大は、彼らにお冷《ひや》を出しながら、秘かに耳を傾けていた。

それについては、大も一度、猿ヶ辻《さるがつじ》からあやかし課への入隊を勧められて、「あやかし課」という組織の存在を知った時に、訊いた事がある。

聡志に問われた業平もまた、当時の猿ヶ辻と同じように答えていた。

「確かに、安倍晴明は生前、凄い陰陽師だった。今や、我が国の陰陽道の祖となっている。全く大した出世だよな。誰とは言わんが、私が生前から知っている下級貴族君なんかは、思い切り羨《うらや》んでたぞ。勝てる訳ないのに『呪詛《じゅそ》してやるぅ』とか言ってたっけなぁ。勝てる訳ないのに。

……ただ、どんなに凄くても、神仏になってしまえば話は別というか、神仏の世界は神仏の世界で、色々面倒なんだよ。

　今回の祇園祭の話で言うと、まず、これは八坂神社の問題だ。無暗《むやみ》に他の神社仏閣、すなわち神仏が首を突っ込めば、必ず争いに繋《つな》がる。日本は、八百万《やおよろず》の神がいらっしゃる国だ。一柱《ひとはしら》だけじゃない。些細《ささい》な事で怒る神様もいれば、人間の事を理解せず、話が全く通じんような神様も、当然いる訳だ。

　そういう神様が、別の神様に守られてばっかりの人間を見たら、果たしてどう思うかね？

『何だ。人間なんて、神様がいないと何も出来ないじゃないか。玩具《おもちゃ》と一緒だ』

……こう思って人間の営《いとな》みに介入し、人間を悪戯《いたずら》に踏み潰《つぶ》そうとするかもしれないんだ。そんなの、人間はもちろん、氏子《うじこ》を持っている神様や仏様だって、嫌に決まってる。だからある程度は、人間自身が強いところを見せて……」

「少なくとも、人間だって治安維持くらいは出来るんだぞって、思わせないといけないんですね」

「その通りだ。余計な介入を防ぐために、自分がやる、自分も出来るという事を、八百万の神様達に知ってもらわないといけない。人事を尽くして天命を待つという言葉の、『人事を尽くす』というのは、人間が思っている以上に大事なのさ。

　それに、神仏の力は強すぎる。まぁ、私はぼんくらなので別だがね。神仏がこの世で本気を出して戦うと、人間が住めなくなってしまう」

「あぁ、なるほど。何て言うか、ゴジラを倒すために核兵器を使うと、ゴジラは倒せるけど人は住めなくなる、っていうやつですね」

「変な喩《たと》えだが、まぁ、そういう事だ。だから、神仏は基本、手を貸すだけに留《とど》めるんだ。令状等を通して、人間が神仏の力を借りて、治安維持をする。そういう形が出来た。つまりそれが、『あやかし課』なんだよ」

大も、アイスコーヒーを彼らに出しながら、おさらいのように業平の話を聞いていた。

確かに、大達は今日までの戦いで、何度も神仏から令状を取得し、その神威を行使して、京都の町の治安を守ってきた。

その大本《おおもと》の神仏の力が絶大なのも、十分知っている。

上七軒《かみしちけん》の戦いで見た、菅原道真《すがわらのみちざね》の令状を通した雷《いかづち》の巨砲や、つい先月の若狭湾《わかさわん》で見た、伊根《いね》の八坂神社の祭神・建速須佐之男命《たけはやすさのをのみこと》が、令状を通して起こした大嵐が、分かりやすい例である。また、大を仲居《なかい》や舞妓《まいこ》に化けさせた、辰巳大明神《たつみだいみようじん》の力も相当なものだった。

神仏が本当に存在し、守ってくれるとしても、人間がその上で胡坐《あぐら》をかいていては駄目なのである。だから今、祇園祭の山鉾に危機が迫っていても、八坂神社の祭神や山鉾の御神体だけを頼りにするのではなく、その下で奉仕する者達が力を合わせて、この危機を乗り越えてこそ、本当の事件解決となるのだった。

聡志と一緒に、大も心の中で何度も頷いていた。「あやかし課」と、隊員である自分の使命を再確認する。そして、自分が担当する十二日の曳初めにも、想いを馳《は》せていた。

神輿《みこし》洗式《あらいしき》を経て、七月十二日から十三日にかけて行われる鉾の「曳初め《ひきぞ》」は、完成された鉾が無事に動くかどうか、巡行に向けての試運転をする行事である。

鉾は、重いものでは十トン以上もあり、何人もの力で曳いて、ようやく動くものだった。

巡行本番さながらに行うので、鉾の上には囃子方《はやしかた》が乗り、お囃子をする。音頭《おんど》取りと呼ばれる人達も、実際に力綱《ちからづな》や扇子《せんす》を持って、鉾の前面に立つのだった。

本番と明らかに違うのは、巡行では曳き手という特定の男性達しか担《にな》えないのに対し、この日は老若男女《ろうにゃくなんにょ》、誰でも曳ける。

年に一度しかない貴重な機会なので、函谷鉾を曳いたら、次は月鉾、というように、曳初めのハシゴをする愛好家も多かった。

今回出動する大の警備は、この老若男女に交じって最後尾《さいこうび》で鉾を曳きつつ、何かあれば周囲の人達、特に、あやかし達を避難誘導出来るよう備える事だった。

晴れ渡った当日の昼、大が四条通りに到着すると、絹川や総代《そうしろ》といった変化庵《へんげあん》の隊員達や、西院《さいいん》の春日神社《かすがじんじゃ》氏子区域事務所の隊員達、松尾大社《まつのおたいしゃ》氏子区域事務所の隊員達など、対策部隊が要請した応援の者が集まっている。

深津や塔太郎といった対策部隊のメンバーも、もちろん来ているらしい。

ただ、彼らは一緒にはいない。大達が来る前から、既に四条通り沿いのビルの屋上に待機して、山鉾町全体に目を光らせているようだった。

大が他の隊員達に挨拶すると、総代が寄ってきて、肩を小さく叩《たた》く。

「お疲れ、古賀さん。今日は、僕と古賀さんがペアになって行動するんだって。よろしくね」

「そうなんや？　了解！　一緒に頑張ろな」

今日、曳初めが行われる鉾は、全部で五基。集まった隊員達も、その五つに分散する。

周辺に立って見張りをする者と、大と総代のように、鉾を曳きつつ誘導に備える者に分かれていた。大と総代は、午後二時からの函谷鉾の曳初めと、その後三時から行われる菊水鉾の曳初めの担当だった。

開始時間のかなり前から、函谷鉾周辺や四条通りには人が集まり、扇子や小型の子供達と、首からネームホルダーをかけた引率の先生もいた。小学校の課外授業なのか、揃いの帽子を被《かぶ》った子供達と、首からネームホルダーをかけた引率の先生もいた。

普通の人には見えないが、河童《かっぱ》や鬼や、毬藻《まりも》のように毛がふさふさで、目がぎょろんとしている不思議な化け物達も、曳初めのために集まっている。烏天狗も複数見かけたが、喜助と違って、彼らは至って善良だった。

あやかし達も、完成された鉾を見て拝《おが》んでいたり、準備されている足元の綱をじっと眺めていたりと、開始を心待ちにしているようだった。

大と総代も鉾の前に立ち、その勇姿を見上げる。車輪だけでも、人間の背丈ぐらいあった。幅も広い。夏の強い日差しが、鉾の後光《ごこう》のようだった。

（毎年見てるはずやのに、いつも驚かされるなぁ）

大は、間近で見る鉾に圧倒され、隣の総代もまた、

「京都は凄いよね。こんな大きなものを、毎年欠かさず建てるんだもんね」

と、京都人の信心深さを称えていた。

大は中学時代から、友達と一緒に宵山を楽しんだ経験が何度もある。だから、毎年一回は必ず、山鉾は見ている。それなのに毎年、こうして間近で見る度に、初めてのようにハッとする。

もし、塔太郎が隣にいれば、

「俺もやで。毎年見てるのに、毎年感動してるわ」

とニカッと笑い、その気持ちを分かってくれただろう。

塔太郎を想って、大は胸がちくんと痛む。総代の促しもあって気持ちを切り替え、鉾から離れて綱の方へ移動した。

曳初めの係員から説明があり、鉾の綱は神聖だから決して跨《また》がない事や、音頭取りの掛け声で、一斉に綱を引くようにと指示される。

大の前にいる小さな女の子が、

「これ、持って引くん？」

と、母親に確かめていた。帽子を被り、キリッとした顔立ちの母親は、

「そうやで。鉾に乗るおじさん達が、えんやらやー言わはるから、その後に引いてや」

と優しく答え、先走って軽く引こうとする女の子に、「まだまだ」と注意していた。

準備が整い、囃子方の男性達が鉾に搭乗する。太鼓《たいこ》の音がして、掛け声と共に、祇園囃子が四条通りに響いた。

炎天下の中、一気にお祭ムードが高まる。集まった群衆の熱気も、にわかに膨《ふく》らむ。大達が、他の参加者達と共に綱をぐっと握った後、鉾の前面に立った音頭取りが扇子を掲げ、振り、

「ヨーイ、ヨーイ、エーンヤラヤー」

という掛け声を出すと、皆、一斉に綱を引いた。

「古賀さん、大丈夫⁉」

「うん……！」

大と総代も、警備とはいえ神事なので、皆と心を合わせて綱を引く。体をめいっぱい後ろに傾け、背中から進んだ。途中、大がバランスを崩すと、総代の手が抱くように受け止めてくれた。

大達を含む大勢の力が綱から鉾に伝わり、たちまち、鉾が大きく動き出した。ギシギシという心地よい音を立て、鉾頭《ほこがしら》を左右に揺らして進む様は、壮観である。その重量感が、大の手に直《じか》に伝わってきた。

（鉾って、こんなに重かったんや……！）

函谷鉾の曳初めが終わると、大と総代は室町《むろまち》通りへ移動し、同じように、菊水鉾の綱を握った。

ここでも鉾の重さは変わらず、大人、子供、あやかし達が頑張って鉾を曳く光景は、神事であると同時に、地域の賑《にぎ》わいを感じさせた。

幸い、大が担当した曳初めでは何事も起こらず、他の曳初めを担った隊員達のところも同様だったらしい。腰に付けた無線機から、全て無事に終了と聞こえた時、大も総代もほっとした。

心配だった事といえば、動いている鉾の前を鳩《はと》が歩いており、綱を引く子供達が、

「あー！　鳩轢《ひ》かれるー！」

と、騒いだ事ぐらいだろうか。

子供達や大が焦《あせ》る中、鳩自身は至って平気な様子で、

「心配せんでも大丈夫やって。僕、慣れてまっさかい」

と豪語して、悠々《ゆうゆう》と飛ばずに歩いていたのだが、動いている鉾は案外速く、たちまち追い付かれてしまった。

「うわっ、びっくりしたぁ！」

鳩は慌てて低空飛行し、そのまま逃げていった。

「いや、全く慣れてないじゃん……」

総代の呟きに、大は小さく笑ったものだった。

曳初めを無事に終えて、大達が道路の端に寄った時である。電柱の下で、一羽の鳩がぐったりしていた。

先ほどの鳩ではなく、他府県から来た鳩らしい。

「大丈夫ですか？　どうされました？」

大がしゃがんで鳩に声をかけると、意識はちゃんとある。

「六角堂《ろっかくどう》いう場所に、親戚の鳩がおるんやけど……。道がよう分からんなって……。それに、京都は暑いし……」

と、訴えていた。軽い熱中症らしい。

六角堂なら、今の大達のいる場所から、歩いて十分程度である。二人は対策部隊に鳩の保護を連絡して、直帰の許可も取る。大が鳩を抱き上げて、六角堂まで送り届ける事になった。

烏丸《からすま》通りを北に向かい、六角通りとの交差点・烏丸六角から、少し東に入る。ビルの間に開けた六角堂の山門から、「縁結びの六角柳」が見えた。

六角堂は、飛鳥《あすか》時代の用明《ようめい》天皇二年（五八七年）、聖徳太子《しょうとくたいし》が創建したと伝わる寺院で、本尊《ほんぞん》・如意輪観音《にょいりんかんのん》のご利益《りやく》が、人々の信仰を集めている。いけばな発祥《はっしょう》の地として、華道《かどう》・池坊《いけのぼう》の家元《いえもと》が住職を務める事で知られていた。

境内は小さな池があって涼しく、鳩の集団が遊んでいる。地元の誰に訊いても、「昔っから、いつの間にか、ぎょうさんおる」との事で、今では鳩は、六角堂のシンボルだった。

大達に連れてこられた鳩は、その集団の中に親戚の鳩を見つけたらしい。

「あっ、いたいた！　お巡《まわ》りさん、どうもありがとう」

お礼を言い、低く飛んで相手の鳩と合流した。

見送った大は境内を見回し、幼い頃を思い出す。

「懐かしいなぁ。小さい頃、親や、おじいちゃんおばあちゃんと、よう来てたわ」

変わらぬ景色を有難く思っていると、総代も、感慨《かんがい》深そうに御堂《みどう》を見上げた。

「じゃあここは、古賀さんの思い出の場所なんだね。小さい頃って、いくつぐらい？」

「確か、小学校に上がる前やし……。四歳か、五歳ぐらいやったと思う」

幼き日の大は、境内の鳩達を戯《たわむ》れに追いかけたり、豆をあげたり、鳩達の一斉《いっせい》の羽ばたきを見てびっくりし、泣いたりしていた。

その都度、今は亡き父方の祖父母が笑って手招きし、

「ほら、まんまんちゃんあん（南無阿弥陀仏《なむあみだぶつ》）、しいや」

と、大の気を鳩から逸《そ》らし、本尊や境内のお地蔵《じぞう》さんへ、手を合わすよう勧めたものだった。

ここの正式名称は頂法寺《ちょうほうじ》だが、本堂の形が六角形なので、地元の人からは「六角堂」と呼ばれている。かつては、今でいう公民館のような役割を果たしていたらしい。江戸時代末期までは、ここ六角堂で、山鉾の「くじ取式」が行われていたという。

それぐらい六角堂は、人々に親しまれている寺である。境内の西側には、子供を抱いているお地蔵さんや、寝ているお地蔵さんなど、可愛らしいお地蔵さんが多くいる。東側にも、仏の教えを護り伝える僧侶《そうりょ》・十六羅漢《じゅうろくらかん》の像があった。呼び名こそ厳《いか》めしいが、六角堂の十六羅漢像は、どれもニコニコ顔である。池の端から大達や鳩、他の参詣者《さんけいしゃ》を見守っていた。

そんな見所が多い中、特に人の足が絶えないのは、境内の東側にひっそりと立つ、「一言願い地蔵」の前である。

このお地蔵さんは特に愛らしく、赤い花を持っている。お参りに来た者の願いを叶えてあげようか、どうしようかと、首を傾げて考える姿だった。

そのため、看板には「欲張らず一つだけ願い事をして下さい」と書いてある。一言願い地蔵の前に立った時、大は内に秘めた願いがまとまらず、俯いてしまった。

「どうしはりました？」

一言願い地蔵が、優しく尋ねてくれる。総代も、「何のお願いにしようか、迷ってるの？」と訊いてきた。

大は、つと顔を上げ、

「お地蔵様。よろしければ、相談に乗って頂けないでしょうか。総代くんも……」

と、二人に頼んだ。

一言願い地蔵は、元から傾けていた首をさらに傾げ、総代も、不思議そうに大を見ている。

大は小さく切り出し、自分の悩みを切々と話した。

「今、私の大事な人が、凄く辛《つら》い目に遭ってるんです。内容はお話し出来ないんですが、凄く大変な事があって、その人の身にも危険が降りかかってて……。このままやと、多分、体を壊すと思うんです。でも、単に『無事でありますように』って願うだけじゃ、駄目で……。私が代わりになってあげる事も、出来ないんです」

一言願い地蔵が、うんうんと優しく聞いている。総代は、大の話が、塔太郎の事だと気づいたらしい。

「その人って、もしかして坂本《さかもと》さん？」

と訊く。大は、素直に頷いた。

「今の塔太郎さんは、冷静というか、いつも通りで、声を荒らげたり、誰かに八つ当たりする事もないねん。でも、頑張ってる分、体にきてるみたいで……」

大が喫茶ちとせに復帰した、翌日の事である。その日、深津と塔太郎も昼食を食べに店に来ており、久々に、六人揃っての食事だった。

しかし、大がふと見ると、塔太郎が親子丼《おやこどん》に、山椒《さんしょう》を大量にふりかけている。塔太郎にしては、明らかにおかしい量だった。

大が息を呑《の》んでいると、琴子が塔太郎の後ろから、山椒の瓶《びん》をひょいと取り上げる。

「あんた、かけすぎ！　舌痺《しび》れるで⁉」

「すいません、つい……。俺、夏やからか、最近辛いもんが欲しいんですよ」

「それ言い訳やろ？　絶対体によくないし。もうちょい減らしやー？」

「了解です」

塔太郎は少しだけ笑っていたが、直感で異常を察した大は笑えなかった。

それ以降、似たような場面が何度かあった。別の日の塔太郎は、漬物《つけもの》を異常なほど食べて、また琴子に「塩分が！」と怒られていた。

深津にこっそり聞いた話では、塔太郎は対策部隊での昼食でも、激辛味のカップラーメンを購入したり、おにぎりに直接ワサビを塗って食べていたりと、何かにつけて刺激物を欲しているという。自宅でも、似たような状態らしい。

以前の塔太郎は、そうではなかった。

塔太郎の変化に大が戸惑っていると、玉木がスマートフォンの検索画面を差し出し、

「人というのは、ストレスが溜《た》まると、辛さが欲しくなるみたいですね」

と、教えてくれた。

画面の文章を読んでみると、「人は、心の痛みを強く感じた時、それを別の刺激で和《やわ》らげようとする自己防衛本能から、辛い物が食べたくなる」と書いてある。まさしく今の塔太郎であり、立場上、発散さえ出来ない心のひび割れが、日々の食事に表れているらしい。琴子だけでなく、深津も竹男も皆気づいており、心配していた。

大は自分なりに打開策を探したが、妙案が出ない。京都信奉会が消滅するか、塔太郎の性格が変わらない限り、根本的な解決には至らない。

せめて、自分が船越に対抗出来るくらい強くなれば、塔太郎の心の負担も少しは減るのでは……。そう考えた大もまさるも、翌日からの修行に、一層力を入れたのだった。

そこまで話した大は、「でも」と、小さく首を横に振る。

「それがかえって空回《からまわ》りになって、まさる部の試合でも負けるようになってるんは、総代くんも知ってるやんな？」

「うん。猿ヶ辻さんも心配してたよね。昨日の、北条《ほうじょう》さんとまさる君の試合も、鶴田さんと古賀さんの試合も、両方惨敗《ざんぱい》だったもんね。僕ら全員が、例の件に向けて意気込んでいるっていうのもあるけど……。普段のまさる君なら、北条さんに勝つし、鶴田さんはいつも強いけど、普段の古賀さんなら、もうちょっと粘れるはずでしょ。目新しい技をやろうとして、逆に動きがぎこちなかったのが、僕でも分かったよ」

「そやろ？　私もまさるも、使える神猿《しんえん》の剣の技を、少しでも増やそうとして、躍《やっ》起《き》になってしまうねん。船越に負けてから、何となく自信も持てへんし……。頑張るっていう気持ちは、誰にも負けへんねんやけど」

「むしろ、それが駄目なんだろうね。イップス症状っていうんだっけ。アスリートとか芸術の世界でも、よく聞く話だよね」

「そう。それで、私やまさるまで、悪循環に陥《おちい》ってる気がすんねん。塔太郎さんはもっと辛いはずやのに。例の日かって、どんどん迫ってるのに……」

叶うものなら、大は、塔太郎を自分の心の中に入れてあげて、思う存分、温かい場所で休ませてあげたかった。

けれど現実は、そんな時間もそんな想いも自分の実力も、何もかもが追いつかない。塔太郎を見守る事しか出来ない自分が、この上なく歯がゆい。大は唇《くちびる》をきゅっと結び、足元を見た。

事件解決の祈願、塔太郎を癒《いや》してあげたいという想い、自分が強くなりたいという願い。それらを一括《いっかつ》して、「塔太郎を救ってほしい」と一言願い地蔵に願う事は、簡単である。

しかし、他力本願《たりきほんがん》では駄目だという想いもあり、

「お地蔵様。何か、よいお知恵を頂けないでしょうか。私が強くなりさえすれば、塔太郎さんは安心するでしょうか」

と、大が話し終えると、一言願い地蔵は、「そうなんやね。大変なんやね」と受け止めてくれた後、じっくり答えを考えていた。

数秒、無言が続く。蟬《せみ》の鳴き声や水音が聞こえる中で、最初に口を開いたのは総代だった。

「……古賀さんの想いは、僕もよく分かったよ。一番、身近な先輩だもんね。でも、同期として、それからあえて男として言うと……、それ以上気にしちゃ駄目だと思う。古賀さんまで悩んじゃったら、それこそ、坂本さんは辛いんじゃないかな」

言われた瞬間、大はハッとする。一言願い地蔵も、「そうかもしれへんなぁ。共倒れ、いう言葉もありますしね」と言い、総代の意見に賛同していた。

「確かに坂本さんは今、大変な状況だと思うし、誰も代わってあげられない。でも、坂本さんは一人じゃないでしょ。坂本さんが性悪《しょうわる》で、皆から嫌われてる人なら、仕方ないけどさ。でも、そうじゃないよね？」

反射的に、大は強く頷く。総代は「でしょ？」と、わずかに微笑んだ。

「だったら今この瞬間も、必ず誰かが、坂本さんを支えてると思うよ。一番近いの

は深津さんだろうし、栗山さんだったら、坂本さんと電話くらいはしてるんじゃないかな。だとしたら安心だよ？　栗山さんって、ああ見えて、人の話を聞くのも聞き出すのも上手《うま》いから。取り調べに関しては変化庵《うち》で一番なんだ。喜助の取り調べの話を聞いた時、僕、そこに栗山さんがいたらよかったのになぁって、思ったぐらいだし」

「そういえば、私だけじゃなしに、皆、塔太郎さんの味覚の変化に気づいてた……」

「だよね？　古賀さんだけじゃなく皆が、坂本さんを見守ってるんだよ。だから、古賀さんがするべき事は、坂本さんの事は気にしてもいいけど、自分自身はどんと構える事じゃないかな。その方がきっと、坂本さんも安心するよ」

　当たり前なのに、見えなくなっていた事に気づかされ、大の心が晴れる。一言願い地蔵も、優しく提案してくれた。

「どうしても相手さんの事が心配やったら、いっぺん、その人と、お話しされてみたらどうでしょうか。話を聞いてますと、お嬢さんと相手さんは、あんまりお話し出来てへんの違うかなぁと思いますし……。向こうさんが、何を思っているかが分かれば、きっと物事は好転しますよ」

　具体的なアドバイスが後押しとなって、今後の在り方まで見えてくる。

　迷いから抜け出た大は、一言願い地蔵に頭を下げた。

「相談に乗って下さって、ありがとうございました！　総代くんも、ほんまにありがとう」

大はそっと両手を合わせて、

「お地蔵様。そのうえで、お願いをさせて頂いてもよろしいでしょうか」

と尋ねると、一言願い地蔵は「はいはい。どうぞ」と、微笑んでくれた。

「――塔太郎さんを、救ってあげて下さい。私自身に出来る事は精一杯しますから、私の手の届かないところだけ、お力を貸して下さい」

抽象的かもしれない、と思った大だったが、一言願い地蔵はこくんと頷き、願いを受け入れてくれる。

するとと総代も、

「じゃあ、僕も」

と、大の隣で手を合わせ、

「坂本さんを、救ってあげて下さい！　以下、古賀さんと同文です！」

と声高《こわだか》に言った。大は嬉しさのあまり、まじまじと総代の顔を見た。

「総代くん……」

「本当は、『古賀さんを救ってあげて下さい』にしようと思ったんだけどね。でも、僕も同じお願いをしたら、ご利益《りやく》も二倍になるでしょ？　……坂本さんは、本当にいい人だもんね。こういう時にこそ、救われなくちゃね」

大は、今までのどんな時よりも、総代が自分の同期である事を誇りに思った。迷わず、総代の手を握った。

「ありがとう……！　総代くんはやっぱり私の」

「頼れる同期、でしょ？　知ってる」

互いに笑い合うと、総代が腰の袋から筆を出し、巻物に何かを描く。絵に霊力を込めると、そこから小さなひよこ達が、ぽこぽこ実体化した。

短い脚で歩き回り、こちらへ身を寄せるひよこ達。その愛らしさに、一言願い地蔵が感心して喜ぶ。大も目を輝かせた。

「いやっ、可愛いー！」

大の足元で跳ねる一羽を、大は両手で持ち上げる。歌うような鳴き声に、ずっと触っていたい羽毛の感触。大はひよこに頰《ほお》ずりし、自分の頰は、ずっと緩《ゆる》みっぱなしだった。

「どう？　坂本さんから借りた図録を見ながら練習して、家で描いてたんだ。ほら、あったでしょ。函谷鉾のけらば板の……」

「あー！　あの、鶏と鴉《からす》のやつ？　確かに、ひよこも描かれてたやんな。私、可愛いなーって思っててん！」

ひよこを描いたのは、この場を和ませるためと、今尾景年《いまおけいねん》の本画《ほんが》を手本としての、絵の修行も兼ねているらしい。

大が鶏も頼むと、総代が、一羽だけ描いて実体化させる。調子に乗った総代がカラスまで出すと、案の定《あんじょう》、鶏もカラスも大声で鳴き始め、羽をばたつかせて喧嘩してしまった。

慌てふためいたひよこ達が、逃げ惑って鳩の集団に突っ込んでいく。鳩達も、突然のひよこ達に驚き、「うわっ、何か来た⁉」と、一斉に羽ばたいていた。

総代が、慌てて鶏やカラスの嘴を押さえ、大がひよこ達を抱き上げる。売店から、霊力のある従業員が引き戸を引いて顔を出した。

「あのー、鳥を増やさんといてほしいんですけど……」

大達は肩をすくめて、すみませんと謝るしかなかった。

従業員が戻って落ち着いた頃、大はある事に気づく。

「さっき、手を握った時、総代くんの指がちょっとぽこってしてた。指にタコが出来るほど、毎日描いてるんやね。ほんま凄いね」

「それはお互い様じゃないかな。古賀さんの手の皮膚だって、ちょっと硬かったよ。毎日、刀を振ってるからでしょ。そういう積み重ねがあれば、イップス症状だって治るよ。きっと」

「うん！」

大と総代は互いの手を見せ合い、自分達の実力を、信じられるようになっていた。

一言願い地蔵が、大達を眺めている。

「さて……、お二人の願いを叶えられるように、私も頑張らんとね」

そっと呟き、微笑みながら首を傾げていた。


坂本塔太郎にとって、京都信奉会と闘う事は、決して苦ではなかった。

自分は今日まで、今の母や父をはじめ、沢山の人に育ててもらった。あやかし課隊員になった後も、先輩や後輩、沢山の人や神仏、あやかし達と関《かか》わって、楽しい日々を過ごす事が出来た。

塔太郎は、そんな皆が住む京都の町と、皆が大切にしているもの、そして皆を守り抜く事で、初めて、その恩返しが出来ると思っていた。

今回の事件で言えば、山鉾を守るために休み返上の警備になろうが、仕事終わりの修行が激しくなろうが、一向に構わない。

むしろ、務め上げる事が塔太郎の使命であり、自らの存在理由だと思っていた。

古賀大と栗山圭佑《けいすけ》が入院した時、その想いは一層強くなった。

栗山はさぞ痛かっただろう。大は痛かっただけでなく、連れていかれそうになって、さぞ悔しかっただろう。自分が最初からその場にいれば、と心から申し訳なく思った。

塔太郎は、誰よりも親友の仇《かたき》を取りたかったし、誰よりも、秘《ひそ》かに愛する彼女の傍にいて、慰めてあげたかった。

しかし大の事は、以前からの約束を守る意味もあって、総代に託《たく》した。総代なら信頼出来たし、彼女の傍にいる暇があるなら、自分は船越を探せ、町を守れ、と心の中の自分が言っていた。

これ以上の被害を出さないために、塔太郎は自らの拳を振るって、喜助に計画を吐かせた。実父・神崎武則と錯覚された事や、自分が船越と同類になったのは辛かったが、自分の心の痛みなど、もはや二の次だった。

今、事件は、鴻恩や魏然が属する八坂神社の随神課や、祭神、祇園祭の関係者達まで巻き込んでいる。塔太郎は、迷惑をかけて申し訳ないと思ったが、警備を万全にするためには、協力してもらわざるを得なかった。

連携は秘かに行われ、警備のために急遽、人員を増やしてくれた山鉾の保存会もあった。塔太郎が謝罪に出向いた時、どこでも、誰も、塔太郎を責めなかった。普段は厳しい魏然さえ、何も言わなかった。

むしろ、町の人達は昔のように、「えらい運命背負ったなぁ」と言って、自分を労ってくれる。

「俺らは俺らで、粛々《しゅくしゅく》と神事をやるだけや。背中は、あんたらに任したで」

と、団結してくれた。敵の襲来予告にも堂々と構え、塔太郎や深津ら京都府警のあやかし課を信頼してくれた。

だからこそ、塔太郎はそれに応《こた》えたかった。京都の人が一心にお祭を行うのなら、自分だって、一心に彼らの盾《たて》となるのが、筋だと思っている。

ただ、時折ふと、彼女を連れて知らないところへ行き、そこで思う存分休めたら、どんなにいいだろうと考えてしまう。

ここ数日、異常なまでに辛い物が欲しくなった。辛い物やしょっぱい物を食べている時だけは、全てを忘れられる気がした。

そうやって、一時的に緊張を緩めることはあっても、すぐに頭を切り替えて、塔太郎は任務に戻るのだった。

七月十四日の夜。今日から宵山である。

一般的には、十四日を「宵々々山《よいよいよいやま》」、十五日を「宵々山《よいよいやま》」と呼び、巡行の前日である十六日を、「宵山」と呼ぶ。

大も、両親も友達も、昔からそう呼んでいる。しかし、公式には、三日間全てを「宵山」というらしい。一説では、元は十六日のお飾りだけだったのが、見物人の増加でお飾りを三日間に拡大したので、総じて「宵山」だという。

地元で言い慣れた前者も、正式な呼び方である後者も、大は好きだった。

各山鉾町では駒形提灯《こまがたちょうちん》が灯《とも》り、鉾に乗った囃子方が、夏の夜空に祇園囃子を響かせる。各会場では御神体や新旧の懸装品が飾られ、旧家や老舗《しにせ》商店では秘蔵の屏風《びょうぶ》等も公開される。十五、十六日は通りに屋台《やたい》も出る。

それらを、渦巻《うずま》くような熱気と共に集まった、数万単位の見物人やあやかし達、お忍びでご覧になる神様・仏様も、浴衣《ゆかた》を着て、そぞろ歩きを楽しんでいた。

船越の軍の襲撃まで、あと三日である。

大は、四条通り沿いのとあるビルに入り、非常階段を使って屋上へ上がっていく。

宵山の今夜から、対策部隊の警備が大々的に敷かれている。地上では、あやかし課の隊員達が常に山鉾町を巡回して、非常時に備えていた。

いつでも、数軒のビルの屋上には、遠距離攻撃や遊撃に長《た》けた隊員達が山鉾町を見下ろし、どこへでも行けるように待機している。

大もその遊撃班として、屋上からの警備に就く。制服の左袖《ひだりそで》には腕章、腰には愛刀がしっかり差してあり、無線機も装着していた。

屋上へ着くと、日が沈む前から待機しているという深津と、長弓《ちょうきゅう》を持った三十代後半ぐらいの、佐久間《さくま》という男性隊員がいる。

佐久間は変化庵の隊員で、栗山の上司だという。連射が得意な栗山に対して、遠距離から射るのが得意だった。その実力ゆえに、佐久間もまた、初めから対策部隊のメンバーだった。

「まぁ、命中精度は、絹川さんの方が圧倒的に上やけどなぁ」

謙遜《けんそん》する佐久間に、深津は四条通りの見張りを続けながら、「飛距離は君の方が上」と話す。挨拶した後、深津が大の方を向いた。

「古賀さん。端っこにいる塔太郎にも、声かけたげて」

「了解です」

大は頷いて、屋上の南東の端へ向かった。そこには塔太郎がいて、いつでも龍《りゅう》になって出動出来るよう、待機していた。

今夜は、大と塔太郎が、同じビルで警備する事になっている。まさるが龍に乗る事が出来来、空中戦となっても対応可能な事を考えての配置だった。

大が六角堂に行った十二日以来、塔太郎や深津は、山鉾の警備や関係者との調整にかかりきりで、喫茶ちとせに来なくなっていた。

そうなると必然的に、大と塔太郎が顔を合わせて話す機会はなくなった。それでも大自身は今日まで、総代に言われた通り、心静かに塔太郎を案じていた。

しかし、一言願い地蔵に言われた「話をする事」は、まだ出来ないでいる。

ただ、話が出来なくても、塔太郎の傍《かたわ》らに立てば、彼の想いが分かるかもしれない。そうすれば、少しは塔太郎の心に寄り添えて、支えになれるかもしれない……。そんな思いを胸に、大は、塔太郎に声をかけようとした。

「お疲れ様です。塔太郎さ……」

塔太郎の様子がおかしい事に気づき、大は足を止める。塔太郎は屋上のフェンスに手をかけて、眉間に皺を寄せ、じっと、下の四条通りを見つめていた。

やがてフェンスに上ろうと、縁《へり》に足をかけ、再び下を見ている。

（塔太郎さん……？）

大が不審に思っている間に、塔太郎はそのまま地上へ吸い込まれるように、首を斜め下へ差し入れて、体を傾けている。全ての動きはゆっくりで、表情は、少しぼんやり。警備中の表情ではなかった。

（塔太郎さん、一体、何したはんの？　あのままやと、落ちそうというより、消えてしまいそう……）

思った大はその瞬間、恐ろしい閃《ひらめ》きを得る。心臓がぎゅっと縮み、自分でも驚くほど反射的に、本能的に、

「やめて、何してんの⁉」

と、叫んで駆《か》け出していた。フェンスによじ上ると同時に、塔太郎の腰紐を思い切り引っ張っていた。

「ま、大ちゃん⁉　ちょ、やめろ危ない！　放せって！」

塔太郎が、慌てて大の手を取ろうとする。しかし、大はあらん限りの力で、塔太郎を引っ張り続けた。

これが正真正銘《しょうしんしょうめい》、火事場の馬鹿力というものなのか、自らの細腕だけで、大は塔太郎をフェンスから引きずり下ろしていた。何と言われようと塔太郎を飛び降りさせはしないと、その体にしっかり手を回し、動こうとする塔太郎を抑えた。

「違う！　大ちゃん、大丈夫やから！」

「深津さん、佐久間さん！　早く来て下さい！　誰か、誰かーっ！」

大は、とにかく人を呼ぼうと絶叫する。深津と佐久間が駆け付ける。塔太郎にしがみついている大を見て佐久間が仰天《ぎょうてん》し、困惑していた。

「え、何？　何これ？　何があったん？」

大が口を開こうとすると、塔太郎が力ずくで大の腕を解《ほど》き、大の両肩を掴《つか》んだ。

「大丈夫やから！　変な事考えてた訳ちゃう！　落ち着け！」

塔太郎の確かな力強さに、大は打たれたように息を呑む。腕からふっと力が抜けて、両手をだらりと下げた。

怪訝《けげん》そうな顔をする深津の無線に、他の班からの通信が入る。大の声が、他のビルに待機している隊員達にも聞こえたらしい。

塔太郎はただちに、事情を説明した。

「今、このビルの下で、熱中症で倒れている人がいるんです。救急隊員も来て、結構な騒ぎで……」

それを聞いてよく耳を澄ませると、明らかに下から、祭の喧騒《けんそう》ではない声がする。

佐久間がフェンスに上って四条通りを見下ろし、塔太郎の言葉が真実であるのを確かめた。

「あぁー、ほんまですわ。深津さん、救急隊員も来てます。あ、今運ばれていきました。多分これ、僕らにも無線で連絡だけは来ますよ。まぁ、本人さんは、もう大丈夫でしょうけど……。坂本くん、それで下を見てたんやな？」

「はい。俺も下へ行った方がいいんかと思って、それで、フェンスに上ってたんです。お騒がせしてすみません」

「了解ー。下も大丈夫そうやし、こっちも、何事もないしでよかったやん」

深津が、無線機を自分の顔に近づけて、連絡してきた他の班に伝えている。

宵山では、夜とはいえ、夏のむし暑さと人々の密集によって熱中症に陥り、倒れる人も少なくない。毎年、四条通りには救急車が待機している。

去年、大と塔太郎が路上出産に立ち会った時も、別の場所で熱中症の患者が出たために、救急車の到着が遅れたのだった。

大は、脱力したように細く息をつく。全ては自分の勘違《かんちが》いだったらしい。

塔太郎が思い詰めたのではないと分かり、一応は安堵《あんど》した。同時に、騒ぎを起こした事を恥じる。深津と佐久間、そして塔太郎に、深々と頭を下げた。

「……申し訳ありませんでした」

消え入りそうな声で言うと、深津が安心したようにかすかに苦笑《にがわら》いし、ため息をついた。

「まぁ、とにかく、勘違いでよかったわ。古賀さんは次からは気ぃつけてや。塔太郎も、紛《まぎ》らわしい事しんといて。下の騒ぎに気づいた時点で、俺か佐久間くんを呼んだらよかったのに」

深津に諭《さと》されて、塔太郎も申し訳なさそうだった。

「すみません。一応、救急隊員の人も来てたんで、判断に迷ってしまって……」

結局、この任務が終わった後で、大が始末書を書く事になった。

大も含めた一同は、気を取り直して警備に集中する。時折、交代で休憩を挟《はさ》む。立ちこめるような熱気の中、宵山の賑わいを見つめ、その平和を守り続けた。

やがて、屋上に上ってくる隊員の数も増え、大と塔太郎が、一緒に休憩を取る時が来た。

塔太郎は、出入り口の物陰で水分補給をし、大も同じ場所で喉を潤した後、塔太郎の横に座った。

あんな事があった後だっただけに、二人の間には気まずさがある。大がもう一度謝ろうとすると、先に塔太郎が尋ねた。

「……俺が、あのまま飛び降りると思ったんけ？」

「ほんまに、すみませんでした……。何でか私、あのまま、塔太郎さんが消えてしまうと思って……」

大は謝る事しか出来ず、きゅっと両膝《りようひざ》を抱える。そんな大を見て、塔太郎が穏《おだ》やかに、長く息を吐いた。

「いや、ええって。別に、怒ってる訳ちゃうねん。ビルの屋上からゆっくり下を見てたら、誰かって変に思うやんな。勘違いやったけど、止めてくれてありがとう。……ただな。俺は絶対に、そういう事はせえへんから。大ちゃんが心配して、恐れてる最悪な事だけは、絶対にせえへんから。それだけは、覚えといて」

「はい」

「約束な」

素直に頷く大に、塔太郎も微笑んで頷き返す。大も今更ながらに塔太郎はそんな人じゃないと実感し、信じるべきだったと後悔した。

しかしその時、先の塔太郎の言葉を思い出す。

「大丈夫やから！　変な事考えてた訳ちゃう！」

あの時の塔太郎は、大が何かを言う前に、大の考えていた事が分かっていたようだった。

「あの……。よく、私が、何を考えて塔太郎さんを止めたのかって、分かりましたね？」

「……あんな風に止められたんは、二回目やしな。一瞬、昔に戻ったかと思ったわ」

その告白に大は衝撃を受け、目を丸くした。

「消えようとした事が、あったんですか」

「一回だけな。京都から出ていこうとした。中学の時って言えば、分かるか？」

事情を察し、大は言葉を失う。塔太郎は「ほんでな」と立ち上がり、フェンスに歩み寄った。昔を思い出しながら、眼下に広がる景色を見つめていた。

「そういう状態の俺を救ってくれたんが、今の親であり、栗山であり、祇園祭の人達やった。あの嬉しさは、今でも忘れられへん」

その背中を、大はじっと見つめた。塔太郎の、浅からぬ思いが伝わってくる。

大も塔太郎の隣に立つと、どこかから祇園囃子が聞こえた。

また、塔太郎が、ぽつりと言った。

「……警備で仕方ないとはいえ、こうして、山鉾を見下ろすなんてなぁ。何か申し訳ないわ。――囃子方の人の中にはな、巡行の時には絶対、自分の鉾の前を歩かへん人もいはんねん。それぐらい、山鉾っていうんは、神様や仏様と同じじゃねんな」

「歩かへんっていうのは、祇園祭の決まりなんですか？」

「いや、決まりじゃない。しいて言うたら、心構えかな。でもそれは、山鉾によって違うねん。例えば綾傘鉾なんかは、囃子方の人が鉾の前に立って、巡行しはるから」

「そうなんですね！　心構えがあるって、いいですね。――そういうお話、もっと聞かしてほしいです。正確に言うたら、塔太郎さんの事を」

「俺の？」

「はい」

大は、フェンスに手を添えたままの塔太郎を見つめる。六角堂での、総代の言葉や一言願い地蔵の言葉が、大の背中を押していた。

塔太郎と心からの対話がしたい、塔太郎の抱いている想いを知りたいと、大は目で訴える。

「塔太郎さんは、前に、祇園祭が大好きやって言うたはりましたよね。でもそれは、単なる豪華さや迫力に惹かれたんじゃない、強い想いがそこにあるんやって、凄く分かるんです。周りの人に対してもそうです。それで塔太郎さんは、辛い物を食べてでも、船越や信奉会から、全部を守りたいんですよね」

「辛いもんは、琴子さんやお袋に止めろって、言われてんねんけどなぁ。食べ過ぎは体にようないってのも、一応は分かってんにゃけど……」

「そらそうですよ。私も心配してるんですよ？」

「ごめん、ごめん。でも何て言うか、その……」

塔太郎が、言葉を探して下を向く。それを見た大は、優しく切り出した。

「今、口籠《くちご》もった想いを、聞かして頂けませんか。……私、知りたいんです。塔太郎さんがどういう風にこの町で育って、どんな思いで、あやかし課の隊員でいたはるのか。どんな想いで、祇園祭や皆を守りたいのか……。それが分かれば、私も塔太郎さんと同じものを見て、強くなれる気がする。どうでしょうか。あの、前の稲荷神社《いなりじんじゃ》の時みたいに、無理《むり》強いする気はないんですけど」

大が塔太郎の瞳を見つめると、塔太郎もまた、大の瞳を見つめ返す。

稲荷神社の時と違い、紆余曲折《うよきょくせつ》を経た二人の間には、確かな絆《きずな》が築かれていた。

それを感じた塔太郎の表情は、少しずつ、本当の意味で、大に心を開いていた。

「……どっから話そうかな。いや、一から話すか。俺が生まれた時から、今日まで全部。大ちゃんやったら、聞いてくれるやろ？」

「はい。ありがとうございます！」

「休憩の間に話せるところまでで、よければ。せやけど、ちょっと、長くなるかもやで？」

「塔太郎さんのお話やったら、一晩中でも大丈夫です」

「……そうか」

お互い隣り合って、フェンスを背に座る。屋上の夜風は、思ったより涼しい。塔太郎が名もなき小さい星を見上げながら、静かに話し始めた。

＊

約二十五年前。実父・神崎武則が新生児だった自分を連れて、八坂神社で独自の儀式を強行し、本殿《ほんでん》に侵入しようとして捕縛《ほばく》された。その後、彼が束ねていた新興宗教・京都信奉会の者達が、武則の身柄《みがら》を引き取る事になった。そうして彼らもろとも、京都から追放と決まっていた。

　そこまではよかったものの、八坂神社の狛犬狛獅子《こまじし》や随神達、いわゆる「随神課」が頭を悩ませたのは、新生児の処遇だった。

　祭神の雷の力を得てしまった子なので、京都の外に出すのは好ましくない。かといって、神社や随神課で引き取って育てるのは、立場上、さらにできない話だった。

　協議の結果、塔太郎は、随神課の目の届く地域の、そこに住む者に託そうという事になった。

　その白羽《しらは》の矢《や》が立ったのが、三条通りの堀川《ほりかわ》通りから千本《せんぼん》通りに跨がる三条会《さんじょうかい》商店街だった。三条会は、昔から地域の台所として機能しており、そこで商《あきな》いをする人々は皆、庶民的で明るい事で知られていた。

　商店街の中には、八坂神社の境外末社《けいがいまっしゃ》・又旅社《またたびしゃ》があり、これは、随神課からいえば、支所みたいなもの。また三条会周辺は、江戸時代は三条台村《さんじょうだいむら》・西三条台《にしさんじょうだい》という地域で、八坂神社の社領《しゃりょう》もあったという。この地域に住む者達が、八坂神社の神輿を担ぎ、運営として統率を行い、奉仕していた。

　今でも、八坂神社の主祭神・素戔嗚尊《すさのをのみこと》が乗る中御座《なかござ》神輿を担ぐ男達・輿丁《よちょう》を統制するのは、三条台の子孫を中心に構成する、三若神輿会《さんわかしんよかい》である。それをトップに置く「三条台若中《さんじょうだいわかじゅう》」という大きな組織が、祇園祭の本体とも言うべき神輿渡御《とぎょ》のうち、中御座神輿の渡御の運営を担っていた。

このように、三条会は、八坂神社や祇園祭と縁が深い。新生児を育ててもらうには、うってつけの場所だった。

そこに住む、坂本隆夫《さかもとたかお》・靖枝《やすえ》という若い夫婦に、新生児を託す話が持ち上がった。坂本夫妻を薦《すす》めたのは、八坂神社を訪れた名もなき地蔵尊だったという。

ただ、この夫婦は、不幸にも靖枝がお腹《なか》の子を喪《うしな》った直後であり、今後、子供が望めない事も判明して、特に靖枝が悲しんでいた。

いくら地蔵尊の推挙《すいきょ》とはいえ、そんな夫婦に赤ん坊を託《たく》すのは可哀想では、という意見が随神課の中であり、また、坂本隆夫は、父から継いだ揚げ物屋を営んでいたので、雷を持つ子を預けても大丈夫だろうかという、安全面からの意見も出たらしい。

それでも、子供や家庭の守護神として、日本中から信仰を集める地蔵尊の進言は無視出来ない。結局、鴻恩と魏然の二人が、白布にくるんだ新生児を坂本夫婦に届ける事になった。

届けるといっても、あくまで対面込みの打診《だしん》であり、随神課からすれば駄目もとだった。

しかし、話を聞いた靖枝が、鴻恩の手から新生児を受け取って抱いた瞬間、涙を流したという。

「この子がうちに来たのは、お地蔵さんのお陰やと思います。前からずっと、手を合わせてお願いしてたんです。私らは子供を授かれへんかったけど、一人でも多くの子が、幸せになりますようにって。私でよければ、この子と一緒にいます」

そのひと言で、全てが決まった。鴻恩も魏然も、夫の隆夫さえも胸を打たれ、隆夫によって、新生児は「塔太郎」と名付けられた。

こうして、塔太郎は晴れて坂本夫妻のもとで暮らす事となり、「坂本塔太郎」になったのだった。

随神課で懸念されていた安全面も、塔太郎の出入りは勝手口だけにして、店には近づけない等の工夫や、火伏《ひぶせ》のご利益で知られる愛宕《あたご》神社のお守りやお札《ふだ》を頂いて、対処したという。

この時、京都府警あやかし課の、八坂神社氏子区域事務所から派遣されたのが、若き日の深津と竹男。二人とも、あやかし課隊員を拝命したばかりだったという。

事務所の喫茶ちとせから、三条会はすぐ近く。二人もあやかし課の者として頻繁《ひんぱん》に、坂本家へ顔を出していた。鴻恩や魏然と同じように、職務として塔太郎を観察し、記録を取りつつ、塔太郎の成長を見守ったという。

「ほな、深津さんや竹男さんとは、その頃からの知り合いやったんですか⁉」

「そう。実に四半世紀。せやし、何ていうかなぁ。今は仕事の上司やけども、本音を言うと、親戚の兄ちゃんらみたいなもんやな」

＊

赤ん坊だった塔太郎は、絶えず静電気のような放電を繰り返していたらしい。火傷《やけど》が出来る事もあり、心配した坂本夫妻はすぐ又旅社へ行き、鴻恩や魏然へはもちろん、深津達にも相談した。

北野天満宮の雷除大祭《かみなりよけたいさい》のお守りや、雷除け・火除けのご利益で知られる祇園祭の、霰天神山や山伏山のお守り、粽《ちまき》などを授与《じゅよ》してもらい、塔太郎の火傷の軽減や無事、家内安全に手を尽くしたという。

「体の雷が痛いからか、赤ん坊の頃の俺は、夜泣きがめっちゃ多かったらしい。親父《おやじ》とお袋が夜通し抱っこしたり、玩具を使ったりで、あやしてたんやって。しんどかったと思うわ」

＊

たという。

坂本夫妻の寝不足に気づいた三条会の人達が、交代で、塔太郎の面倒を見てくれ

塔太郎の雷は、普通の人には見えないので、霊力のない人にすれば、塔太郎はいきなり号泣《ごうきゅう》する子に見えただろう。

坂本夫妻は心配したが、塔太郎を預かってくれた三条会の人達は、

「大丈夫、大丈夫！　子供は泣くんが仕事やし」

と言って、気にせず塔太郎を世話してくれた。竹男が喫茶ちとせまで連れていき、深津も巻き込んで面倒を見た日もあったという。

その間に、隆夫は商売に精を出し、靖枝も、体を休めたり、夫を補佐する事が出来た。二人は大いに助かり、今でも感謝しているという。

しかし、神崎武則の不祥事を聞きつけた心ないあやかし達が、興味本位で塔太郎を見に来たり、坂本夫妻に、神仏の敵の子を育てるとは何事やと、お節介な説教をしてくるようにもなった。

その都度、靖枝も隆夫も毅然《きぜん》とした態度を取り、塔太郎を両手で抱くように守り抜いた。三条会の霊力のある人も、間に立って擁護《ようご》してくれたという。

そんな人々の努力によって、塔太郎は大きな怪我《けが》もせず、鴻恩や魏然達の教育の

もと、体内の雷を抑えられるようになった。

その頃から、塔太郎自身も、あやかしの世界を知るようになる。そして塔太郎が物心ついた頃、坂本夫妻は思い切って、塔太郎の出自《しゅつじ》について話したのだった。


小学生になると塔太郎の世界はぐっと広がり、まず、鴻恩や魏然のもとで格闘技を学び始めた。そのうち、二人からは雷の扱い方を学び、格闘技は、塔太郎が通う朱雀《すざく》第一小学校の体育館で古武術道場を開いていた、白岡正雄《しろおかまさお》先生に教わる事になった。

もちろん、白岡先生も霊力持ちの人で、鴻恩や魏然から、塔太郎の事情を聞かされていた。

当時五十代の白岡先生は、細い体つきに反して豪快な性格で、巧《たく》みな足捌《あしさば》きや、技の正確さを持つ古武道の実力者だった。習いに来る子供達が一斉に飛び掛かってきても、

「ほら来い！　もっと腰据《こしす》えなあかんぞ！」

と笑顔であしらい、優しく額《ひたい》を小突《こづ》いたり、投げ飛ばしたりして、子供達へ自然に、力加減や受け身を教える人だった。「武術」だけでなく、「武道」を通して人の道を教える賢人でもあったので、その辺りが、鴻恩や魏然の信頼を得たのだろう。

白岡先生は、子供達には常に、

「武術っちゅうんは、自分や誰かを守るために、仕方なく使うもんなんや。絶対に、自分から悪戯に使《つこ》たらあかんし、ましてや、弱い者いじめで使うのは馬鹿たれじゃ」

と説き、それを破って、たとえば習った武術で暴力を働いた子供に対しては、烈《れっ》火《か》の如《ごと》く叱《しか》る人だった。

そこには、武術と暴力に一線を引き、正しい力の使い方を教える、白岡先生の大人としての責任や子供達への愛情があった。だから、叱られた子にもそれが伝わり、道場を辞める子はいなかった。

塔太郎も、そんな白岡先生に武道を教えてもらい、時に叱られて、人格の基本を形作っていった。

この頃、三若神輿会とは別で、三条会商店街も神輿への奉仕を始めるようになり、商店街で揚げ物屋を営む父・隆夫もこれに加わり、神輿渡御の留守居役《るすいやく》を務めるようになった。

それまでの坂本家は、心ないあやかし達を三条会に集めてしまった事を気にして、三条会の中に住んでいても、表立って祇園祭と関わる事を控えていた。

それでも、隆夫は神輿渡御が終わった後の片付け等を通して、ささやかに三若神輿会と、そして、祇園祭との縁を切らないようにした。これは、塔太郎の父親としての、地域に対する誠意や努力だったらしい。

塔太郎もそれを理解して、隆夫が留守居役を務めるようになっても、自分は表に出なかった。そっと父親を手伝ったり、目立たないよう遠くから神輿渡御を拝見する等して、自分の立場をわきまえ続けた。

「ホイト、ホイト」の掛け声も力強く、盛大に行われる神輿渡御に関わる事は、自身の出自《しゆつじ》からあり得ないと塔太郎は思っていた。

しかし、輿丁の人達は、隆夫や塔太郎に短く声をかけたりして、坂本家の努力を無下《むげ》にしないよう、付かず離れずの距離を保ってくれた。

八坂神社の随神課が望んでいた通り、三条会や坂本夫妻は、塔太郎を見事に、健《すこ》やかに成長させたといえるだろう。

市立中京《なかぎよう》中学校に入った塔太郎は、背も伸びて、体つきも少し逞《たくま》しくなった。白岡先生の道場へ通い、鴻恩や魏然との修行も、絶えず続けていた。

塔太郎はもう、幾度の火傷を乗り越えて立派な雷使い、そして、格闘技に長《た》けた、普通の明るい性格を持った男の子になっていた。

相変わらず、八坂神社へは申し訳なさから行かなかったし、祇園祭でも、宵山は遠くから少しだけ眺める程度だった。けれども、鴻恩や魏然から色々と教えてもらっていた事もあって、自分なりに親しみは持っていた。

中学生になると、進路の話も出始める。塔太郎は白岡先生に相談し、やがて自分でも考えた結果、

「俺、京都府警のあやかし課に入るのを目指します。雷の力も格闘技も、人の役に立ってこそやと思うので」

と、両親や白岡先生、鴻恩と魏然、深津や竹男に宣言したのだった。

両親は激励《げきれい》し、武術を教える白岡先生や狛犬狛獅子の二人は、「ならばもっと稽《けい》古《こ》しろ」と、塔太郎にあえて厳しくしたが、反面どこか嬉しそうに、より熱心に指導してくれるようになった。

深津と竹男も、「待ってるで」と微笑み、未来の新入隊員を楽しみにしてくれたのが、当時の塔太郎にとっては何より嬉しかった。

そんな順風満帆《じゅんぷうまんぱん》だった、中学二年生の冬。

塔太郎は、雷の力によって、三条会の近くで火事を起こした。幸い燃えたのは廃ビルだけで、延焼はなかった。怪我人も、塔太郎が助けようとした同級生二人が喉を傷《いた》めたり、軽い火傷をした程度で済んだ。

しかし、人助けのためだったとはいえ、火事を起こした事実は変わらない。深津達の尽力で逮捕は免《まぬが》れたが、塔太郎と両親は、周囲に何度も頭を下げた。もちろ

ん、鴻恩や魏然にも、深く謝罪した。

そのうち、この話が、京都中のあやかし達の耳に届いてしまった。

あやかしの中には、善良な者もいれば、常に鬱憤《うっぷん》を抱えて、人間に悪さをするような実父が八坂神社で不祥事を起こし、自身も火事を起こした少年という存在は、格好《かっこう》の餌《えさ》だったに違いない。懲《こ》らしめてやろうという、妙な正義感に駆られた者もいただろう。

その日から、塔太郎の生活は一変した。

表向きは普通の中学生だったが、鴻恩や魏然、深津達の見えないところで、あやかし達から様々な誹謗中傷《ひぼうちゅうしょう》、嫌がらせを受けた。

登下校中等に「火事起こした奴！」とヤジを飛ばされるのは日常茶飯事《さはんじ》で、石を投げられる事もあった。

陰湿《いんしつ》なものでは、わざわざ塔太郎に近寄って、

「あんた、あの八坂さんで無礼を働いた男の子供やろ？　あんた堂々と、よう道歩けますなぁ。感心するわ」

と、肩に手を乗せて言われたり、頭を叩かれたり、後ろの方から、「血は争えへんにゃなぁ」と言われて、クスクス笑われたりした。

最初の頃の塔太郎は、叩かれたら抵抗し、深津や竹男にも相談した。

しかし、深津達があやかし達に注意すると、あやかし達は仕返しと言わんばかりに、塔太郎しかいない場所を選び抜いて、一層嫌がらせをするようになった。

「あんたが警察に泣きつくんやったら、わしらはそのかわりに、あんたの家燃やしたろか」

と言われた事もあり、その日から塔太郎は、怖くなって深津達への相談をやめた。

実際、あやかしが店まで来た時があり、塔太郎が真っ青になって追い払おうとした事があった。

あやかしが塔太郎の胸倉《むなぐら》を摑んで凄んだので、さすがの塔太郎も、今まで培《つちか》ってきた武術で対抗しようとした。

するとく、

「おっ。今度はその拳で、俺を殺すんか？　この家壊すんか！」

と、あやかしはわざと、塔太郎が暴力を振るうよう仕向けてくる。その挑発に乗った自分の末路を想像した塔太郎は、握っていた拳を解き、「お願いですから帰って下さい」と、頼むしかなかった。

その時、ちょうど家には靖枝がおり、怒った靖枝が塩を撒《ま》いて追い払い、事なきを得た。だが、この一件が悪質なあやかし達の間に伝わり、塔太郎を、いよいよいじめの対象として定めたらしい。

ある日の下校中、塔太郎は突然路地に引きずり込まれて、複数のあやかし達に取り囲まれて殴られた。

あやかし達は、塔太郎を都合のいいサンドバッグとしか思っていないらしい。塔太郎が抵抗しようとすると、

「これは火事の制裁やで？　受けへんのやったら、あんたの真似《まね》して、どっか燃やしまっせ」

と言う。その言葉に、塔太郎の体は凍《こお》り付いた。あとは、ひたすら殴られるままだった。殺されると思った塔太郎は、命からがら家へ逃げ帰った。

幸い、下校中の友達には誰とも会わず、両親も、配達や買い物で不在だった。

全身が震え、勝手口の鍵を閉めた途端に、ぺたんと座り込んでしまった。その瞬間が、塔太郎の、人生で最も惨《みじ》めな日だった。今まで何のために雷や武術の修行をしてきたのか、分からなくなった。

それでも、塔太郎はその後も表向きは普通の生活を送り、陰では、あやかし達にいじめられる日々に耐えていた。両親や周囲に心配をかけないため、また、自分が頼って、皆にまで迷惑をかけないためだった。

あやかし達の目が、白岡先生や道場の子供達、さらには又旅社まで向かないよう、自主的に稽古を休んでいた。白岡先生や鴻恩達には、受験に備えるためと言っ

ておいた。

ある日、心身ともに疲れ切っていた塔太郎は、路上で会った知らない老婆《ろうば》に、こう言われた。

「私も霊力持ってってさかい、あんたの罪の深さは、よう分かるで。今の時代でよかったなぁ。ひと昔前やったら、あんたも責任取って、京都を出んならんかったで」

おそらくその老婆も、人に化けた、あやかしの類《たぐい》だったのだろう。

しかし塔太郎にとって、もはやそんな事はどうでもよかった。今しがた言われた事に気づきを得て、そうや、何で俺はそんな事も分からんかったんや、と、ふらふら自宅まで戻った。

自分が京都から出て行って、消えればいい。

自分の存在がなくなれば、もう誰も怒らない。両親や周りの人に、迷惑をかける事もない。第一、実の父親は実際に、京都から追放されている。

ならば自分も倣《なら》うのが最善なのだと、思春期の塔太郎は信じてしまった。

幸か不幸か、自宅には誰もいなかった。

（今日まで、父さん母さんには、苦労させてばっかりやったな。ごめんな）

ぼんやり詫《わ》びながら、ひとまず二階の自室へ行く。簡単な荷造りをして、手紙を書き始めた。

今までの事を綴《つづ》ったうえで、両親への感謝や謝罪を、きちんと書く。最初で最後の手紙なので、恥ずかしい内容とならぬよう、誤字がないかも確かめた。

手紙を入れた封筒を台所のテーブルの上に置き、塔太郎はそっと家を去ろうとした。心の中で、両親や白岡先生、鴻恩や魏然、深津や竹男に謝罪し、友達にさよならを言ってから、靴を履《は》いた。

後から思えば、神仏が与えた偶然だったのかもしれない。靴を履いた瞬間、塔太郎はふと思いつき、あるものを持っていきたくなった。

塔太郎、靖枝、隆夫の、家族三人が写った写真である。一枚だけでいいからと、塔太郎は靴を脱いで、もう一度だけ自室に入った。

押し入れの中のアルバムに、一枚ぐらいはそんな写真があるかと思ったが、不思議な事に見つからない。保育園の卒園式や、小学校の入学式、卒業式から始まって、冠婚葬祭や日常の写真は沢山あるのに、父親だけが欠けていたり、家族三人だけでなく、他の人も写り込んでいる写真ばかりである。

塔太郎が欲する三人だけの写真が、なぜか、どうしても見つからなかった。

諦《あきら》めて一階へ下りてみると、台所に誰かいる。

買い物から帰った靖枝だった。写真を探すのに夢中になっていた塔太郎は、靖枝のただいまの声にさえ、気づかなかったらしい。

靖枝は、テーブルの上にあった手紙を読んだところであり、塔太郎が全力で玄関へ駆け出すのと、

「これ何やのあんた！」

と、靖枝が叫んで猛然と追いかけてきたのは、全くの同時だった。

体つきも腕力も、足の速さも、絶対に塔太郎の方が勝《まさ》っていた。なのに、靖枝はすぐさま塔太郎に追いつき、腕を摑み、もはや体当たりのようにして、塔太郎を玄関から引き離した。

その気迫は凄まじく、塔太郎が衝撃を受けて呆然《ぼうぜん》としている間に、靖枝が叫んだ。

「あんた今、何しようとしてた。言うてみい。何してた⁉　この手紙は何や‼」

それに触発されて、塔太郎も言い返す。今まで溜まっていた何かが、全て、母親に向いてしまっていた。

「見て分からんけ⁉　出ていこうとしてたんじゃ！　こうすんのが一番ええねん！　何しようが俺の勝手やろが！」

塔太郎は叫びながら再び玄関へ向かおうとしたが、靖枝は怯むどころか体ごとぶつける勢いで、塔太郎の腕や肩を摑んで止める。

鍛えている訳でもない、普通の中年女性のどこに、と思えるほどの力だった。

「何を思ったんか知らんけど、そんなんやめなさい！　鞄《かばん》置きなさい！」

「何でやねん！　母さん関係ないやろが！」

「関係ない親がどこにいんねん！　あんたがいいひんようなったら、私らどんだけ悲しむと思うねん⁉」

「俺の事、何も知らんかったくせに、ようそんな事言えるなぁ⁉　俺が消えたら全部解決すんねん！　ええから放してくれや⁉　こんな俺なんかいいひん方が、父さんも母さんもずっとよかったやろ！　小さい時から育てるの苦労したん、俺知ってんねんぞ⁉　心の中で、こんな子貰わへんかったらよかったって、今でも思ってんにゃろ！」

息子として、言ってはいけない事を口にした瞬間、塔太郎の顔に激しい平手が飛んだ。白岡先生より速く、鴻恩や魏然よりも、はるかに重い一発だった。

靖枝の目は血走っており、勢い任せの塔太郎の言葉に怒り、悲しんでいる。それに気づいた塔太郎は毒気を抜かれ、力なく、その場に座り込んだ。

「俺の事なんか、もう、どうでもええやんけ……」

投げ出すように頭を抱え、絞り出すように言う塔太郎。靖枝はそれを見下ろしていたが、やがて、静かに向かい合って座った。

「……あんた今さっき、何も知らんかったくせにって言うてたな。あんたが初めて立って歩いたんは、一歳になる直前やった。雷が足に溜まって、歩けへんくなったらどうしようって心配やった。せやし、歩いた時は、お父さんもお母さんも、涙浮かべて喜んだわ」

「……そういう事言うてんのちゃうねん」

「そんなん、お母さんかて分かってるわ。今のあんたの心は、そら、お母さんも分からん事があるわな。中学生なんやし。けど、あんたの事をよう知ってるってのは、誰よりも言えるで。親やから」

「……」

それを皮切りに、靖枝は覚えている限りの、塔太郎の成長を語って聞かせた。

初めて、放電しなくなって、夜泣きせんと寝た日。健康そうな寝顔を見るのが幸せやった。

アンパンマンよりもしょくぱんまんが好きで、テレビの前でいつも飛び跳《は》ねては、「ぱん、ぱん」とテレビに顔を近づけてた。

三輪車に乗って、近くの公園に行って、近所のおばちゃんから「笑顔が可愛い子やねえ」と褒められた。あんた自身はよう分からずに、とりあえず、おばちゃんに手を振ってたな。

保育園に上がって、電車が好きになると、よう自転車に乗せて、電車が近くで見える梅小路公園まで連れていった。あんたが帰りで眠たくなったら、あんたを背負って帰って、大変やったで。それから小学校行って、中学行くようになって、あっという間やな。

「……」

「そんな風に、確かに苦労もしたし、怒る事もあったよ。けど、あんたの事を、いいひん方がええて思った事は、一度もない。どうでもええて思った事は、ほんまに一瞬たりともない。――なぁ塔太郎。私やお父さんが、あんたの事をどうでもええて、いつ、そんな事言うてんな？　私やお父さんや周りの人らが、いつ、あんたは消えてもええ言うてんな？」

その問いかけに、塔太郎は次第に涙を溜め、床に雫《しずく》を落としていく。拳をぎゅっと握り、歯を食いしばり、究極の親心が身に沁みていた。

「なぁ、言うてみ？　あんたの目の前にいるこの人間が、あんたが消えて喜ぶ人間やと思うか？　この目見て思うか？」

靖枝が鼻を啜《すす》った、その瞬間。塔太郎はついにぎゅっと目を瞑《つむ》り、しゃくり上げた。

「……ごめん……。母さんごめん……ほんまごめん……」

小さく口にすると、靖枝が静かに立ち上がる。台所から、手紙を丸める音が聞こえた。続いて、ごみ箱の蓋《ふた》が開けられて、手紙が放り込まれたらしい。ごみ箱の蓋の閉まる音が、家中に響いた。

塔太郎は、もう何も言えずにひたすら泣き続け、この騒動は静かに幕を閉じた。塔太郎が自室に籠《こ》もった後、帰ってきた隆夫は、靖枝から事の詳細を聞いたという。しかし、塔太郎と無理に話そうとはせず、

「塔太郎。もうご飯なるで。早《は》よ降りてきいや」

と、部屋の前で短く言い、

「もう、あんなんやったらあかんで。子供が突然いいひんくなるっていうのは、親にとっては、何よりも辛いもんやしな」

とだけ言い残して、階下へ下りていく。塔太郎には、それがかえって有難かった。とても夕飯を一緒に食べる気にはなれず、結局、塔太郎が一階へ下りたのは夜中だった。

テーブルには、一人分のおかずがちゃんと残されている。

「ご飯は炊飯器の中。お味噌《みそ》汁《しる》は温め直す事」

と書かれた靖枝のメモを見て突き上げるものがあり、塔太郎はまた、一人で泣いた。

そして、もう二度と坂本家からは出ていかないと、心に決めた。

＊

「……大ちゃんを泣かせるつもりは、なかってんけどな」

「そんな話聞いて、何で、私が泣かへんと思ったんですか……。泣くに決まってるじゃないですか」

「その顔やと、休憩が終わって、深津さん達が見たらびっくりすんで？　手拭《てぬぐ》い使うけ？」

「ありがとうございます。でも、自分のハンカチがありますし……。というか、私が泣いてるの、塔太郎さんのせいですよ」

「え、俺のせいなん？　分かったって。そんな膨れっ面《つら》せんといてくれ。栗山のアホな話でも聞いて、元気出してくれや。な？」

「……塔太郎さんと栗山さんが出会わはったのって、高校一年の時なんですよね。そこだけ、栗山さんから聞きました」

「そうなんや？　確かにそやで。五月の、学校帰りの時や。――安心してええで。後は、楽しい話ばっかりやから」

「あの……」

「ん？」

「私も皆も、塔太郎さんの事、どうでもいいなんて思ってませんからね」

「うん。今は分かってるよ。ありがとう」

＊

家出未遂《みすい》を起こした後、塔太郎は、なるべく人目につかないよう、目立たないように過ごしていた。周辺を警戒するように登下校し、学校等で発するひと言にも気を遣う。どこで、あやかしが聞きつけて、いじめの種にするか分からないと思ったからだ。

外出も、極力しなくなった。ちょうど、周りも受験勉強する時期だったので、誰も詮索《せんさく》しなかったのは幸いだった。

また、この年から、隆夫が神輿渡御の留守居役を自粛《じしゅく》した。自分の子供が三条会近くで火事を起こしたという事に対して、親として責任を取り、息子を守るためだった。

それらが功《こう》を奏《そう》したのか、あやかし達による誹謗中傷やいじめは、格段に減った。

後に塔太郎が察したところでは、靖枝と隆夫が、秘かに深津達に相談していたらしい。その後、深津達が捜査し、塔太郎をあからさまに脅したり、殴ったりした者達の逮捕に踏み切ったらしい事も、大きな要因だったかもしれない。

この辺りは、深津達が今も話さないため、真相は謎である。

親に対して、感謝と贖罪《しょくざい》の両方を抱えた塔太郎は、勉強している時だけ、嫌なことを忘れられた。それが偏差値を上げることになったのか、やがて塔太郎は、京都市立堀川《ほりかわ》高校へ進学した。

新しい校舎に、新しい同級生達の中、塔太郎は、クラスでもなるべく目立たないよう、言葉少なに過ごしていた。

言葉少なに、というよりは、この頃の塔太郎は、勉強に没頭したり、周囲や自分の言動を気にするあまり、喋り方を忘れかけていた節《ふし》があった。鴻恩や魏然、再び通い始めた道場の白岡先生の前では普通だったが、知らない人の前では、言葉に詰まった。それゆえ、友達もほとんどいなかった。

高校入学から一ヶ月経《た》った、五月の事。一人で下校していると、塔太郎は諍《いさか》いの声を聞いた。

気になって声のする方を見てみると、自分と同じ制服を着た男子生徒が、筋肉隆々の鬼に詰め寄られている。

「だからー！　俺、知らんって言うてるやん！　借りた覚えないって！」

「嘘つけやコラァ⁉　借用書もあんねんぞ。徳光《とくみつ》って花押《かおう》もあんねんぞ！」

「ほな、それ、絶対違うって！　俺、そんなん書いた覚えないもん！　ってか、徳光って誰⁉」

男子生徒がいつまでも認めない事に業《ごう》を煮やしたのか、鬼は逆上して、男子生徒の首を両手で挟み、絞《し》め始める。

「ちょっ、それヤバい。ほんまヤバいって！　ちょ、やめろやまじで」

「返さんと、ほんまに首取るぞお前」

「だから、俺じゃないって……！　ほんまに！　いやほんまに死ぬってこれ！」

男子生徒が叫んだ瞬間、塔太郎は反射的に駆け出し、鬼の手をねじり上げていた。

鬼が痛さに悲鳴を上げ、顔を歪《ゆが》める。塔太郎は真っ青になって手を放し、「す、すいません」と謝罪した。

鬼が、その場から逃走する。これがまた噂《うわさ》になったらどうしようと塔太郎が恐れる横で、男子生徒が、咳《せ》き込んでから大きく息を吐く。鬼がいなくなった事を知って、悔しがっていた。

「まじか、あいつ逃げよった⁉　――クッソ！　弓さえ持ってたら、背中に五百本ぐらい射ったんのに！」

さっきまで首を絞められていた人物の言葉とは思えず、助けた塔太郎の方が啞然《あぜん》とする。男子生徒も、そこでようやく塔太郎に気づき、手を合わせてお礼を言った。

「さっきはありがとう！　めっちゃ助かった。普通の人にはあいつ見えへんし、来てくれへんかったら、ほんまに死んでたかも」

「あ……うん……」

男子生徒の勢いに押され、塔太郎はしどろもどろになってしまう。自分としても、鬼をいじめたという噂が立つのは嫌だったので、早くその場を離れたかった。

しかし、塔太郎が動く前に、

「お前、一年やろ？　俺もやねん。隣のクラスやろ？」

と、彼が自分を指さした。彼の勢いもあって、塔太郎はつい、「うん」と頷いてしまった。

「やっぱ、そやんな？　隣のクラスに、霊力のある奴おるわー、って、それで俺、一回教室覗《のぞ》いた事あったんや。それや。今の今まで、顔も忘れてたけど」

「そ、そうなんや」

「名前は？」

「え。お、俺？」

「いや、自分しかいいひんやん。名前は？」

「……坂本」

「下は？」

「と、塔太郎……です」

「りょうかーい。何で敬語？　俺、栗山圭佑っていうねん。お前、霊力あんねやったら、学校で声かけてくれたらよかったのに。ほしたら」

「あ、あの」

「何？」

「早く、警察に行った方が、ええと思うけど」

「警察？　……あー、そやんな？　俺、襲われてたしな!?　めっちゃ忘れてた！　てか、徳光ってほんま誰やねん。――ありがとう！　ちょっと行ってくるわ。ほな」

「うん……ほな……」

それが、栗山圭佑との出会いだった。

数日後、栗山は自ら教室の中まで会いに来て、塔太郎に言った。

「あいつ、逮捕されたらしいで。でっちあげの話作って、脅して、金を巻き上げてたんやと」

栗山の話を聞きながら、塔太郎はぼんやり考えていた。

管轄《かんかつ》から考えて、鬼を逮捕したのは、深津さんか竹男さんだろうか。幸い、あの一件から変な噂が立ったり、塔太郎に被害が及んだりする事もない。

ほっとしていると、名前を呼ばれていた。

「――なぁ。坂本。聞いてるー?」

「えっ? あ、ごめん」

「これ、この前のお礼」

栗山が机に置いたのは、新品のガムだった。塔太郎が返そうとすると、「ええやん別にー」と言って押し付け、塔太郎の返事も聞かず立ち去ってゆく。

最後に「あ」と振り返り、

「今度、帰りに飯食いに行こうや。ガムじゃなしにちゃんとしたお礼として、奢《おご》ったるし」

と言って、自分の教室へ帰っていった。

残された塔太郎は、初めはガムをどうしようかと迷っていたが、やがて、それを制服のポケットに入れる。

ほんの少しだけ、頬が緩んだ気がした。

＊

「……何て言うか、栗山さんらしいですね」

「やろ？　出会いからこれやで？　強烈やわ、ほんま。まぁ、そこが、あいつの面白いとこなんやけどな」

「それで、栗山さんと仲良くならはったんですね」

「あいつが、その時の俺の、どこを気に入ったんか知らんけど……。やたら俺のクラスに来るようになってん。そのうち、休憩時間に廊下で話すようになった、って感じやな。俺が栗山と話してんのを見たクラスメイトも、ぽつぽつ話しかけてくれるようになって、栗山以外の友達も、その辺から出来始めたわ。ただ、俺自身はまだ周囲のあやかしを気にしてて、休みの日は、道場通い以外は出えへんかった。それでも、栗山は普通に接してくれて、俺の家に来てくれた事もあってな。嬉しかったわ」

＊

ある日、塔太郎は、自分の出生や今までの事を、全て栗山に打ち明けた。

この頃、塔太郎は、栗山が独学で弓の稽古をしている事を知り、さらに栗山も、

「俺？　高校出たら、京都府警に入ろう思うねん。お前も霊力持ちやったら、知っ

てるやろ？　あやかし課って部署。二十歳《はたち》になる前にそういうとこへ入っとかんと、霊力が落ちる事あるしなー」

と、奇遇にも、塔太郎と同じ夢を持っている事が、判明したからである。

その時の塔太郎は、自然に、自分と栗山が同僚となった姿を想像した。

もし、栗山も将来、あやかし課隊員となるのなら、自分の出生の秘密を隠し通す自信がなかった。また、霊力を持つ友達同士として、隠したくもなかった。

だから塔太郎は、賭《か》けのつもりで栗山に話した。心に秘めていた自分の将来の夢も、今まで誰にも明かさなかった本音も、不器用ながら伝えた。

「――俺も、将来は、あやかし課隊員になりたいねん。いつか、親父を留守居役に復帰させてあげたいし、ほんまは俺自身も、祇園祭を手伝ってみたいなぁって、思ったりすんねんけど……。そこまで贅沢《ぜいたく》は言えへんわな」

塔太郎の秘かな願いは叶い、栗山は、全てを聞いても態度を変えなかった。

「そうか。お前も苦労したんやなぁ。まぁ、これからはええ事あるって」

と、気負わず励ましてくれ、塔太郎は久し振りに安心感を味わった。

それから、半月ほど経った頃だろうか。栗山が塔太郎に、思わぬ話を持ち掛けた。

「今年の宵山で、綾傘鉾のお手伝い、する気ない？」

驚いた塔太郎は、即座に断った。嫌だからではなく、自分が山鉾に関わるなんてとんでもない、畏《おそ》れ多いと思ったからである。自分が関わる事で、山鉾の関係者達に迷惑をかけるかもしれないと思うと、怖かった。

塔太郎が尻ごみすると、栗山はそういう返事を見越していたらしい。

「でもお前、関わりたいんやろ？　向こうの人には、俺から話して、来てええでって言うてもらってるし」

事後承諾まがいの事を言う。塔太郎は、衝撃で倒れそうになった。

「お前、俺の事、全部話したんか⁉」

「いや、デリケートなとこは隠したよ。向こうに話したのは、お前が祭と関わりたいって事だけ」

詳しく聞くと、塔太郎の事情を聞いた栗山は、その後、小学校時代の友人に会う機会があったという。

栗山の通っていた朱雀第三小学校は、壬生《みぶ》という地域にある。そこは新撰組《しんせんぐみ》ゆかりの寺院・壬生寺の他に、「壬生狂言《きようげん》」「壬生六斎念仏《ろくさいねんぶつ》」が伝わる事でも知られていた。

朱雀第三小学校では「六斎キッズ」という伝承活動のクラブがあり、この指導を受け持っている壬生六斎念仏講中《こうちゆう》の人達が、綾傘鉾の囃子方としても、活動していた。

栗山の旧友も、六斎キッズを経て講中の一員となり、そして今は、綾傘鉾の囃子方でもあるという。

そこで栗山が、

「俺の友達に、お祭に興味持ってる奴がいんねんけど」

と切り出すと、旧友も乗り気になって、こう言ったという。

「綾傘の保存会の人は、若い子が手伝ってくれるんはウェルカムやって、いつも言うてるしなぁ。佛教大《ぶっきょうだい》の学生さんも、授業の一環として来てはるし。そこに入れるかも？　いっぺん訊いてみるわ」

旧友が保存会に訊くと、すぐにＯＫが出た。それが栗山まで伝わり、こうして、塔太郎に打診しているのだった。

「どうや？　別に、悪い話じゃないと思うけどな。今までの事情も、隠すなり話すなり、お前の好きにしたらええと思うし。もちろん、お前が乗り気じゃないんやったら、断ったらええで」

塔太郎は、その場では返事を保留にした。父親が留守居役を自粛しているのに、と、躊躇《ためら》う気持ちがあったからだった。しかし同時に、祭に参加出来るかもしれないという事に、じわじわ嬉しさがこみ上げていた。

家に帰って両親に話すと、両親は、自分の好きにすればいいと言う。

「ええ友達を持ったな」

嬉しそうな父・隆夫のその表情で、塔太郎の中の何かが動いた気がした。

後に、鴻恩や魏然も、同じ事を言って許可してくれた。すぐに塔太郎は、栗山とその旧友を通じて、保存会へ連絡してもらい、自分からも電話をかけた。

対応してくれる相手が霊力持ちだという事を確かめたうえで、勇気を出して、自分の事を包み隠さず話す。

すると、

「そちらのお話は、全部知ってますよ」

という、予想外の答えが返ってきたのだった。

「俺、いやあの、僕の事を、ご存じやったんですか……!?」

「三条会にそういう子がいるって話は、聞いた事がありましたからね。もしかしてと思って、知ってる人から詳しく聞いたんです」

「す、すみません。最初からお話ししてなくて。あの、駄目やったら僕は……」

「そんなん全然！　気にしんでいいんですよ！　坂本くんさえよければ、ぜひ来て下さい。過去の事は色々おありでしょうけど、大切なのは気持ちですよ、気持ち。うちでは、いつもそう言うてます。――ただ、いきなり深く関わってもらうのも、大変な部分があると思いますしね。ボランティアの学生さんに交じって簡単な作業をやってもらって、楽しみながら、うちの事を知ってもらう、というのでどうでしょうか？」

夢のような話だった。相手は全てを承知のうえで、塔太郎を招いてくれている。

その優しさに胸を打たれた塔太郎は、むしろ自分から、

「ありがとうございます。どんな事でもやらせて下さい」

と、お願いしていた。

その年の夏。塔太郎は、綾傘鉾を持つ善長寺町に通い、宵山の準備を手伝った。六月の最終日曜日は、綾傘鉾の会所《かいしょ》である大原神社《おおはらじんじゃ》の境内や、保存会役員の自宅のガレージで、ゴザやブルーシートを広げて座り、粽作りに励む。

保存会青年部の指揮のもと、学生ボランティアの人達と並んで粽の山の前に座った塔太郎は、熱心に、綾傘鉾の粽を作り続けた。

完成された粽は全て、八坂神社のお祓いを受けるという。その後、宵山や巡行等で、求める人々に授与されるのだった。綾傘鉾のご利益は、縁結びである。これは恋愛はもちろん、人と人との出会いも含まれていた。

粽作り自体は、笹《ささ》の葉を巻いた裸の粽に、「厄除」「縁結」と書かれた大原神社の護符《ごふ》、のし紙、紙縒《こより》を付ける。京都府綾部《あやべ》市の黒谷《くろたに》和紙で作られるその紙縒には、祇園祭で欠かせない厄除けの文言、「蘇民将来子孫也《そみんしょうらいしそんなり》」と書かれていた。

最後に、ナイロンの袋に入れて完成である。作業自体は簡単だった。一回一回、作る手が強張《こわば》った。

しかし、塔太郎にとっては神様に触れるような神事に思え、

（こんな俺が、ご利益を宿す粽作りに参加して、大丈夫やろか）

自分のやっている事に不安を覚え、どこかであやかしが見ていないか、何かを言われはしまいかと、周囲を見回す。万が一にも、間違って自分の雷で粽を焦《こ》がしてしまわないよう、全神経を尖《とが》らせた。

すると、隣に座った青年部の人が、

「おっ。丁寧で、ええ手付きしてるやん」

と、自分も粽を作りながら塔太郎の作業を覗き込み、激励してくれる。

「坂本くんは確か、三条会の子やったっけ。三若神輿会さんのあるとこやんな。山鉾とお神輿のご縁が、何か繋がったみたいやなぁ。そんな子に粽を作ってもらうと、きっと、ご利益も倍増やんな。沢山作ってや」

その瞬間、塔太郎は心の底から嬉しくなり、なぜか体も軽くなった。その人にお礼を言った後は粽作りだけに集中し、もう、周囲を気にしなくなっていた。

七月十三日は綾傘鉾の鉾建てであり、塔太郎は炎天下の中で軍手《ぐんて》をはめ、木枠を組み立てる手伝いをした。

十四日以降の宵山では、夜間の粽の授与や、グッズを売る手伝いをする。青年部の「あれを持ってきてほしい」「これを片付けてほしい」等の指示にも従い、こまごまとした雑務をこなした。

昼も夜も酷暑の中での作業であり、塔太郎も、ボランティアの人達も、役員も、皆ずっと動き回って楽ではなかった。宵山の舞台裏はこんなに大変なのかと、驚くほどだった。

しかし、塔太郎にとっては、祇園祭に参加出来ているという信じられないほどの喜びと、自分を受け入れてもらっているという嬉しさの方が、遥《はる》かに勝っていた。酷暑も忙しさも、全く苦にならなかった。

この頃には、塔太郎は青年部の人や囃子方の人ともだいぶ親しくなっており、向こうが年上のせいもあってか、随分滑《なめ》らかに話せるようになっていた。栗山の旧友で、保存会に渡りを付けてくれた囃子方の人にも会い、心からお礼を言った。

そんなふうに温かい人々との時は過ぎ、お手伝い最終日の、十六日の夜。

宵山が賑わいを見せる中、厄除けの鱗文様《うろこもんよう》の浴衣を着た囃子方が、善長寺町に集まっている。沢山の見物人が、町内の特設舞台で行われる「棒振《ぼうふ》り囃子」を楽しみにしていた。

その時、綾小路通りの、大原神社より少し東の道路で、何やら騒がしい声がする。

雑務に励んでいた塔太郎は、それを聞いて胸騒ぎがした。作業が一段落した後、大原神社から、そっと顔を出してみる。

四ツ目の禿坊主《はげぼうず》の化け物が一匹、悪酔いしているらしい。

「ここに、八坂さんに無礼を働いた奴の、息子がおるらしいなぁ⁉　そんなんが祇園さんのお祭に顔出してんのか！　おもろいやないけ。俺が説教したろ！」

それを見た塔太郎は、持っている軍手を落としかけた。

禿坊主は顔を赤らめながら、五十代の、霊力持ちの囃子方の人に絡んでいる。幸い、大事には至っていないが、霊力のあるらしい何人かが、化け物と囃子方を眺めていた。

「何の息子って？」

「さぁ？」

という、話し声も聞こえる。

（……っ！）

この瞬間、塔太郎の心臓が、ぎゅっと潰《つぶ》れそうになった。足元から、全てが崩れていくような気がした。

以前のように、あやかしが、塔太郎がここにいる事を聞きつけて乗り込んできたらしい。見物人が沢山いるからか、化け物はまだ、塔太郎には気づいていない。しかし、化け物が大原神社まで来れば、見つかるのは時間の問題だった。

ここまで来て今更、恐れていた事が起こってしまった。塔太郎の瞳から、すっと光が消える。俯く表情は、己の運命への嘆《なげ》きを通り越して、もはや、諦めの境地に入っていた。

あの化け物は、自分だけでなく、綾傘鉾にも文句を言うかもしれない。皆に迷惑がかかる。綾傘鉾の名誉に傷がつく。自分はやはり、祭には関わってはいけない――。

どうすることも出来ない思いを抱えたまま、塔太郎はそっと、人知れず大原神社から出て、善長寺町から去ろうとした。

その時、誰かが塔太郎の背後から腕を掴む。振り返れば、当初からお世話になっている、綾傘鉾の役員だった。

「大丈夫や。君が帰らんでもええ。――帰りたいか？」

役員の問いかけに、塔太郎は必死に首を横に振る。それを見た役員は顔を上げ、

「そうか。その気持ちがあれば十分や。――おーい。殿村《とのむら》さーん」

と、絡まれている囃子方を呼び、目で事情を訴えた。

殿村さんの方も、禿坊主の相手をしながら、役員と塔太郎の存在に気づく。事情を察し、笑顔で小さく頷いていた。

そして、禿坊主に向き直った。

「まぁまぁ、お父さん！　そんなイキらんと。ちょうど今からお囃子をやりますし、すんませんけど、僕行かなあかんのですわ。会場に案内しますさかい、見てって下さい。話は、その後で聞きますよって」

殿村さんは恐れず、巧みに宥《なだ》め、禿坊主を塔太郎から離してゆく。

禿坊主は、殿村さんに背中を押されるように町内の特設舞台へ連れていかれ、そのまま、案内された眺めのいい場所で、棒振り囃子を鑑賞した。

コンチキチンの鉦《かね》の音と、太鼓、甲高《かんだか》い笛の音が善長寺町に響く。塔太郎の隣で、役員が微笑んでいた。

「綾傘のお囃子を見たら、あのクレーマーさんも機嫌直さはるやろ」

「……そうなんですか？」

「そうやで。棒振り囃子は、悪いもんを鎮《しず》めて、皆を楽しませるもんやしな」

綾傘鉾は、山鉾の中でも「傘鉾」という珍しい種類である。巨大な傘の鉾に、棒振り囃子を伴って巡行する。室町時代以来の、山鉾の初期の姿を保っている鉾だった。

巡行では、赤熊《しやぐま》を被った裁着袴《たつつけばかま》の者が、房の付いた長い棒を振って舞い、鬼神の面を被った二人のうち、一人が太鼓を持つ。もう一人が、撥《ばち》を手にして、太鼓を打って踊る。その背後で、囃子方がお囃子をする。

棒振り囃子は鉾の露払《つゆはら》いを担うと同時に、疫病退散《えきびょうたいさん》のご利益を持つものだった。

今夜宵山では、棒振りの者も、太鼓を打つ者も、鉦方《かねかた》も笛方《ふえかた》も、全員揃いの浴衣で涼しげである。棒振り、太鼓、鉦の音、笛の音色が渾然一体《こんぜんいったい》となって、清《きよ》めと祓いを同時に行っていた。

棒振りが軽《かろ》やかに左右に回されると、善長寺町の空気が澄《す》み渡る。遥か昔、中世の民衆の娯楽でもあったお囃子は、今でも、観覧者達を楽しませ、喝采《かっさい》を受けていた。

禿坊主も、

「おー、ええやないか。やっぱ夏はこうでないと」

と、さっきまで抱いていた負の感情がすっかり祓われたようで、笑顔で拍手を送っている。

お囃子が終わった後、殿村さんが禿坊主に近づいて、

「見て下さって、ありがとうございました。ほんで、何のお話でしたっけ」

と尋ねた。

禿坊主は、お囃子を見た余韻《よいん》ですっかり穏やかになっており、

「何やったかいな。ああ、例の息子がおるかっちゅう話やったわ。せやけど、もう

ええやろ。こんな清められたところに、無粋《ぶすい》な奴なんかおらへん」

と言う。殿村さんはにっこり笑って、

「そうでしょう、そうでしょう。実を言うと、確かにお宅のおっしゃる息子さんは、うちにいますよ。けど、真面目で、一生懸命お祭のお手伝いをしてくれる、いい子ですよ」

と、さらりと言う。それを聞いた禿坊主は「ほうか」と言い、あとはもう何も言わずに、近くの屋台でビールを買って帰っていった。

役員によって、こっそり舞台の傍まで連れてこられた塔太郎は、それを信じられない光景として見ていた。

お祭が、自分を助けてくれた。そう思えて感謝に打ち震える。役員が元気づけるように、塔太郎の肩を叩いた。

「ほらな。大丈夫って言うたやろ。——さ！　やる事は沢山あるし、持ち場に戻ろか」

「……はい！　ありがとうございます！」

塔太郎も笑顔で頷き、役員と共に大原神社へ戻っていった。

京都の縁というのは面白いもので、この時、四条通り沿いの山鉾の一つ、郭巨山《かっきょやま》を持つ郭巨山保存会の関係者が、綾傘鉾の役員である友人を訪ねて、善長寺町に顔を出していた。

その人も霊力を持っており、禿坊主の騒ぎを見ていたという。後で、その人が役員から塔太郎の話を聞き、実際に、塔太郎本人にも会う事になった。

「初めまして。坂本といいます。三条会に住んでまして、色んなご縁で今回、お手伝いさせて頂いてます……！」

塔太郎は、緊張しつつも歯切れよく答え、自分がお祭に興味を持っている事を伝えた。

すると、塔太郎の事情や意欲を知った郭巨山保存会の人が、

「ほな、来年はちょっとでええし、うちにも顔出すか」

と、誘ってくれたのである。

その場にいた綾傘鉾の役員も賛成し、

「ほな坂本くん。来年は、郭巨山さんとこでお手伝いさしてもらい。違うとこでも手伝《てつと》うたら、ええ勉強になるやろ。特に郭巨山さんは、今でも町内の人達がしっかり、がっちり、お山を守ったはるとこやさかいな」

と、話がトントン拍子《びようし》に進んだのである。

こうして翌年、塔太郎は、郭巨山で手伝いをする事になった。

綾傘鉾での手伝いを終えた塔太郎は、皆に温かく労われ、帰りにお土産《みやげ》として、粽や手拭いを授与された。塔太郎はありがたく、伏し拝むように受け取った。

その時の手拭いは、二十五歳となった今でも、塔太郎のお守り代わりとなっている。

帰り道、塔太郎は抱いていた興奮と幸福感そのままに、栗山へ電話をかけていた。

「あ、もしもし。栗山？　俺。坂本。今、綾傘鉾のお手伝い終わってん。――ありがとうな。めっちゃ楽しかった」

「そうか。よかったやん。お疲れー」

「なぁ。今度、飯食いに行こうや。お礼に、お前の好きなもん奢るし」

「ほんまに？　やった、ご馳走《ちそう》になりまーす！　坂本さん、あざーっす！　……それにしても人間って、一ヶ月足らずで変わるもんなんやなー」

「何が？」

「お前、気づいてへんやろうけど、めっちゃ声明るいで」

電話越しの栗山に言われて、塔太郎は「そうか？」と答えるだけだった。

しかし、その顔はずっと、満面の笑みだった。

＊

「綾傘鉾の棒振り囃子、めっちゃ格好いいですね！　というか、皆さんが格好いいです！　ひょっとして、私に『使うか』って言うてくれた手拭いは……」

「そうそう。その時の手拭い。これやで。鱗文様に神紋《しんもん》があって、ええやろ？　さすがに十年近く前の手拭いやと、ちょっと色が薄くなってるなぁ……。丁寧《ていねい》には使ってんねんけど」

「よかったー！　私、さっき借りひんで！」

「何で？」

「だって、そんな思い出の品を、私の涙で汚したら駄目じゃないですか」

「ハハハ。駄目って事はないと思うけどなぁ。大ちゃんの涙は、いつも綺麗《きれい》やと思うし」

「そ、そうですか……？　あ、あの！　次の年の郭巨山のお手伝いは、どうなったんですか？　やる事って、どこも同じなんですか？」

「おっ？　大ちゃんも興味出てきたな？　まぁ、同じ宵山な訳やから、粽の飾り付けとか、大まかなところは一緒やったよ。綾傘鉾の時もそうやったけど、郭巨山もお手伝い出来て、嬉しかったわ」

＊

　翌年の夏、高校二年生になった塔太郎は、宵山が近づくと郭巨山町に行き、そこの手伝いをした。町内が持つ郭巨山は、中国の親孝行の史話をモチーフとした山で、金運招福や、母乳の出がよくなるというご利益で知られていた。

　こちらは、京都産業大学の学生が、授業の一環として手伝いに参加している。塔太郎は学生達に交じって粽の飾り付けを行い、十三日の山建てでは、円山《まるやま》公園の収蔵庫から出される懸装品の運搬を手伝った。

　収納箱から懸装品が出された際、塔太郎はふと、蓋の裏の墨書《すみが》きに目をやった。「寛政《かんせい》元歳　己酉《つちのととり》六月」と書かれてある。江戸後期で、今から二百年以上も前である。

　その懸装品が今、町内で、当然のように飾られている。それを見た塔太郎は、遥かな時の流れが今日まで続いている事を実感し、過去と自分が出会ったような、不思議な感動を覚えたのだった。

　山が建った後は、法被《はっぴ》を借りて、神前の係員となって粽の授与をする。預かった古い粽を分別する作業や、役員の指示に従い、物を運ぶ作業にも励んだ。

郭巨山保存会の特徴は、町内の人達が総出で役員となり、運営のほとんどを担う点である。古きよき京都の町内の形を、今でも保っているところだった。

祭の係は、実に百以上もの数に細分化され、神具や物品の手配等は、町内の人達が分担して行っている。学生や塔太郎などは、あくまで「お手伝い」という位置づけに留まっていた。

どの人も、長年、町内に住んでいて全てを熟知している。運営を指揮する姿には貫禄《かんろく》があって、まるで神職のように頼もしかった。

それは、山のお飾りや運営は、あくまで町内の神事であり、決して軽いものではないという信念からくるものだと、塔太郎は気づく。山建ては熟練の作事方に託すが、重要な作業は必ず、町内会員が自ら行うのだった。

皆が皆、鉾建てを含めたほぼ全般を行う綾傘鉾とは、だいぶ違っている。

しかし、「お祭の神事を行い、団結して盛り立てる」という気持ちは、綾傘鉾も郭巨山も変わらない。方針は違っても心意気は同じ、と感じた塔太郎は、簡易ごみ箱を一つ設置するのも神事だと考え、自分なりに粛々と、町内会員の指示に従ったのだった。

様々な手伝いの中で、塔太郎が最も嬉しかったのは、防災に関わる手伝いである。

「坂本くん。消火器を山へ持っていって」

というものや、

「防火バケツに水を入れて、山の四方《しほう》置いてんか」

といった、単に、山の傍に持っていって置いたりという、小さな作業。

しかし、塔太郎にとっては、かつての過失を埋め合わせるような、何よりの贖罪の作業だった。消火器やバケツを運ぶその一歩一歩に、塔太郎は、防火の想いを込めていた。

後から聞いた話では、郭巨山では通常、塔太郎のような高校生や一般人がお手伝いするのは、少々特殊だという。塔太郎が今回手伝えたのは、やはり、知り合いの紹介によるところと、塔太郎の事情を知った郭巨山保存会の厚意が大きいらしかった。

郭巨山保存会の人達も、係員としての姿は厳粛でも、性格そのものは明るい。

塔太郎は作業の合間に、郭巨山の色んな歴史やいわれはもとより、日本画の巨匠・上村松篁《うえむらしょうこう》の原画を基にした懸装品の話や、町内の生活の話まで、沢山聞かせてもらった。

中でも興味を引いたのは、「回章《かいしょう》」という慣習である。これは、祇園祭が始まる前の、六月下旬の佳日《かじつ》に出される、祇園祭吉符入《きっぷい》りの案内状だった。

保存会の会長と神事役が、ネクタイ姿で回章を持ち、町内の役員の家々を回るという。

塔太郎が木箱に入った回章の写真を見せてもらうと、本文は、昔から使われている文章がほぼそのまま現在まで伝わったもので、墨書きされていた。

拝啓《はいけい》時下《じか》小夏《しょうか》之《の》候《こう》に御座《ござ》候《そうろう》処《ところ》
（中略）
吉符入り会式《えしき》を致《いた》し度《たく》
候《そうろう》間《あいだ》萬障《ばんしょう》御《お》繰《く》り合《あ》わせ
御臨席《ごりんせき》之《の》栄《えい》御給《おんたまわ》り度《たく》
此段《このだん》御案内《ごあんない》申《もう》し上《あげ》候《そうろう》也《なり》

という、朗々《ろうろう》たる日本語と、吉符入りの日時が書かれたのが一枚目。二枚目に、役員の名が列記されていた。

「読んだ後、書かれた自分の名前の下に、判子《はんこ》を捺《お》すんですよね。その後、次の人に回されて……」

塔太郎が驚く横で、役員は「回覧板みたいに思えるかもしれんけど、回覧板よりは、ずっと格上やで」と微笑んで言う。

大河ドラマで見るような文書や慣習が、今でも生きた町内の文化として残っている事に、塔太郎はただただ感心するばかりだった。

発見や勉強の連続だった郭巨山の宵山の手伝いも、滞《とどこお》りなく終了する。塔太郎は帰り際に、郭巨山の粽を授与してもらった。

この頃には、役員達は既に塔太郎の実家の事を知っており、

「郭巨山のご利益は、金運やさかいな。お父ちゃんに、ちゃんと飾ってやーって、言うといてや」

と、笑顔で声をかけてくれる。塔太郎は、去年の綾傘鉾の時と同じように有難く頂き、家に帰ると、高揚した顔で父親に渡した。

その翌日。七月十七日は山鉾巡行であり、その後は、八坂神社から三基の神輿が氏子区域を巡って御旅所《おたびしょ》へ行く、神幸祭《しんこうさい》である。

その日は、塔太郎の誕生日でもあった。

塔太郎は謹慎《きんしん》するように家でじっと過ごしていたが、一時だけ、三条会に買い物へ出た。帰ると、靖枝が笑顔で手招きする。

呼ばれるままに台所へ入ると、竹の皮にくるまれ、竹の紐で括られた包みが三つ、テーブルの上に置かれていた。

椅子に座った隆夫が、嬉しそうに腕を組んでいる。塔太郎は、竹の皮の包みを仔《し》細《さい》に眺めた。

包みと紐の間には、確かに、「中御座みこし弁当」と書かれた紙が挟まっている。隆夫が、三若神輿会の関係者から貰ったらしかった。

みこし弁当とは、神輿渡御に奉仕する輿丁達が、休憩の際に食べる弁当である。竹の皮に包まれた白飯に胡麻塩《ごましお》、梅干しに沢庵《たくわん》というシンプルなものだが、重い神輿を担ぐ男達には、ほどよい塩加減のごちそうだった。一般の人にも、御神酒《おみき》の協力のお礼や、知り合いを通じて配られるものだった。

隆夫が弁当を貰ったその意味を、塔太郎が聞く前に、隆夫が話した。

「三若さんからな、二十四日の還幸祭《かんこうさい》の留守居役、坂本さん頼んまっせって、言われたんや」

父の言葉を聞いた塔太郎は、ぱっと顔を上げて父を見て、続いて、みこし弁当を嬉しそうに手に取る母を見た。

「お父さんが、留守居役を自粛したはったんをな、三若さんの方も、ずっと気にしたはってんて。前々から、声かけようと思ってたらしいけど、お父さんが自分から自粛するって言うたし、向こうからは引っ張りにくかったんやなぁ」

しかし、去年と今年と、塔太郎が山鉾町で宵山の手伝いをしている事を、三若の関係者が聞いたのだという。それならばと、三若神輿会も自ら、隆夫を招いたという事だった。

「皆で食べる？」と言う靖枝に、塔太郎は胸いっぱいで首を横に振り、

「俺、疲れてるし、部屋で食べるわ」

と答えるのが精一杯。みこし弁当と箸《はし》を持ち、両親に背を向けて二階へ上る塔太郎の目からは、嬉し涙が止まらなかった。

二階に上がったのは、高校生にもなって親に泣き顔を見られるのが、何となく恥ずかしかったから。

自室に入って竹の皮を開いてみると、綺麗な長方形の白飯に、胡麻塩がふってあるのが目に入る。中央には梅干しがあって、ご飯の傍には沢庵。本当にそれだけの、昔ながらの弁当だった。

それでも、塔太郎にとっては、どんな豪華な料理よりも、どんな高級レストランで食べる食事よりも、世界一美味しかった。ひと口食べるごとに、涙が落ちて止まらなかった。

自分が、宵山の手伝いをする事が出来た。父親が、三若の人から声をかけてもらって、留守居役に復帰する。自分達が、八坂神社の祇園祭に受け入れてもらえた――。

いつの間にか、自分には、栗山も含め、沢山の人が手を差し伸べてくれていた。何もかもが有難いと思う塔太郎の脳裏に、コンチキチンの祇園囃子と、ホイトという、神輿を担ぐ輿丁達の声が、鮮やかに聞こえた。

自分や家族が耐えてきた日々が、今こうして、祇園祭によって救われていく。両親にも周りにも、感謝してもしきれなかった。

最高の誕生日となったその日、塔太郎は京都の人達の温かさを、確かに感じていた。

（……俺はやっぱり、京都府警のあやかし課隊員になりたい。京都にここまでしてもらったんやから、俺は自分の持ってるこの力で、京都の役に立たなあかん。それが俺なりの、恩返しや）

そう心に決めて、塔太郎は弁当を綺麗に食べた後、眠りに就いた。

その後、高校を卒業した塔太郎は、無事、あやかし課隊員となるのだった——。

*

「……まぁ、こんなもんやな。ごめんな、長くなって」

話し終えた塔太郎が、長い息を吐く。途中、暗い話もあったので、さすがに疲れたらしい。夜空を見上げ、少しだるそうに、フェンスに背中を預けていた。

今はどこの山鉾も、お囃子が一旦終わっている。四条通りから聞こえてくるのは、賑やかな群衆の声だけだった。

その賑わいに、大は耳を傾ける。広大な海の、さざ波の音のようだった。

包み込むような視線で塔太郎を見て、すっと微笑む。

話が聞けてよかったと、心の底から思っていた。

「お疲れ様でした。——ほんまに、ありがとうございました」

激動の半生を聞き、涙した大。それなのに不思議と、今の気持ちは穏やかだった。

「前に、塔太郎さんが、糸姫神社《いとひめじんじゃ》の奉納品《ほうのうひん》と、祇園祭の山鉾の懸装品が似てるって、すぐに見抜かはった事、ありましたよね。覚えてますか？　私、あの時凄く驚いて、尊敬したんです。そういう見識の広さはどっからくるんかなぁ、って、ずっと不思議やったんです。でも、それが全部、分かった気がします」

「色んな人に面倒を見てもらって、教えてもらっただけやで。あやかし課隊員になった後も、役員さんからの紹介で、他の山鉾町にも顔を出させてもらったり、挨拶さしてもらったり……。それで自然にというか、まぁ、俺自身は別に、凄くも何とも」

塔太郎は笑って否定する。不器用な謙遜に、大は「もう」、と優しく顔を綻《ほころ》ばせた。

「自分でも、本を読んだりして、勉強しはったんでしょ？」

「まぁ……そやなぁ。郭巨山のお手伝いをさしてもらった後、祇園祭をもっと知りたいなって思って」

「それで、豊富な知識を持ってたり、懸装品の図録も持ってはったんですね。去年、私と宵山の巡回をした時、塔太郎さんは、色んな山鉾の役員の方や、御神体から、声をかけてもらってましたね」

「あれは、『あやかし課隊員』への挨拶やったと思うけど……。でも、同時に向こうが、俺を『知り合い』として見てくれたんは、嬉しかったわ」

「塔太郎さんが、いつも一生懸命で努力家やから、皆さん、声をかけたくなるんですよ」

「そうなんかなぁ」

「はい。そうですよ」

秘かな愛情をいっぱい込めて、大は言い切った。

塔太郎の照れ隠しする性分は、今まで接して十分知っている。大は時にさりげなく、時に笑顔で促すようにして、塔太郎の心に触れていった。

そんな大を前に、塔太郎もだんだん照れ隠しをやめて、心の奥底を語ってくれる。

「俺が、大ちゃんの言う『努力家』になれてるんは……、今までの皆の背中を、見てるからやねんな。両親はもちろん、三条会の人らに、鴻恩さんに魏然さん、白岡先生、深津さんに竹男さん、栗山に琴子さんや玉木、ほんで、山鉾町の人達……。温かくて、自分に出来る事を一生懸命やる人達。俺は、それに憧《あこが》れてんねん」

「そして、その人達を、守りたいんですね」

「せやな」

「それだけじゃなしに、その人達が大切にしているものも——住んだはる町や、祇園祭という大切な行事をも、守りたいんですよね。自分の事よりも皆を守る方が……塔太郎さんは、ずっとずっと、好きなんですよね」

大正解、と、塔太郎が感慨深そうに微笑んだ。美しい横顔だった。

「守るのが趣味っていうのは、変な言い方やけど……。でも、それが、一番近いかもしれん。確かに俺は、恩返しのつもりで、あやかし課隊員になったで。神崎武則の実子として、責任を取るっていう義務感も、もちろんある。けどな、それだけじゃなしに、結局は皆や祇園祭が好きやから、守りたいねん。祇園祭に集まった沢山の人を見てると、やる気が出る。それでつい、周りにどんなに心配されても、頑張ってしまうねんな。大ちゃん、ごめんな。今まで心配かけてたやんな」

静かに、大は首を横に振る。

「謝っておきながら、あれやけど……、俺のこの気持ち、理解してもらえるかな」

今度は、強く頷いた。それが塔太郎なのだと、今の大は分かっていた。

「塔太郎さんは去年も、『祇園祭と京都と、皆を守るためやったら、何でもする』って、言うたはりましたもんね。——塔太郎さんは、ほんまもんの、あやかし課隊員やと思います」

大のその言葉が、塔太郎は何よりも嬉しかったらしい。

「ありがとう。そう言ってくれると、俺の生まれた意味や、辛かった日々の意味も、あったんやなって思えるわ」

破顔《はがん》した塔太郎の尊さに、大はまた、泣きそうになった。

何とかばれないよう堪《こら》えていると、

「あ！　そうや！」

塔太郎が何かを思い出したように顔を上げ、ぽんと手を叩く。

「言い忘れてたけど……。俺、そのみこし弁当を食べた翌朝に、青龍になったんや」

「えっ⁉」

思いがけない事実に、大は目を見開いた。

てっきり、塔太郎が青龍に変身するのは、修行の果てに得た奥義《おうぎ》だと大は思っていた。

しかしそうではなく、突発的になったものだったらしい。

「塔太郎さんが、朝、起きたら、そうなってたんですか？　自分の意思とは関係なく？」

「せやねん。俺もびっくりしたで。目ぇ覚めたら、体が龍になってんにゃもん。人間の体じゃないから、上手く動けへんし……。何とか口で襖《ふすま》開けて、下にいた親を呼んで、親も、血相変えて又旅社に行って、鴻恩さんと魏然さんを連れてきてくれてん。で、鴻恩さんと魏然さんも、びっくりしてた。さすがに学校は欠席したわ。帰りに栗山が家に来て、『お前それ何⁉』って叫んでた」

「ですよね……。自分で編み出したんじゃないとすると、何で龍になれたんですか？」

「それが、よう分からんねんな。鴻恩さんと魏然さんの見解では、俺に、元から龍になれる素質があって、山鉾のお手伝いをしたり、三若神輿会に父親が関わったりで、結局は八坂神社との縁が強いのと、みこし弁当を食べて、『あやかし課隊員になりたい』って思って……。

まぁ、要は、強くなりたいと念じたから、今までに得た縁や想いが繋がって、体に変化が起こったんやろうって話やったわ」

「そうなんですね。でも結果的には、雷の力でも、龍になれる力でも、沢山、京都の人達を守れてますよね。塔太郎さんは、中学からの夢を叶えたって事になるんですよね。凄いですよね⁉」

塔太郎の全てを知った今、大の気持ちは高揚する。今の大にとって、塔太郎は先輩であると同時に、英雄のような存在だった。

「そう言われると、何か嬉しいなぁ。雷の扱い方や格闘技と同じくらい、龍の体で自在に動けるようになるんも、まぁー大変やったわ。最初はほんまに、蛇《へび》のように這《は》うだけやったし」

「そこでも、塔太郎さんの努力家の素質が発揮されたんですね。今では、普通に飛べますもんね」

「って言うても、ちょっと前までは、変身した後は動けへんくなってたけどな。今でもやっぱり体力は使うし……。俺もまだまだ、やな」

「そんなん言うたら、私なんか、もっとですよ。でも頑張ります！　塔太郎さんとお話し出来たら、やる気出ましたから！」

大は両腕を上げてガッツポーズし、ふんっ！　と気合を入れる。塔太郎が楽しそうに笑う表情は、夜なのに、夏の太陽を思わせた。

大にとって、ようやく見られた塔太郎の笑顔だった。

「大ちゃんが笑ってくれて、よかった。色々あったけど、俺、あやかし課隊員になってからは、ほんまに楽しい毎日やで。——そういえば、ちとせに配属されてすぐの頃、栗山と飲みに行った事があってなぁ。栗山はああいう性格で顔も広いから、あいつが既に仲良しやった高山《たかやま》先生に、俺を紹介してくれてん。その時、あいつが土下座《どげざ》して、『待ち合わせ場所！』っていう一発芸も教えてくれて……。栗山の奴、それやった瞬間に、高山先生にシバかれてたわ。『銅像の手で叩きます⁉』『手加減した！　霊体だったら大丈夫だろう！　それに、土下座ではなく御所への拝礼だと何度言ったら分かる⁉』っていう二人のやり取り、今でも覚えてる」

「ふふっ。その一発芸、塔太郎さんも去年、やったはりましたよね？」

「いや、まぁ、うん……。あ、あれは勢いやったし！　もう忘れてくれ！」

「嫌です。ずっと覚えときますね？」

「わー、ひどいやっちゃなー？」

ちょうどその時、深津が大達のもとにやってきた。交代の時間だという。大と塔太郎は休憩を切り上げ、屋上から南の四条通りを見張った。

それからしばらく経った頃、大達の無線に、出動要請が入る。綾傘鉾の善長寺町で、殴り合いが起きているという。

塔太郎がただちに龍となり、大もそれを見て簪《かんざし》を抜く。変身したまさるは素早く龍の背に飛び乗り、塔太郎とまさるは、一直線に飛んで善長寺町を目指した。

幕間　三

病室のテレビで、夜のニュースが始まった。今日から祇園祭《ぎおんまつり》の宵山《よいやま》だと、キャスターが原稿を読み上げている。

栗山圭佑《くりやまけいすけ》は窓に目をやって、夜の町を眺《なが》めた。

病室が最上階なので、夜景が広がっている。京都タワーの先端が小さく見えて、航空障害灯が赤く点滅している。それは、航空機から見た目印であり、高い建物が少ない京都の中では、まるで灯台《とうだい》のようだった。

（宵山か。今頃、皆、頑張ってるやろなぁ）

あやかし課隊員は、十七日まで総動員である。自分の親友も、必ずそこにいる。出来れば現場で補佐してやりたかったが、入院してしまったものは仕方ない。

先日電話した際、栗山と塔太郎《とうたろう》は、ほとんど下らない話ばかりしていた。栗山が意図的にそうした。それで、塔太郎はわずかでも、気分転換が出来たようだった。

そして、塔太郎はまた懸命に生きる。その姿を見る栗山も、元気を貰《もら》う。昔からそういう関係だった。

栗山が所属する伏見稲荷大社氏子《ふしみいなりたいしゃうじこ》区域事務所は、京都駅周辺も管轄《かんかつ》内である。

栗山は、仕事で外へ出る度《たび》に、天高くそびえる京都タワーを見上げるのが習慣となっていた。だから今も、つい窓から京都タワーを眺めてしまう。

栗山が思うに、塔太郎は生まれた時から、平凡とはほど遠い半生を送ってきた。

高校卒業後、京都府警のあやかし課隊員となってようやく、仕事は忙しくとも、精神的には安定した日々を送れるようになっていた。これからもそうだろうと栗山は思っていたし、彼自身も、そう思っていたに違いない。

しかし今、彼の実父率《ひき》いる京都信奉会《きょうとしんぽうかい》が動き出している。

今回の船越《ふなこし》の計画は、入院中の栗山にも伝えられた。だから栗山はつい、塔太郎の名前の由来となった京都タワーを見てしまうのだった。

「……この事件が片付いたら、あいつとまた、飯食いに行こかな」

見舞いに来てくれた天堂竹男《てんどうちくお》や深津勲義《ふかづいさよし》も、似たような事を言っていた。

(事件が解決したら、またあいつをキャンプに連れてったろっかな。昔みたいに。最後に行ったんはいつやったっけな。あいつが、中学一年の時やったかな)

(俺《おれ》や竹男が二十歳《はたち》前くらいで、塔太郎が生まれた頃からの、二十年以上の仲やしなぁ。そら、幸せになってほしいよな)

二人とも、今では塔太郎の上司ではあっても、本心では親戚の子のように思っているらしい。栗山も、在りし日に聞いた塔太郎の明るい声が、また聞けたらええなと思っていた。

果たしてあいつに——坂本《さかもと》塔太郎に、本当の意味で幸せになれる日は来るのだろうか。

叶《かな》うなら、その日が遠くない事を、栗山は願っていた。

(まぁ、坂本のやつは、今でも幸せやって言うやろうけど……。もう一歩、決め手がほしいねんなぁ。あいつみたいな男には、友達にも上司にも、親にさえもしてやれへん事が、一個だけあるから)

その時、栗山の脳裏《のうり》にふと、簪《かんざし》を挿《さ》した「彼女」の姿が浮かぶ。

(俺らと違って、あの魔除《まよ》けの子やったら、出来るかもしれへんな)

先斗町《ぽんとちょう》で、初めて彼女に会った日を思い出す。ひと目見て、塔太郎の人生にとって、重要な存在になる子だと直感した。彼女なら、塔太郎が子供のように甘えられるぐらい、心の奥底の奥底まで、寄り添ってくれそうな気がした。

(実際、あの時点で、既に仲良かったしな)

ゆえに栗山は、彼女を口説《くど》こうとした事は、一度もない。初めからそんな気はなかったし、これからもない。

親友と同じ真っすぐな目を持つ「彼女」に、栗山は期待していた。

第四話　塔太郎《とうたろう》の願いと大《まさる》の目覚め

結局のところ、善長寺町《ぜんちょうじちょう》での殴《なぐ》り合いは、血気盛んな付喪神《つくもがみ》崩れと幽霊による、ただの喧嘩《けんか》だった。

顔が金盥《かなだらい》の付喪神崩れが、自分の顔で幽霊をゴンゴン叩《たた》くのに対し、幽霊も、負けじと狩衣《かりぎぬ》の袖《そで》を捲《まく》り上げ、相手の首を雑巾《ぞうきん》のように絞《しぼ》っている。彼らは、霊感のない人には見えない。まさる達のほかは、あやかしが数匹、野次馬《やじうま》として見ている程度だった。

龍《りゅう》の背から地面に着地したまさるがよく見れば、幽霊は、大《まさる》の配属当初や大《おお》晦日《みそか》に大達の手を煩《わずら》わせた、あの貴族の幽霊である。

「俺《おれ》は天下の糟麻呂《かすまろ》様だぞ！　叩くんじゃねえよ盥め！」

という、貴族の叫び声がする。まさるはこの時、三回目の遭遇《そうぐう》となったこの貴族の名が、「糟麻呂」だとようやく知った。

普段なら、腐《くさ》れ縁《えん》に近いこの関係に呆《あき》れるところである。しかし、今回ばかりは状況が違う。塔太郎も龍から人間に戻って、まさると共に駆《か》け出す。あっという間に、まさるが付喪神崩れを、塔太郎が糟麻呂を押さえつけて引き離し、喧嘩を止めた。

糟麻呂は、今回も酔っているらしい。「やめろ平成生まれが！」と抵抗し、文句を言っていた。

しかし塔太郎の、

「場所を考えて下さい。宵山《よいやま》です。人も沢山います」

という、穏《おだ》やかでも強い言葉に気圧《けお》される。塔太郎の真剣さが伝わったのか、糟麻呂はすぐに大人しくなった。

付喪神崩れと糟麻呂は厳重注意となり、今回も逮捕までには至らなかった。元の姿に戻った大が、あやかし二人に説明した。

「次、同じような事をされたら、即逮捕ですからね。これ以上は騒ぎを起こさず、おうちへ帰って下さいね」

付喪神崩れは大きく頷《うなず》き、のっそり背を向けて歩き出す。金盥で周辺の光を反射させながら、群衆に紛《まぎ》れて帰っていった。

糟麻呂の方は、バツが悪いのか、その辺をぷらぷら歩いている。小さな事案が解決したので大は安堵《あんど》し、塔太郎も長い息をついていた。

「塔太郎さん、大丈夫ですか？　暑いですし、龍にならはって疲れたとか？」

「いや、問題ない。ちゃんと動けるよ」

大が気遣《きづか》うと、塔太郎は笑って手を振った。

喧嘩自体は終わっても、大達は一応の警戒として、離れた場所から糟麻呂達を観察する。

すると、鱗文様《うろこもんよう》の浴衣《ゆかた》を着た男性が、糟麻呂に近づくのが見えた。綾傘鉾《あやがさほこ》の囃《はや》子方《しかた》である。塔太郎が小さく、

「殿村《とのむら》さんや」

と、口走っていた。

大もすぐに、塔太郎の話に出てきた人だと思い出す。殿村さんは先ほどの喧嘩を見ていたらしい。物腰も穏やかに、不機嫌そうな糟麻呂を誘っていた。

「せっかくですから、棒振《ぼうふ》り囃子を見はりますか？　もうすぐ始まりますよ」

「おー。いいな。昔は、『はやし物』とか言って、よく見てたっけな。その頃の俺、もう幽霊だったけど」

「そうですか。昔を知ってる方が見てると思うと、緊張しますね。中世を懐かしむ気持ちで、どうぞご覧下さい。僕らも、一生懸命やりますんで」

「そこまで言うなら、どれ、ちょっくら見てやるか」

殿村さんと糟麻呂が、連れ立ってお囃子の会場へ向かう。途中、殿村さんがこちらへ振り向き、塔太郎にそっと手を挙げた。塔太郎も、短く頭を下げた。

実際の会話はなくても、その表情だけで、

（お疲れ。今年も元気そうやん）

（殿村さんこそ、お元気そうでよかったです）

と、やり取りしているのが、大には分かった。

今年の棒振り囃子も、善長寺町の空気を清め、観覧者達を楽しませている。糟麻呂も満足そうだった。それを見届け、糟麻呂に問題なしと判断した大達は、ビルへ戻ろうと歩き出した。

大原神社《おおはらじんじゃ》の前を通ると、境内《けいだい》から、一人の男性が顔を出す。綾傘鉾保存会の役員だった。大は、去年の巡回で会った人だと気づいた。

「坂本《さかもと》くん、久し振りやね。そちらのお嬢さんも、昨年も一緒やったね」

「ありがとうございます！　私の事まで覚えていて下さって……」

塔太郎が役員に挨拶《あいさつ》し、大も一緒に頭を下げる。簡単な挨拶を交わし合うと、役員が小さな箱を開けて、大達に差し出した。

「よかったら、一つ摘《つ》まむか」

中身は上生菓子で、松原《まつばら》通り沿いの老舗《しにせ》・末富《すえとみ》のものだという。詳しく聞けば、祇園祭《ぎおんまつり》の期間限定で売られる「稚児の袖《ちごのそで》」というお菓子だった。

「お祭に、お稚児さんは欠かせへん存在やしね。それも、長刀鉾《なぎなたほこ》や綾傘鉾《うち》だけじゃなしに、他にも沢山いはるし」

鉾に搭乗して、注連縄《しめなわ》を切る等の役目を持つ長刀鉾の稚児はもちろん、綾傘鉾を先導する六人の稚児達や、中御座神輿《なかござみこし》を先導し、馬に乗ったまま八坂神社《やさかじんじゃ》の境内に入る事が許されている綾戸國中《あやとくなか》神社の久世駒形稚児《くぜこまがたちご》といった、少年の稚児が、祇園祭には沢山いる。

他にも、稚児人形を乗せる鉾があるが、それも、かつては生き稚児だったらしい。

末富の「稚児の袖」は、長刀鉾の稚児の装束《しょうぞく》の袖に見立てた、上品な和菓子だった。薄紫の葛玉《くずたま》を、白く柔らかい求肥《ぎゅうひ》で、二つ折りに包んでいる。その端《はし》には、袖括《そでくく》りの緒《お》に見立てた、線状の型がついている。たったこれだけで、名前の通り袖に見える。

和菓子の表現力の高さに、大も塔太郎も感心した。

「凄《すご》い！　芸術的ですね！」

「ほんまやなぁ。保存会さんの方で、買わはったんですか」

塔太郎が訊《き》くと、役員は笑って否定する。綾傘鉾を見に来てくれた知り合いが大量に差し入れてくれたので、大達にもお裾《すそ》分けしたかったらしい。

「今年のあやかし課さんは、特に大変やと聞いてるしね。甘いもん食べて、元気出してもらおおと思って」

役員の気遣いに、塔太郎も嬉《うれ》しそうだった。

「塔太郎さん。辛《から》いものじゃないですけど、これやったら、食べたくなりますよね？　祇園祭ゆかりのお菓子ですし」

　大がこっそり訊くと、塔太郎も、

「おう。元気百倍や」

　と、小さく返してくれた。

　ただ、今の大達は職務中なので、どんなに嬉しくても受け取れない。塔太郎が丁《てい》重《ちょう》に断ると、役員は承知したように微笑《ほほえ》んだ。

「ほな、坂本くん。仕事が終わったら、会所《かいしょ》まで取りに来るか？　会所には、寝ずの番で必ず誰かがいるし」

　と、提案してくれる。塔太郎も、仕事の後ならと頷いた。

「大ちゃんの分も貰《もら》っとくわ。明日、渡したげる」

「ほんまですか⁉　ありがとうございます！」

　大は早々に、明日、「稚児の袖」を食べるのが楽しみになっていた。

　役員が塔太郎に声をかけた本当の理由は、警備の相談だったらしい。

「ちょっと、対策部隊の人と、囃子方も交えてお話ししたい事があるんですけど」

　と、役員は言う。塔太郎は快諾して深津《ふかづ》へ連絡を取り、やがて、深津も善長寺町にやってきた。

　そのまま、対策部隊のメンバーである深津と塔太郎が会所で話を聞く事になり、大は、外で臨時のパトロールをしながら、二人が戻るのを待った。

町内を回ってみると、棒振り囃子が終わっている。団子《だんご》状になっていた見物人が、散り散りになって近くの山鉾《やまほこ》を見に行ったりしていた。

糟麻呂も、焼きそばの屋台を覗《のぞ》いている。棒振り囃子で空気が清められたためか、皆、表情が生き生きしていた。

平和な光景に、大も自然と笑《え》みがこぼれる。西に振り向いてみると、一歳ぐらいの男の子を連れた夫婦に祖父母という五人が、遠くに見えた。

一見、どこにでもいそうな家族連れ。しかし、男の子を抱いている母親を見た瞬間、大は「あっ‼」と声を上げた。近くのあやかしが驚いたので、大は咄嗟《とっさ》に、両手で自分の口を塞《ふさ》いだ。

（あの人は確か……！　ほな、あの子が……！）

昨年の宵山で、大達や神様が手助けし、出産を果たした女性だった。

とすると、今、彼女が抱いている男の子は、その時生まれた赤ちゃん・佑輔《ゆうすけ》くんに他ならない。事実、その家族を観察していると、父親らしき若い男性が、男の子を「佑輔」と呼んでいる。

さらに母親の、

「佑ちゃんは、このお祭で生まれたんだもんねー。道路でだけど」

と言う笑い声まで聞こえたので、間違いなかった。

大は、自分が棒立ちになっている事さえ忘れて、佑輔くん一家を見つめていた。

あの時の赤ちゃんが、元気に育っている。一歳の誕生日を前に、皆で宵山を見にきて、粽《ちまき》やお守りを貰いにきたのかもしれなかった。

佑輔くんの母親は霊力《れいりょく》がないうえに、占出山《うらでやま》の神功皇后《じんぐうこうごう》によって大達の記憶を消されている。他の家族も皆、霊力がないらしい。半透明である大の声にも存在にも、全く気づいていなかった。

しかし唯一、霊力を持っている佑輔くんだけが、大を見ている。こちらに笑いかけ、拙《つたな》く手を振ってくれた。大も、嬉しさ一杯で手を振り返す。佑輔くんが、きゃっきゃと笑って拍手した。

両親や祖父母がそれに気づき、佑輔くんを不思議そうに見ている。彼女達からは、佑輔くんが何もないところへ手を振ったり、拍手しているように見えたらしい。

とはいえ不安がってはおらず、幼児の無邪気《むじゃき》さを楽しんでいた。

「どうしたの、佑ちゃん？　どこにお手々振ってるのかなー？」

母親が佑輔くんに問いかけ、祖母も覗き込む。

「佑ちゃんにだけは、何かが見えてるのかもねぇ」

「お義母《かあ》さんもそう思います？　私もなんですよー！　三歳までの子供は、人には見えない何かが見えるって、よく言いますもんね」

するると、佑輔くんの父親も、会話に入る。

「でも、色んな人に笑って手を振るようになってるんは、嬉しいよなぁ。佑輔は最初、ほんまに人見知りが激しかったし。体も弱くて、よう熱出してたしなぁ」

と、今までを思い返せば祖父も、

「前にいっぺん、熱性痙攣《けいれん》やっけ？　あれが出た時は、わし焦《あせ》ったで。ほんまに。どんだけ神さんに祈ったか。なんつってもこうして、元気に育つんが一番やわなぁ」

と、感慨《かんがい》深そうに言う。孫の頭を、心底愛《いと》しそうに撫《な》でていた。

佑輔くんの母親と祖母が、予防接種の話で盛り上がる。やがて、「他の山鉾も見に行く？」「いや、佑ちゃんの寝る時間もあるし帰ろう」と相談し合い、佑輔くん一家は、善長寺町を後にした。

何も知らない人が見れば、普通の家族連れである。

しかし、その出産を見届けた大の胸には、熱いものがこみ上げていた。気づけばそれが涙となって、じんわり瞳を濡《ぬ》らしていた。

（佑輔くん、元気に育ったはるんやね。家族みんなに囲まれて、幸せそう。よかった……）

昨年の出産は、文字通り命の瀬戸際《せとぎわ》だった。大も塔太郎も、命盛寺《めいせいじ》の俊光《しゅんこう》も町内の人達も、周囲の見物人達も皆、自分に出来る事を精一杯やって、佑輔くんの誕生を祈っていた。

それだけに、佑輔くんが天にも届く産声《うぶごえ》を上げた時、町内中が歓声に沸《わ》いた。母親となった女性も、大も、嬉しさや安堵のあまり号泣《ごうきゅう》した。

そして、一年後の今、佑輔くんとその家族は、元気な姿で宵山に来ている。何事もなければ、来年もまた、ここに来てくれるだろう。

大は、自分の前に元気な姿を見せてくれた佑輔くん一家だけでなく、それをもたらしてくれた宵山にも感謝した。奇跡のその後を、こんな形で見られた事が、何より嬉しかった。

あの一家の幸せがずっと続きますように。そう大が祈っていると、

「――いい時代になったもんだな」

と、背後から男の声がした。振り向くと、糟麻呂である。いつの間にか、屋台から移動していたらしい。

「あ……、糟麻呂さん。こんばんは」

大が小さく挨拶すると、糟麻呂は鼻で笑った。

「こんばんはって。お前、さっき俺を逮捕したじゃないか」

「逮捕じゃなしに、注意です。もう、喧嘩しんといて下さいね？」

「誰がするか。お前らがいるのに」

「警察がいなくても、です」

「あー、へいへい。承知仕《つかまつ》りました。悪うございました。もうしません」

「ありがとうございます。そのお心意気で、お願いしますね」

トラブル以外で糟麻呂と話すのは、気がつけば初めてである。問題さえ起こさなければ、彼も普通のあやかしだった。

せっかくの機会だと思った大は、糟麻呂に話しかけてみる。

「あの、さっき言わはった『いい時代』っていうのは……？　昔に比べてって事ですか？」

「そうよ、そのまんまの意味よ。俺が生きてた時代はな、医学も科学も、なーんにもなかったからな。予防接種というのは、病《やまい》を未然に防ぐんだろ？　まっこと凄いもんよ本当に」

さっきまで酔っていたとは思えぬ表情で、糟麻呂は言った。彼もまた、佑輔くん一家を見ていたらしい。特に、健康について話していた様子が、心に刺さったようだった。

「若いお前は信じられんかもしれないけど、昔はな、ひとたび何か起これば、誰でもコロッと逝《い》っちまうのが当たり前だった。ただの風邪《かぜ》でもだぞ？　あと、そこの鴨川《かもがわ》なんざ、今の時期になりゃあ、雨が降ったらすぐ溢《あふ》れてた。文字通り暴れ川よ。町がびしょ濡れで大変だった。怖い野盗《やとう》はどこにでもいるし、スーパーなんてない。明日の食い物もどうなるか分からないほど、貧しい時もあったな。それが、俺の生きてた時代、幽霊として今まで見てきた時代さ。……そりゃ、自分達の力でも頑張って生きてたんだぜ？　でも、どうにもならない事の方が多かった。そういう時は、天に祈るしかなかったって訳よ」

「大変やったんですね……」

「そうよ。だからな、お嬢さん。川も整備されて、酒も飯も食らえて、医者も薬もある今は、いい時代なんだよ。分かったか？　まぁ、今は今で、大変な事もあるだろうけどよ。……ええい、辛気臭《しんきくさ》い話はやめだ！　やめ！　俺はカスな男の糟麻呂様だぞ！　カスはカスらしく、しぶとく生きるんだよ！　それでいいんだ！　とにかくあの子供も、元気に生き抜いてほしいよな！」

「はい。私もそう思います！」

平安時代から今まで飄々《ひょうひょう》と過ごしてきた糟麻呂だけに、説得力がある。彼の明るさ逞《たくま》しさにつられて、大も暗くならずに済んでいた。

「糟麻呂さん達が、頑張って生きて下さったから、今があるんですよね。ありがとうございます」

「おっ？　これって、称《たた》えられてる流れか？　俺、カスから神仏に昇格しちゃう？」

「それは分かりませんけど……。お話を伺って、幸せを祈る気持ちはどの時代も一緒かもって、思いましたよ。今は、スーパーもお薬もありますけど、空腹とか病気は、今でも存在しますもんね。特に、子供の成長や健康は、親御《おやご》さんは心配ですよね。私も、小さい頃はしょっちゅう転んだりしてたので、親に心配かけてました。だから皆さん、粽やお守りを……。あっ……」

何気なく話していた、その瞬間。大の心に、祇園祭が鮮やかに映る。

祇園祭はどうして、こんなにも大きな存在なのだろうか。なぜ、沢山の人が、祇園祭に情熱を注《そそ》ぐのだろうか。ずっと抱いていたその疑問が、自分なりに解けた気がした。

自分の想いが定まると、もう居ても立っても居られない。大は今すぐ塔太郎に会って、閃《ひらめ》いた今の気持ちを伝えたかった。

塔太郎なら絶対、分かってくれると思っていた。

「糟麻呂さん！」

「うぇいっ⁉　何だよ、びっくりさせんなよ」

「あの、私、先輩のところへ戻りますね！　失礼しますね！　お話しして下さって、ありがとうございました！　宵山、楽しんで下さいね！」

「へいへーい。何かよく分からんが、どういたしまして。じゃあ俺も、美味《うま》い酒でも買いに行きますかね。限定とかいう、しみだれ豚《ぶた》まんも買ってよう。……いやぁー、ほんとに、いい時代になったもんだ！」

糟麻呂は、特に大を引き留めない。彼自身も背を向けながら、ひらひらと手を振る。

「お酒は、楽しむ程度にして下さいねー！」

大が最後に笑顔で注意すると、「へいへーい！　カスな男にお任せあれー」という上機嫌な声が、善長寺町に響いていた。

糟麻呂と別れて大原神社の前に戻ると、深津しかいない。大は気になって辺りを見回したが、塔太郎の姿はどこにもなかった。

「お疲れ様です、深津さん。あの……塔太郎さんは？」

「あいつは早退したよ。熱が出てたから、俺が帰した」

「えっ」

深津いわく、今の対策部隊は、二十四時間体制で祇園祭の警備をしているという。四条《しじょう》通り沿いのホテルに一室を取り、そこで、メンバーが交代で仮眠を取ったり、入浴や食事をしているらしい。

塔太郎は今、そこに戻っているという。ひと晩ベッドで休んで、翌朝には帰宅し、十六日まで休む事が急遽《きゅうきょ》決まっていた。

その指示を出したのは、対策部隊を指揮している深津。とにかくゆっくり休む必要があるぐらい、塔太郎は体調が悪かったようだ。

「私、気づきませんでした……」

「そら、そうやろな。俺もあいつをじっと見て、ようやっと気づいたぐらいやもん。本人さえも気づいてへんかったで。咳《せき》も一切なかったし、多分あれは風邪じゃなしに、疲労からくるもんやろうな。せやし、ホテルに帰してん。あいつは頑張ろうとしてたけど、十七日に倒れられるんが一番困るって、あえてきつく言うたら納得したわ」

その話を聞いた大の脳裏《のうり》に、今までの塔太郎の姿が浮かぶ。体調不良だったという前提で見れば、心当たりがいくつもあった。

糟麻呂達の喧嘩を止めた後、塔太郎は疲れたように長い息を吐いていた。やはり、暑い中、龍になって体力を消耗《しょうもう》したのかもしれない。

自分の半生を話した後も、塔太郎は長い息を吐き、フェンスにもたれかかっていた。大はてっきり、気の張る話をしたからと思っていたが、実際には、体力的にも限界だったのだろう。

さらに思い返してみると、大が勘違《かんちが》いした、塔太郎がフェンスに上っていたあの時点から、彼の表情はぼんやりしていた。

要するに、七月一日から今日までの心身の疲労が、塔太郎の中で溜《た》まり切っていたのである。それが、龍になってこの善長寺町まで飛び、喧嘩を止めた後、熱が出たのだろう。

表面上は意欲に溢れていたからこそ、大や深津はおろか、本人さえも気づけなかったのである。

塔太郎の半生を聞き、彼の気持ちを聞いた今の大には、それがよく分かっていた。

(結局、皆の傍《そば》にいて、守りたかったんやね。ほんまに、仕方のない人……)

大は、塔太郎を愛しく思い、同時に心配する。今回は深津の厳命が、数少ない塔太郎のブレーキとなった。「必ず誰かが、坂本さんを支えてる」という総代《そうしろ》の言葉が、大の中で重みを持った。

塔太郎の代わりに頑張ろうと、大は秘《ひそ》かに気合を入れる。

すると深津が、

「塔太郎がな、電話してくれって言うてたで」

と、大に話した。

「お菓子の事で、相談があるねんて。今からでもええし、ビルに戻ってからでもええし、早めにかけたげて」

「了解です！」

お菓子の相談とは、おそらく、稚児の袖の事だろう。大は深津と別れて道の端に寄り、すぐ塔太郎に電話した。

もしもし、と電話に出た塔太郎の声は、少し低めである。現場から離れると、さすがに緊張の糸が切れるらしい。熱で辛《つら》そうだった。

「お疲れ様です。大です。深津さんから伝言を聞いて、お電話したんですが……。大丈夫ですか？　すみません、私、気づいてへんくって。長いお話も、さしてしまって」

「全然いいよ。俺の方こそ、仕事中に電話さしてごめんな。とりあえず、ひと晩寝たら大丈夫やと思うわ。心配せんといて」

塔太郎は手短に、頼み事を伝えてくれる。今夜の警備が終わった後、綾傘鉾の会所へ行き、稚児の袖を貰ってきてほしいとの事だった。

予想していた通りだったので、大は快諾《かいだく》する。塔太郎の体調を気遣って、すぐに

電話を切ろうとした。すると、

「大ちゃん」

と、塔太郎が力なく引き留める。

「何でしょうか？」

「……途中で抜けて、ごめんな。今夜だけやし。明日からは、俺、ちゃんと出るしな」

謝りの言葉を口にする。それさえも、大は予想していた。

十六日まで休むよう言われた事は、塔太郎自身も分かっているはずである。念のため、明日も休む必要があるだろう。それが最善である。

上司である深津の指示なのだから、早退に非はない。ましてや、後輩に謝る必要は、全くなかった。

「塔太郎さんは、何も悪くないですよ。そんなん言うたら駄目じゃないですか。ちゃんと休んで下さいね？」

「うん……」

大が優しく諭《さと》すと、仕方なさそうに返事する。

塔太郎は、決して、他の隊員達を信じていない訳ではない。ただ、熱で体が苦しいと、色々心配になるのだろう。もちろん、離脱して申し訳ないという罪悪感も、あるに違いなかった。

何より彼は、自分で祇園祭を守れない事が、歯がゆいのである。京都の町や人を守る事こそが、塔太郎の生まれもった運命であり、彼自身の、最大の願いでもあった。

(そうですよね、塔太郎さん。でも……、守りたいと思ってるのは、あなただけじゃないんですよ)

今こそ、塔太郎の枷《かせ》を打ち払う時だと、大は思う。

自分が得た、祇園祭への想いが伝わる事に、賭《か》けた。

「塔太郎さん。私、聞いてほしい事があるんです。少しだけいいですか。しんどかったら、遠慮なく言うて下さいね」

「うん……？　ええよ。どうしたん」

電話の向こうから、塔太郎の不思議そうな声が聞こえる。

大は小さく息を吸い、佑輔くんの笑顔を思い浮かべた。

「さっき、佑輔くんと、そのご家族を見かけたんです。覚えたはりますか？　去年の占出山の町内で、巡回の時に会った……」

「もしかして、路上で出産しはった人？」

「そうです！　あの時の妊婦さんと、赤ちゃんです！　佑輔くんがお母さんに抱っこされて、家族五人で、宵山に来たはったんです。皆元気で、幸せそうでした。私、それを遠くから見て、泣きそうになったんです」

大の話を聞いて、塔太郎も嬉しくなったらしい。電話越しの声が、にわかに高くなった。

「そうか。元気なんやな。それを聞いて安心したわ。実は俺もな、去年を思い出して、少し気になってててん。教えてくれてありがとう。元気に育ってくれるとええな」

「はい。佑輔くんもご家族の皆さんも、怪我《けが》もなく、病気もせず、幸せに長生きしてほしいですよね。……私、そういうささやかな祈りこそが、祇園祭を作ってるんやなって、思うようになったんです。大袈裟《おおげさ》なものじゃなしに、今、私達が抱いたような、子供の成長とか、親の健康とか、ほんまに誰もが持つような普通の祈りが……。それを、佑輔くんや祇園祭、何より、塔太郎さんに教えてもらいました」

「俺？」

「はい。祇園祭の事は、去年からずっと、塔太郎さんに教えてもらってますから」

大は話しながら、そっと微笑んでいた。

七月一日の吉符入り、くじ取式、お千度参《せんどまい》り、神輿洗式《あらいしき》。

炎天下での鉾建てや山建て、皆で行う曳初《ひきぞ》め、宵山に山鉾巡行。そして、神輿渡御《とぎょ》。

祇園祭の神事や行事は、七月いっぱい行われる。挙げればまだまだきりがない。

その歴史は、実に千百年以上である。長い時の中で、沢山の人によって、「今の祇園祭」が出来上がった。大が入院中に読んでいた本にも、そう書いてあった。

その原動力は、今も昔も、無病息災《むびょうそくさい》の祈りだという。もちろん、商売繁盛《しょうばいはんじょう》や出世、縁結び、芸事の上達など、他の祈りもあるだろう。

だが、そこに共通する「幸せになりたい、なってほしい」という願いは、いつの時代でも、誰でも同じ。大は佑輔くんを見て、糟麻呂の話を聞いて、そう思ったのである。

それなら、誰でも祇園祭を身近に感じられるし、想いを込められる。お神輿が担《かつ》がれ、お囃子が出来て、山鉾が出来て、懸装品《けそうひん》で豪華に飾られるようになった約千百年分の、人々の祈りと行動が集まったものが、祇園祭である気がした。鴨川の整備や、予防接種を始めた人々の原動力とて、突き詰めれば同じに違いない。

だから、祇園祭はあんなにも大規模で、荘厳《そうごん》で、沸《わ》き立つ血潮《ちしお》のように強い存在感を放っているのだと、大は感じている。

佑輔くん一家が、皆で宵山へ来たように。今も尚《なお》、人々は祇園祭に思いを馳《は》せ、無病息災や幸せの祈りを捧《ささ》げている。それぞれが出来る事をして、人事を尽くして天命を待つという心意気で、お祭を行っている。また、そうやって皆が生き抜いてきた証《あかし》が、祇園祭だとも思えた。

去年の出産のように、祇園祭の神様達も、きっとそれに応《こた》えているはずだった。

「祇園祭が、『あなたも無病息災でいられますように』って、包んでくれてる気がするんです。塔太郎さんも、そんな祇園祭に救ってもらったんですよね。考えてみると、私も去年、神功皇后様に救って頂いたと言えるかもしれません。だって、佑輔くんが無事に生まれたんですから……。

ですから私、塔太郎さんの気持ちが、心の底から分かります。私も、塔太郎さんと同じように、祇園祭が大好きになりました。元から愛着はありましたけど、もっともっと身近で、大切な存在になりました。祇園祭や皆を守るという、塔太郎さんと同じ道を、私も進みたい。私の後ろで、沢山の人が平和な日常を過ごしたり、佑輔くんや家族が笑ってくれてると思うと、力が湧《わ》きます」

今の大にとって、祇園祭を守る事は、人々の幸せを守る事と同じだった。

大の言葉に、だんだん熱が込もっていく。塔太郎はその間、小さな相槌《あいづち》以外は何も言わなかった。

しかし、塔太郎もまた全身で、大の言葉を受け止めているのだと、よく伝わってくる。だから大は、話すのをやめなかった。

「確かに、私一人では、船越《ふなこし》に勝てるかどうか分かりません。それは認めます。でも……今は、現場に深津さんもいはります。他の隊員の人らもいはります。祇園祭だって、一人では出来ませんよね。皆の力を合わせるからこそ、今日まで続いてるんですよね。だったら私も、一人じゃなしに皆の力を合わせて、もう一度、船越に立ち向かいたいです。それに、塔太郎さんも……。たとえ早退して現場にいいひんくても、塔太郎さんの京都を守りたいという心は、私の中に確かにあります。深津さんや、他の皆さんの中にもあります。

ですから、体こそベッドの中でも、塔太郎さんはちゃんと『あやかし課隊員』として、現場にいるんですよ！　それを忘れんといて下さいね！　やから今は、思いっ切り休んで下さいね！　祇園祭や町の皆が、元気になった塔太郎さんに守ってもらえる時を、待ってますから！」

最後はもはや、呼び掛けるようになっていた。大が話し終えるまで、塔太郎は遮《さえぎ》らず、相槌さえも打たなくなっていた。

ふと、塔太郎が体調不良だった事を思い出し、大は、今更《いまさら》ながらに慌《あわ》ててしまう。

「す、すみません！　大声出しちゃって。それに、話も長かったし、うるさかったですよ……ね……？」

肩をすくめるように、電話の向こうの塔太郎の様子を窺《うかが》う。

しかし塔太郎は、

「大丈夫、ありがとう。――大ちゃんの気持ち、全部、伝わったよ」

と、極めて優しい口調だった。一語一句に、大への感謝が込められていた。

「大ちゃんも、好きやからこそ守りたいって、思ってくれてるんやな」

先輩として、後輩として、あるいは、対等なあやかし課隊員として、塔太郎と大は今確かに、同じ志《こころざし》を抱いている。

それが塔太郎にとって、大きな支えとなったようだった。

「元々は俺、お菓子の事で電話してって、大ちゃんに言うてたやんな。それは確かに、嘘《うそ》じゃないいんやけど……。ほんまは、大ちゃんの声が、聞きたかった。俺を理解してくれて、頑張り屋で、明るくて強いその声が、聞きたかった」

「塔太郎さん……」

「ほんまにありがとう。何の心配もなく、休む勇気が出た」

離れているはずなのに、塔太郎が初めて、大に寄りかかった気がした。

もちろん、実際に触れている訳ではない。表情とて分からない。それでも、塔太郎は間違いなく自《みずか》らの枷を解《ほど》き、大や深津、他の隊員達に、全《すべ》てを委《ゆだ》ねようとしていた。

大は、それをしっかり受け止める。心の中で、塔太郎を固く抱きしめていた。

「ありがとうございます！　嬉しいです！　私の想いが伝わってよかった……！　こんな私の声でよかったら、いつでもどうぞ！」

「頼りになるなぁ。でも、ほんまにもう大丈夫。家に帰ったら、刺激物じゃなしに、ちゃんとした食事も取るし」

「ぜひ、そうして下さいね。白いご飯に胡麻塩《ごましお》、梅干《うめぼ》しに沢庵《たくわん》なんて、どうですか？」

「ええなぁ。みこし弁当そのままや。食べすぎにだけは、まぁ、気ぃ付けるわ。――なぁ、大ちゃん」

「はい」

少し笑い合った後、電話越しの塔太郎の声が改まる。大も同じように、スマートフォンにもう片方の手を添えて、改まった。

「俺は今からここで寝て、朝、家に帰る。深津さんにも言われたから、十六日まで英気を養う。もちろん、要請《ようせい》が出たら、すぐそっちへ行く。その時は任してくれ」

「はい」

「それがない限りは、十七日に備えて、全力で休む。俺の言いたい事は、もう分かるやんな？　――後は、頼んだぞ」

「了解です。頑張り屋の魔《ま》除《よ》けの子に、お任せ下さい！」

大は、片手だけでガッツポーズする。それを、塔太郎は先輩としての勘で、よく分かっていたらしい。

「今、ガッツポーズしてたやろ」

と言われたので、大は思わず笑った。

「ほな、そろそろ切るわ。おやすみ。頑張ってな」

「おやすみなさい、塔太郎さん。明日、お菓子を届けますね」

「うん。ありがとう」

楽しみや、という塔太郎の穏やかな声を最後に、二人の通話は終わった。

スマートフォンを懐《ふところ》にしまって、大は歩き出す。背後の善長寺町では再び、棒振り囃子が始まっていた。


ビルの屋上に戻ると、先に戻っていた深津が、他の隊員達と一緒に町を見下ろしている。

「お帰り。塔太郎は元気になったか？」

大が、何らかの形で塔太郎を励ますと見越していたらしい。大も深津の傍に寄り、

「お疲れ様です。ただいま戻りました。塔太郎さんは、十六日まで英気を養うから、後は頼むって言うてくれました。ちゃんとした食事も取るそうです」

と伝える。それを聞いた深津は、塔太郎がよい方向に変わったと察したらしい。

「そうか。よかったわ。さすが古賀《こが》さんやな」

小さく笑い、大を褒《ほ》めてくれた。

大達は、酷暑《こくしょ》の中でも集中力を切らさないように、休憩を細かく取る。深津と大の休憩がかぶった時、自然と、交わす話題は塔太郎の事になった。

「古賀さんが、あいつの後輩で助かったわ。俺も自分なりに励ましてたけど、上司に励まされると、かえって気負ったりもするしなぁ。古賀さんの真っすぐさが、あいつには合うんやろな」

「でも、深津さんの言葉じゃないと、塔太郎さんは早退しませんでしたよ。これは私の勘ですけど……、塔太郎さんは多分、深津さんや竹男《ちくお》さんを信頼してるだけじゃなく、凄く好きで、甘えたはるところもあるんやと思います」

「おー？　それは何て言うか、まさに女性にしか分からへん事やなぁ。そうなん？」

「いえ、あの、あくまで私の勘ですけど！　間違ってるかもしれないです。でも、長い付き合いやから、親戚の兄ちゃんみたいやって言うたはりましたし……。外《はず》してたら、すみません」

「いや、合ってるんちゃう？　あいつ自身は否定しよるやろうけど、女性のそういう意見って、大体当たってるもんやで。根拠は、俺の嫁さん。俺自身も気づかへん俺を、理解してくれてるなって思う時、あるしなぁ」

「めっちゃ素敵ですね！　私もそんな風になりたいです。――深津さんの奥さんと子供さんって、東京にいはるんですよね？　奥さんのお仕事の関係とかで。私、まだお顔を見た事がないんですけど、お写真は……？」

「また今度な」

残念です、と言いながら、大は横目でちらっと見る。深津はほんの少し照れていた。

妻を根拠に大の話をきちんと受けとめてくれた深津も、離れて暮らす家族を想い、心の支えにしているのだろう。幸せな光景をまた一つ目の当たりにしたようで、大は心の中が温かくなった。

その時、屋上にいる隊員全員の無線に、緊急連絡が入る。

「稲荷《いなり》管区から対策部隊へ。烏丸七条《からすましちじょう》北で、化《ば》け物分類の虎《とら》を発見。隊員一名との交戦の後、北へ逃走中。山鉾町へ向かっている模様。至急、確保を願います」

自分達の管轄を見回っていた、変化庵《へんげあん》の隊員からだった。

大も深津も、即座に立ち上がって走り出す。フェンス越しに、他の隊員と並んで南を見た。

暗いビルの屋上からは、その姿は確認出来ない。虎というからには、地上を走っているかもしれなかった。

深津はただちに、出動している隊員全てに連絡した。地上で巡回していた対策部隊のメンバーが南へ走り、変化庵と連携して、虎の捜索にあたるという。

大は、虎と交戦したという隊員が、総代ではないかと気になった。負傷しているかどうかも心配だったが、それを誰かに訊いて確かめる暇は、もうなかった。

深津は、佐久間《さくま》ら隊員の一部をビルの屋上に残し、大を含め、三人ほどを連れて移動すると決めた。行先は、松原通り沿いの、ビルの屋上である。

(無線の話だけでは、まだ分からへんけど……。虎っていうんはもしかして……!)

大は移動中、ずっと考えを巡らせていた。

虎と聞いて真っ先に頭に浮かんだのは、船越である。彼は自らを、「武則大神様《ぶそくおおかみ》の一の虎」と名乗っているという。深津も他の隊員達も、同じ事を考えているに違いなかった。

ただ、船越が虎に変身出来るかどうかは、深津達はおろか、大にさえも分からない。梅小路《うめこうじ》公園の戦いでは、船越は最後まで人間の姿だったからだ。

しかし、その時は変身しなかっただけで、船越が虎になる事が出来、宵山の今日現れたという可能性は、十分ある。ビルの屋上に着くと、大達は深津の指示で、もう一度周辺を見回した。

新たに入った連絡では、現在、変化庵の隊員や、地上で巡回していた対策部隊のメンバー・朝光《あさみつ》ジョー等が虎を発見し、追いかけているらしい。

虎は、あやかし課隊員達の包囲網から巧みに逃《のが》れ、道路を走ったり、ビルに飛び上がって屋上から屋上へと移動し、路地にも入り込むという。実力者のジョーでさえも、捕縛《ほばく》出来ずにいた。

まだ負傷者が出ていない事が確認され、それだけが幸いである。それを聞いて大は、わずかに安堵した。

（でも、虎が少しずつ、こっちに向かってるとは聞いてる……。虎の正体はまだ分からへんけど、このままやと山鉾や町が危ないのは確かや）

今、大達のいる松原通りが、八坂神社氏子区域の南端である。松原通りと交差する、東洞院《ひがしのとういん》通りのすぐ北には、保昌山《ほうしょうやま》があった。

他にも、岩戸山《いわとやま》や船鉾《ふねほこ》、太子山《たいしやま》など、松原通りからすぐ北に位置する山鉾は複数ある。無論、そこには、沢山の人がいた。

つまり、松原通りこそが、山鉾町の警備におけるデッドライン。何としても、ここで阻止《そし》せねばならなかった。

大は、さっと深津の横顔を見る。深津もそれに気づき、目だけで大を見返していた。

今、指揮官の深津がまっさきに判断すべき事は、虎が船越であるかどうかと、塔太郎を呼び戻すか否《いな》かである。

虎が本当に船越であれば、たとえ体調不良だとしても、エースの投入は必須《ひっす》となる。

しかし、虎が単なる化け物で船越ではなかった場合、無駄に引っ張り出した塔太郎が、さらに体調を悪化させるかもしれなかった。その結果、塔太郎まで入院して、肝心《かんじん》の十七日を迎えてしまう事こそが、最悪の流れである。

一瞬の天秤《てんびん》や熟考の末、深津はすぐさま、このまま迎え撃つ決断をした。

「虎の正体が船越かどうか分からん以上、まだ、あいつは呼ばへん。動ける隊員の中で、船越本人を直接見た事があるのは、古賀、自分だけや。難しいかもしれへんけど、虎を見た瞬間に、船越かどうかを判断してくれ」

「了解です」

深津の指示に頷き、大は冷静になろうと努めた
やがて、深津が警戒を続けながら、自分の耳に手を当てる。誰かから、霊力の通

話が入ったらしい。深津は相手と素早く話し、

「分かりました。最低限の人数で、いざとなったら素早く逃げられる若い方を主に選抜して、こちらへ来て頂くようお願いします。隊員二人を護衛に向かわせますので、移動は、その指示に従って下さい」

と、誰かと連携を取っていた。

相手は一体誰なのか、大には分からない。

しかし、しばらくして屋上に来た人達を見た瞬間、大はもちろん、他の隊員達も目を見開いた。

護衛の隊員二人に伴われて現れたのは、鱗文様の浴衣をまとった男達。綾傘鉾の囃子方である。棒振りの者が一人に、太鼓《たいこ》が二人、鉦《かね》が一人に、笛が一人という、少数精鋭の五人。太鼓の一人は殿村さんだった。

こんなところになぜ、と大が驚いていると、殿村さんが代表で説明する。

「うちの御神体《ごしんたい》から、棒振り囃子で皆様をお助けするよう命じられました。先ほど、深津さんと霊力でお話ししていたのも、うちの御神体です」

綾傘鉾は、二基の傘鉾で構成される。そのうち、第一基の頂《いただき》に飾られるのが、御神体である木彫りの金鶏像《きんけいぞう》だった。

その金鶏像が、先ほど、悪《あ》しきものの襲来《しゅうらい》を察知したという。自ら深津に連絡

し、囃子方にも告げて、選抜した者をここに派遣したという訳だった。

「つまりこれから、この屋上で、棒振り囃子がなされるんですか」

「そう。今夜だけの特別や」

思わず飛び出した大の問いに、深津が答えていた。

集まった五人は、殿村さんも含めて全員が霊力持ち。今から行う棒振り囃子は、囃子方の者達が過去の史料から研究して、復元させている踊りの一つだという。数ある曲目の中でも、特に強力な清めの力に、結界《けっかい》の力、祓《はら》いの力を持つものだった。

事件が起これば、あやかし課は基本的に、一般人を現場に入れる事はない。しかし、山鉾町を守るという今回ばかりは、その特別な棒振り囃子が、水際《みずぎわ》の強力な防壁になると、深津は判断したらしい。御神体である金鶏像自らが、深津にそう話したのも大きかった。

ゆえに、ここに、囃子方が集まったのである。もちろん、今この瞬間の善長寺町にも、残りの囃子方がちゃんといる。そちらはそちらで、例年通り棒振り囃子を行って、見物人達を楽しませたり、町を清めているとの事だった。

深津が、素早く殿村さん達に指示した。

「今回は、御神体のご命令やお手配を踏まえての、特例中の特例です。棒振り囃子の曲の長さは最小限に。我々の指示が出たらすぐに中止して、警護の隊員と共に退避して下さい。くれぐれも、よろしくお願いします」

「分かりました。お約束致します」

殿村さんが、しっかり頷く。ただちに囃子方が整列し、その中の青年が一人、静かに進み出た。

やがて、森羅万象《しんらばんしょう》に呼び掛けるように、朗々《ろうろう》とした声を夜空に響かせた。

「これより行いまするは、現代の検非違使《けびいし》様を助太刀《すけだち》いたします棒振り囃子。京《きょう》の厄《やく》を振り祓えますよう、七重《ななえ》の膝《ひざ》を八重《やえ》に折り、隅《すみ》から隅までずずいと、おん願い申し上げ奉《たてまつ》りまする。それでは棒振り囃子、そのための口上《こうじょう》。トザイ、トォーザイィー」

青年が列に戻り、鉦を手にする。入れ替わるように、殿村さんともう一人が進み出て、太鼓を構える。大きく一つ、太鼓が打ち鳴らされた。

数秒の静寂の後、笛の旋律《せんりつ》に、コンチキチンの鉦が響く。緊迫した空気の中で、棒振り囃子が始まった。

一人ずつでも、笛や鉦の音色は軽《かろ》やかである。最初はゆっくりだった拍子《ひょうし》が、だんだん速くなる。太鼓の二人が立ち上がり、踊りながら太鼓を打ち始めた。やがて、棒振りの者が、すり足で前に進み出た。

棒振りの者が、お囃子に合わせて身軽に舞いながら、ぱっと片手を突き出した。初めから握っていたらしい、白い糸の束《たば》が放たれる。「蜘蛛《くも》の糸《いと》」と呼ばれるそれが、放物線を描いて宙を舞った。その糸には霊力が込められている。大達にはすぐ分かった。

蜘蛛の糸は、お能《のう》や壬生六斎《みぶろくさい》、壬生狂言等の演目にあって、壬生六斎や綾傘鉾の棒振りでは、神仏や皆を楽しませるために、取り入れたものだという。棒振りの力が目に見える形になったもので、悪いものを絡《から》め取るという見方もあるらしかった。

放たれた蜘蛛の糸が落ちた瞬間、青と白の縞模様《しまもよう》だった棒の色が、鮮やかな朱色《しゆいろ》と、ほの光るような純白の縞模様に変わっていく。

その瞬間、ビルはもとより、東西南北、あたり一面の空気が、明らかに澄《す》み始めた。

踊っているのも、最初は棒振りの者と太鼓の者だけだったのに、いつの間にか、鉦や、笛の者も加わって、五人が輪になって踊っている。

五人が腰を落として堂々と踊る姿は、厄を祓う神事の色と、心を高める芸能の色の、両方を孕《はら》んでいた。

「上が……！」

隊員の誰かの小さな呟《つぶや》きで、大も顔を上げる。夜空に、薄紅《うすべに》を基調とした、虹色のオーロラが現れていた。

まるで、夜空の懸装品のように鮮やかで、かつ、透き通っていて美しい。そこから吹き下ろされた風が一陣、素早くこちらまで届く。その瞬間、大達の緊張がにわかに解けて、心身ともに軽くなった。

それなのに、気が抜けている訳ではない。今の自分が、いわゆる最高の状態になったのだと、大達は確信した。

それは、これから戦う隊員達にとって、これ以上ないほどの後押しである。さらに、大達の無線に連絡があり、虎が突如《とつじょ》として進行方向を変え、山鉾町から離れたとの情報が入った。

全て、棒振り囃子の清めの力である。虎が、山鉾町に近づく確率が下がっただけでも、大達の精神的負担はかなり減る。

「凄い……！　ありがとうございます！」

大は反射的に、未《いま》だ棒振り囃子を続けている五人に、頭を下げていた。

囃子方は返事をする暇がないし、大達もまた、話をする余裕さえない。そのため、深津や他の隊員は、囃子方に小さく頭を下げただけ。あとは背を向けて、ビルの上から虎を探していた。

囃子方もまた、深津達の感謝を受け取ったうえで棒振り囃子を続け、少しでも効果を長持ちさせるよう集中している。

後から大が聞いた話では、元々、この特別のお囃子は、十六日の善長寺町で初披露し、十七日の巡行の際にも、秘かに行う予定のものだったという。

地域の協力として特別な棒振り囃子を行い、船越ら京都信奉会を迎え撃つあやかし課隊員達を後押しする——という計画だった。

先ほど、綾傘鉾保存会の役員に大原神社の前で声をかけられ、深津も交えて相談していた内容は、その事だった。

それが急遽、御神体の命《めい》で、この場で行う事になったのである。

結果、この特例の試みは、大成功だった。

「ほな、行こか」

「了解です！」

深津の声に、大達は一斉《いっせい》に応える。護衛の隊員二人と、棒振り囃子を続ける囃子方をビルに残して、大達も打って出た。

入ってくる無線を頼りに、虎がいるという地点へ走る。

やがて、宵山の喧騒から少し離れた、問題の場所へと到着した。

大達から五十メートルほど向こうで、ジョーら数人の隊員達が、刺又《さすまた》や自分達の武器を手に、虎と対峙《たいじ》している。虎は、遠目から見ても明らかに大きく、体長が三メートル以上はあった。四つ足の時の高さも、成人男性の肩ぐらいある。

隊員達も虎も、互いに動きを読み合っているからか、無暗《むやみ》に動けない。双方の間には、じりじりとした異様な空気が流れていた。

虎の体中から、黒い靄《もや》が煙のように噴《ふ》き出している。虎が化け物であるのは明白で、この靄が、接近戦でのジョー達の視界を遮り、捕縛を難しくさせているらしい。

大達が駆け出す音に場が緩《ゆる》んだ瞬間、虎が荒い息と共に太い後ろ脚を蹴《け》って跳躍《ちょうやく》し、前脚で隊員の一人を薙《な》ぎ倒そうとする。襲われた隊員は、伏せつつも辛《かろ》うじて刺又を突き出し、その隙《すき》に、ジョー達が虎の首や両脇腹を突いた。

虎はよほど頑強《がんきょう》なのか、急所を数ヶ所突かれ、痛みに咆哮《ほうこう》しても尚、左右に大暴れして隊員達を振り払う。最も近い位置にいたジョーを千切《ちぎ》らんばかりに噛《か》みつこうとしたので、ジョー達は咄嗟に身を引かざるを得なかった。

そこでようやく、虎も四つ足でぱっと移動して距離を取り、逃げようとするのを隊員総出で何とか阻止している。大達が迂闊《うかつ》に近寄れないような、一分《いちぶ》の隙もない戦いだった。

深津の指示で、大以外の隊員二人が走り出し、援護《えんご》に向かう。大だけがその場に留《とど》められ、刀は抜いても、変身する事は止められた。虎が船越かどうかを、見極めるためだった。大の意見で、虎を捕縛するか、緊急退治とするかも決めるという。

「どうや。こっから分かるか」

深津の低い声に、大は援護に行きたい気持ちを抑えつつ、虎を凝視《ぎょうし》する。

隊員達の決死の包囲網に、飛び上がるように暴れ続ける姿は、虎でもまさしく船越に近い。特に、咆哮して前脚を振る際の殺気は、大が戦った船越そのものだった。

(そうなると、あれは船越かもしれへん。でも、待って、何かおかしい……)

迷い、考え、最終的に大が出した答えは、

「気配は船越と同じです。でも……船越では、ないと思います」

というものだった。

「どういう事や」

と訊く深津に対して、大は、素早く答えた。

「実力が全く違います。本物の船越やったら、多分、あそこにいるジョーさん達は、既に全滅してると思います」

口に出すと、大の頭の中で、考えがしっかりとまとまっていく。深津に説明すればするほど、あの虎が、船越とは思えなくなっていた。

確かに、今戦っている虎も、十分恐ろしい存在である。ただ、本物の船越なら ば、そもそも「相手を倒さずに逃げる」という事からして、あり得なかった。

梅小路公園での船越はほぼ無傷で、まさるも含めると、あやかし課隊員三人を倒 した強敵である。最初に、烏丸七条の北で交戦したという隊員一人くらい、余裕で 倒せるはずだった。未だ、負傷者が出ていない時点で気づくべきだったと、大は後 悔さえしていた。

その後、逃げ続けているという事も、改めて考えれば不自然である。

己《おのれ》の剛腕《ごうわん》で敵を屠《ほふ》るのが、大の知っている船越で、塔太郎と戦った船越である。 とにかく己に自信があり、好戦的だった。

ただ、そこまで違和感が揃《そろ》っていても、肝心の虎の気配は、船越と同じに見え る。

凝視を続けながら、虎の正体は一体何だろうかと、大は必死に考える。

やがて、一つの仮説に辿《たど》り着いた。

（確か、渡会《わたらい》は、成瀬《なるせ》に作らせた分身を持ってた……）

渡会はそれを用いて一般人を犯罪に巻き込み、最後に、まさるの刀に敗《やぶ》れたので ある。

渡会と同じく四神《しじん》の一人だという船越も、それを持っていたとしたら――。

大がそれを話した瞬間、深津が決断した。

「その分身に関しては、笠原寺《りゅうげんじ》の事件の報告書を通して、大体把握してる。本体より、実力は劣るらしいな。――よう分かった。塔太郎は呼ばへん。俺らだけで退治する。ついてこい！」

「はい！」

大の目を信じた、深津の賭けだった。その背中に続いて、大も走り出そうとした。

その時、虎が隊員の一人に向かって前足を振る。鋭い爪《つめ》が、危うく隊員の頭を掠《かす》めた。その隙に虎がビルへ飛び上がろうとしたのを、深津の銃弾が止めた。

深津は直後に、隊員達へ緊急退治の許可を出す。

「船越の可能性あり。緊退《きんたい》もやむなし！」

深津の声に、隊員の一人が銃口を真っすぐ虎に向ける。しかし、虎も状況を察したのか、死に物狂いで銃弾を避けてビルの壁に飛びつき、そこを足掛かりとして、最大限に跳躍した。

虎は大達の頭上を飛び越え、大の後方で着地する。

「古賀、走れ！」

深津の冷静な指示が、包囲網の一番後ろにいた大に飛んだ。しかし、大が変身して走るよりも、虎の足の方が数段速い。瞬《また》く間に、距離が開いてしまった。

深津は、こういう事態を想定して、隊員の一部を山鉾町に残している。しかし、それを頼りにして、虎の突破《とっぱ》を許す訳にはいかなかった。

追いかける大の脳裏に、宵山の風景と、佑輔くん達の姿が浮かぶ。ぐっと奥歯を噛み締め、息を吸う。再びビルに上った虎を、喉《のど》が千切れんばかりの声で呼び止めた。

「船越さん！　どうしましたか⁉　私から逃げる気ですか！　私をまぬけと罵《ののし》ったあなたは、どこへ行きましたか⁉」

奇《く》しくも、塔太郎が船越に放った言葉と、よく似ていた。周辺いっぱいに大の声が響くと、虎の動きが止まった。ビルの側面の非常階段に飛びついたまま、大の言葉を理解したかのように、唸《うな》ってこちらを睨《にら》んでいる。やはり虎は、船越の分身であるらしかった。

塔太郎と同じような言葉を発した刹那《せつな》、大は、直観的に理解する。あの時の塔太郎も、激情の傍《かたわ》ら、船越の目を自分だけに向けさせて、大や栗山《くりやま》を守ろうとしたのだろう。

それと同じ事を、今、大も知らず知らずのうちに行っていた。町を守るために、敵の意識を自分へと向けさせる。自分と塔太郎の姿が、確かに重なった気がした。

大の思惑通り、虎は、ビルの非常階段から地上へと下り立つ。船越本人と記憶を共有しているようで、大の事も覚えているらしい。

「お前は……。そうだ……、元の俺が潰《つぶ》した奴《やつ》だ……。まぬけが、今、俺を悪く言った……?」

気配だけでなく、声まで船越と同じである。大に揶揄《やゆ》されたからか、異常な苛立《いらだ》ちを見せ、全身の靄が濃くなっていた。

虎は極度の興奮状態であり、黒い瞳孔《どうこう》を不気味なまでに真ん丸に見開いて、大を凝視している。並のあやかしなら逃げだしそうなほどの恐ろしさだったが、大はそれに対して一切動じず、冷静に、底なし沼のような虎の瞳孔を見据えていた。

虎の口から、忌々《いまいま》しげな言葉が漏れる。

「今夜、山鉾や敵を減らしておかないと、俺、元の俺に怒られる……。なのに、町に近づけない、困る……。でもお前ならやれる……。お前だけでも……っ!」

虎は、船越本人と比べて、言葉も考え方も幼い。今の大の、全く怯《ひる》まない様子に疑問さえ抱かず、大が弱い存在で、十分屠れる相手だと決めつけたようだった。

虎が身を低くして、大口を開けて牙《きば》を剝《む》く。開いていた瞳孔がさらに広がった瞬間、怒濤《どとう》の形相《ぎょうそう》で大に襲い掛かった。体中から噴き出す黒い靄が、もはや業火《ごうか》のようだった。

大の背後で、「伏せろ!」というジョーの叫び声や、深津が銃を構えるかすかな音がする。

ただ、肝心の大は、周囲のそんな様子が手に取るように分かるほど、集中し切っていた。全ては一弾指《いちだんし》の間だったのに、この時の大の体感時間は、静止さえしているようだった。

敵は、靇も手伝って、自分よりも遥《はる》かに巨大である。なのに、不思議な事に、大きいとさえ感じられない。

（だって、曳初めで見上げたあの山鉾の方が、祇園祭の方が、ずっとずっと大きいから――）

大は、刀をずしりと構え、ぐっと腰を落とす。虎の急接近に、心の中のまさるは慌てていた。簪《かんざし》を抜き、変身している暇はない。

しかし、

（まさる、大丈夫。私についてきて）

凜《りん》とした表情で、大は、「自分の分身」に呼び掛け、諭していた。

今の自分や、あやかし課隊員達の後ろには、祇園祭がある。佑輔くんや家族の笑顔といった人の幸せがある。慌てる暇があるなら、あなたの心も刀に込めなさいと、まさるを擁《よう》する「本体」として、強く命じていた。

自分の手の中に、人々の幸せがかかっているというのは大袈裟だが、刀に込める自分の想いは決して大袈裟ではない。あの太陽を背にした山鉾の重さと、等しく同じ。

そこに、まさるの心も加わり、話で聞いた塔太郎の想いも加わり、その刀を、自分が今から振るうという事実が、大の体中を鮮やかに駆け巡っていた。

一隊員として刀を振るいながら、自分が全てを指揮する大将であるような、広々とした感覚。

大の中で目覚めた、負けないという想いさえ超えた、「守る」という強烈な母性本能と、それを源とする魔除けの力が、地を蹴《け》る足に、刀を振る手に、そして、朱色に光る刃《やいば》に満ち満ちて、炸裂《さくれつ》していた。

決意を抱く者だけが持つ泰然《たいぜん》さで以《もっ》て、大の刃は、一瞬のうちに虎とすれ違っていた。

魔除けの力を込めて悪を払う刃、「神猿《しんえん》の剣　第二十九番　音羽《おとわ》の清《きよ》め太刀《だち》」が、船越の分身を横薙《よこな》ぎに、一刀両断《いっとうりょうだん》していた。

「馬鹿……な……、お前は……役立たずで、下《した》っ端《ぱ》……で……」

大の背後で、斬《き》られた虎が呻《うめ》く。巨体が二つに割れて地面に落ち、漆黒《しっこく》の硝子《ガラス》細工《ざいく》が割れるかのように、音を立てて消えた。その後の悪しき余韻《よいん》も、どこか遠くから聞こえる祇園囃子に攫《さら》われるように、跡形《あとかた》もなくなった。

あまりにあっという間の出来事で、深津達さえ、呆然《ぼうぜん》としている。大は、気力や体力を刀に注いだ反動で、刀を持ったまま、その場にぺたんと座り込んでしまった。

すぐさま自らに、「眠り大文字《だいもんじ》」を施《ほどこ》してみる。以前の、清水寺《きよみずでら》の時のように倒れ込んでしまうのを避けるための、大の咄嗟の心構えだった。

柄頭《つかがしら》で突いた脇腹から、循環するように、魔除けの力が巡る。そのお陰で、大の体はすぐにいくらか回復し、何とか立てるようになっていた。

戦い終えた大の耳にようやく、夏の夜風と、祇園囃子が沁み込んでくる。

一つではなく、複数の祇園囃子が重なっている。松原通りのビルの上の、綾傘鉾の棒振り囃子はもちろん、他の山鉾の囃子方も、自分達の町内でお囃子をしているらしかった。

重なったのは偶然でも、それら全てが周辺を清め、祓い、神佑天助《しんゆうてんじょ》となって大の力になっていた事だけは、確かである。

先ほどの、「音羽の清め太刀」で現れた朱色の光も、それらの効力ゆえだろう。

（何もかもが、私の刀に乗ってくれたんや。だって、私の刀、いつもより凄く重たかったもん……）

静けさが戻って、ようやく、大は深く息を吐く。

ぼんやり夜空を見上げると、深津やジョー達が、両脇から大の肩を叩いた。一撃で仕留《しと》めた功労者を、皆こぞって褒めたり労《ねぎら》ったりしてくれる。

塔太郎の事をよく知るジョーから、

「まるで、トディを見てるようやったよ」

と言われたのが、大には一番嬉しかった。

心の中のまさるも、大を称えている。

一つの山場を越えた安心感を胸に、大は、山鉾町の方を見つめていた。

終章

虎《とら》の退治が成功した後、大《まさる》は、「眠り大文字《だいもんじ》」で回復した事を差し引いても、「音《お》羽《わ》の清《きよ》め太刀《だち》」で体力を消耗《しょうもう》していた。

歩ける程度の力は残っていたものの、大事を取ってという深津の指示で、大も帰宅を命じられる。

「あの、塔太郎《とうたろう》さんから、綾傘鉾《あやがさほこ》の会所《かいしょ》からお菓子を貰《もら》ってきてほしいって、頼まれてるんです。向こうの役員さんも、多分、待ったはりますし……」

大が、それだけはと願い出ると、深津は少し考えた後、会所へ行く事を許してくれた。

対策部隊が詰めているホテルは、四条《しじょう》通り沿いにあるので近い。会所へお菓子を取りに行き、ホテルの部屋に置いた後、フロントでタクシーを手配してもらって帰るなら大丈夫だろう、との事だった。

大は、休息を取った後で善長寺町の会所に向かい、役員から「稚児《ちご》の袖《そで》」を分け

てもらう。役員と、その場にいた囃子方《はやしかた》の人達に、

「先ほど、綾傘鉾の皆さんに助けて頂きました。本当にありがとうございました。ビルで棒振《ぼうふ》り囃子をして下さった皆さんと、御神体《ごしんたい》の金鶏像《きんけいぞう》様に、よろしくお伝え下さい」

と、頭を下げ、心からの感謝を伝えた。

対策部隊が取っているホテルの部屋は、最上階の角部屋である。交代で仮眠するのに適したツインルームだった。眠っている塔太郎を起こさないように、フロントで渡されたキーで大がそっと部屋に入ると、中は冷房で涼しく、真っ暗である。東と南に面した窓の外には、京都の夜景が広がっていた。

遥《はる》か北東には、暗闇《くらやみ》の大文字山《だいもんじやま》。南には、京都タワーが見える。京都タワーは灯台《とうだい》のように、航空障害灯がゆっくりと、赤く点滅していた。

大は、部屋の電気はつけなかった。それでも、窓からの光や月明かりだけで、部屋の状況はぼんやり分かる。メンバーの着替えや日用品が入っているらしい鞄《かばん》やリュックが、床に沢山置かれていた。

(そっか。あやかし課隊員、特に塔太郎さんは、いざとなったら窓から出動出来るから、対策部隊はこの部屋を取ってるんやね)

一人で納得しながら、大は刀袋を床に置く。稚児の袖の入った箱と、ここへ来る

途中で購入したスポーツドリンクを、そっとテーブルに並べる。

顔を上げると、二台あるベッドのうちの一つで、塔太郎が仰向《あおむ》けに眠っていた。

大が様子を窺《うかが》うと、塔太郎は楽な格好《かっこう》に着替えて熟睡しているにもかかわらず、どこか辛《つら》そうである。

それもそのはず、今、寝ている彼の額《ひたい》には、何もかかっていなかった。大がそっと額に手を当ててみると、まだ熱い。冷やすものが必要なのは、すぐに分かった。

塔太郎の枕元には、綺麗《きれい》に畳《たた》まれた綾傘鉾の手拭《てぬぐ》いがある。大は一瞬、それを濡《ぬ》らして使えばよかったのに、と思ったが、手拭いには、八坂神社《やさかじんじゃ》の神紋《しんもん》が入っている。そのため、塔太郎は使うのを躊躇《ためら》ったのだろう。

他に手近なものを探すうちに、熱で辛くなり、そのまま寝てしまったのだと、大は察した。

(手拭いを自分のおでこに当てたって、きっと、誰も怒らへんのに……。相変わらず、真面目《まじめ》なんやから)

大は小さく微笑《ほほえ》み、迷わず自分のハンカチを出して、洗面所へ行く。水に浸《ひた》して絞《しぼ》った後、塔太郎の傍《そば》で膝立《ひざだ》ちになり、額にのせてあげた。

すると、冷たくて気持ちがいいのか、塔太郎の寝顔がすっと和《やわ》らぐ。大はほっと息をつくと同時に、胸が締め付けられた。

（もういっそ、ここで一晩中、塔太郎さんの看病をしてようかな。深津さんには怒られるやろうけど……）

そんな事を考えていると、塔太郎の口がかすかに開く。

あ、と思って、大がわずかに身を乗り出した瞬間、

「大ちゃん……、ありがとう……」

小さく紡《つむ》がれたのは、確かに自分の名前だった。

吸い込まれるように、大は塔太郎の顔に自分の顔を近づける。

「塔太郎さん……？　起きてるんですか……？」

恐る恐る呼んでみたが、塔太郎はそれきり何も言わない。再び、深い眠りについたようだった。

どうやら、寝言だったらしい。大は別の意味で、もう一度息をついた。

一旦気持ちが切り替わると、本末転倒《ほんまつてんとう》な事を考えていたと気づく。

「ごめんなさい。私、ついさっきまで、ここにいようかと思ってしまいました。けど……、私もちゃんと家に帰って、休みますね。明日から、しっかり任務が出来て、十七日には塔太郎さんと一緒に戦えるように」

相手が聞いていないのを承知のうえで、大はそっと、声をかけていた。

それにしても、塔太郎が寝言で自分を呼んだのは、何とも嬉《うれ》しい限りである。

（夢の中の私が、塔太郎さんに、何かをしてあげてるんやろか。コーヒーを淹《い》れてあげてるとか、祇園祭の話を聞いてるとか……？　やとしたら、私の存在によって、塔太郎さんが元気になったらいいな）

微笑んでいると、ふと大の目に、布団《ふとん》から出ている塔太郎の手が映る。大のそれよりも、ずっとずっと逞《たくま》しくて、硬そうだった。

雷による火傷《やけど》を乗り越え、辛い日々を乗り越え、修行や職務、運命に耐えている手。

よく見れば、今も薄《うっす》ら火傷の痕《あと》が残っている。その腕や拳《こぶし》、そして、築き上げられた彼の性格に、自分を含め、どれだけの者が守られ、救われただろうか。

（玉木《たまき》さんも、塔太郎さんの事を恩人やって言うてたもんな……）

眺《なが》めていると、胸にこみ上げてくるものがある。大はもう一度、寝ている塔太郎に話しかけた。

「――塔太郎さん。実はさっき、船越の分身を倒してきたんです。斬《き》ったのは私ですけど、包囲網を張ってくれた他の隊員の皆さんや、指揮を執《と》ってくれた深津さんや、何より、お囃子の力を合わせて、倒す事が出来たんやと思います。戦う前に、綾傘鉾の囃子方が応援に来て下さって、凄《すご》い棒振り囃子をやってくれたんですよ。清めや、祓《はら》いの力が素晴らしくて……。塔太郎さんにも、見せてあげたかった」

もちろん、塔太郎は眠っており、何も言わない。上下している胸が、この上なく安らかそうだった。

しかし、それが何となく、今の大に対する、塔太郎の返事であるように思えた。眠っていても、大の話に耳を傾けて、褒《ほ》めてくれて、そしてどこか、頼ってくれている。

実際、あれだけ身を削《けず》っていた塔太郎が、今は大に全《すべ》てを任せるように、身を横たえている。その時間を、大は塔太郎に頼らず敵を倒す事で、守れたのである。

それは大にとって、自分が生まれ変わったと思えるほどの、大きな変化だった。

あるいは既に、自分自身が思っているよりも強く、しなやかに、変わっているのかもしれないと、大は思う。

そこまで大を導いてくれたのは、間違いなく京都の町と、人々と、そして、塔太郎だった。

「塔太郎さんは、生まれてから今日まで、いつも、頑張ったはりますよね。どんなに辛い事があっても、人に八つ当たりせず、ひねくれもせず、感謝を忘れず、私みたいな後輩にも気を遣《つか》ってくれて……。凄い人です。本当に。人として心から尊敬します。それやから私も、ここまで来れたのかもしれません」

気づけば大は、塔太郎の手を取り、自分の頰《ほお》に寄せていた。電話では、人の目もあって伝えられなかった事を、静かに呟《つぶや》いていた。

「私、塔太郎さんのこの手が、大好きです。今までの人生に対する称賛《しょうさん》も、あやかし課隊員としての尊敬も、辛い時に慰《なぐさ》めてあげたい気持ちも、全部、この手に贈ってあげたい。あなたの周りの、他の皆さんも、きっと同じやと思います。

塔太郎さん。

あなたを、愛しています。

やから、十七日は絶対に、皆で、祇園祭を守りましょうね。塔太郎さんの願いを、一人じゃなくて、私や皆と一緒に、叶《かな》えましょうね。

それで、この事件が終わったら、また、美味《おい》しいものを沢山食べて、色んな話をしたりして、絶対、楽しい毎日を過ごしましょうね。来年も、綾傘鉾の囃子方の皆さんが、今夜やってくれた棒振り囃子をされると思います。運よく見れたら絶対、感想を聞かせて下さいね。色々言いましたけど、いいですよね？　約束ですよ……！」

これ以上喋《しゃべ》ると、もっと触れたくなってしまう。

唇《くちびる》さえも寄せたい気持ちを必死に抑えて、大は塔太郎の手を、そっとベッドに戻す。

塔太郎の体に異常がないかを確認した後、大は音もなく部屋を出て、山鉾町《やまほこちょう》を後にした。

今までとは明らかに違う、十七日も、来年も、その先をも見据《みす》えた不屈の強さが、大の中に生まれていた。

＊

その日、塔太郎は不思議な夢を見た。

夢の中の自分は、中学二年生に戻っていて、化《ば》け物達にいじめられていた。

体を丸めて必死に身を守っていると、ふと、化け物達が消えて、代わりに一人の男性が立っている。

顔は、自分と瓜二《うりふた》つというより、自分そのもの。誰だと訊《き》くと、相手は未来の自分だと言った。

筒袖《つつそで》の着物に、目の覚めるような青の裁着袴《たつつけばかま》。手足には、籠手《こて》や脛当《すねあ》てがある。

左腕の腕章には、「京都府警察　人外特別警戒隊《じんがいとくべつけいかいたい》」と書かれていた。

驚きで言葉を発せられずにいると、未来の自分が、ぽんと自分の肩に手を置く。

「よう我慢して、相手を殴《なぐ》らへんかったな。しんどかったな。でも、もう大丈夫や」

未来の自分が、自分の後ろを指さした。

振り向いてみると、刀を携《たずさ》え、髪に簪《かんざし》を挿《さ》した女の子がいる。自分よりずっと小柄なはずなのに、微笑む姿はとても強くて、美しかった。

中学二年生だった自分はやがて、今の自分になってゆく。

二人は互いに近づき、そっと、抱き合っていた。

今までの辛かった記憶や、自分を締め付けていた枷《かせ》が、彼女の腕によって和《やわ》らいでゆく。

「……俺、もう、一人で頑張らんでも、ええんかな。大ちゃんや皆に、自分のしんどさを分けても、ええんかな」

恐る恐る尋ねると、腕の中の彼女が、ゆっくり頷《うなず》く。それを受けた塔太郎は、呟きながら、縋《すが》るように、彼女の肩に顔を置いた。

「大ちゃん、ありがとう。……俺、また、頑張るわ」

結局、頑張るとしか言えない自分だったが、今までとの唯一の違いは、彼女を心から頼りにして、彼女や皆と一緒に、頑張ると言えた事だった。

彼女は、そんな自分を分かってくれているのか、優しく自分の背中に手を回し、ぐっと引き寄せてくれる。塔太郎も、何の迷いもなく彼女を抱き返し、甘えていた。

腕の中の彼女が顔を上げて、優しく笑いかけた。

「十七日は絶対に、皆で、祇園祭を守りましょうね。塔太郎さんの願いを、一人じゃなくて、私や皆と一緒に、叶えましょうね。約束ですよ……！」

その言葉に強く頷いた瞬間、塔太郎は、ベッドの上で目を覚ましていた。

寝たまま目の焦点を合わせれば、対策部隊が取っている、ホテルの部屋の天井《てんじょう》である。熱を出して早退し、この部屋で休んでいたのだと、塔太郎はすぐに思い出した。

先ほどの事は、全て夢だったらしい。身を起こそうとすると、額に何かが載っている。手に取ってみると、女物の可愛《かわい》いハンカチだった。

まさか、とベッドから出て、部屋を見回す。テーブルに、スポーツドリンクと、小さな箱が置かれていた。箱を開けてみると、予想通り「稚児の袖」だった。

温《ぬる》く湿ったハンカチが、一晩中、塔太郎の熱を吸い取ってくれたらしい。塔太郎は、今やすっかり平熱に戻っていた。

誰がここに来て、誰が自分を看病してくれたのか。考えられるのは、一人しかいなかった。

（……）

嬉しさに、塔太郎は言葉が出ない。

東の窓の向こうには、朝日が昇っている。優しい光が、部屋いっぱいに射し込んでいた。

塔太郎は、今しがたの夢を思い出しながら、それをじっと眺める。

「大ちゃん、ありがとう。俺、また、頑張るわ」

夢の中で言った事を、もう一度、口に出してみた。

自分の立場ともども、もう怖いものは何もない。もちろん、十七日に備えて、しっかり休息を取る気でいる。彼女をはじめ、皆に頼る事も、怖くなくなっていた。

戦った訳でもなく、修行をした訳でもないが、自分は強く、生まれ変わったのかもしれない。

塔太郎は今の自分の事を、なぜかそう思えるようになっていた。

（朝飯、何にしようかな。やっぱり大ちゃんと話していた通り、験担《げんかつ》ぎの意味も込めて、白飯に胡麻塩《ごましお》、梅干《うめぼ》しに沢庵《たくわん》にしよっかな）

健康的な食欲が、塔太郎の中で芽生える。

朝一番に食べた「稚児の袖」は、人の心の温かさのように優しい甘さで、美味しかった。


同じ頃、塔太郎が見ていた朝日を、大も、自宅の部屋から眺めていた。

（よう晴れた朝日……。塔太郎さんは、まだ、寝たはるかな。熱が下がってたらえ

えねんけど)

ベッドの上で考えながら、大は、サイドテーブルに目をやる。

そこには、一枚のメモがあった。

それは、昨夜の帰宅直後に、まさるが大にせがんで変身させ、力強く書いたものだった。

(俺も、がんばる!! 俺も魔除《まよ》けの子として、大についていく。そして、みんなを守る!!)

強い筆圧だが、とても綺麗《きれい》な字。意気揚々《いきようよう》として、かつ、落ち着いて書いた事が、すぐに分かる。辛い敗北から立ち直った、まさるの成長がたっぷり詰まっていた。

(そうやね。私とまさるは、きっと二人で、魔除けの子やもんね!)

大はメモを見て微笑み、もう一度、窓から美しい朝日を見た。

守るために必要なものは、全て、揃《そろ》った気がする。あとは迎え撃つだけである。

船越の襲撃まで、あと二日だった。


(次巻へ続く)

あとがき

皆様、初めまして。天花寺《てんげいじ》さやかです。

この度《たび》は、『京都府警あやかし課の事件簿6』を読んで下さいまして、本当にありがとうございます。

お礼と共に、まずは、このような形で本巻を終えます事を、心よりお詫《わ》び申し上げます。

第六巻は全編にわたり、本シリーズにとって、大切な物語となりました。大《まさる》の成長、大と塔太郎《とうたろう》の絆《きずな》、京都信奉会《きょうとしんぽうかい》、祇園祭《ぎおんまつり》を中心とした夏の京都、何より塔太郎の物語をしっかり描こうと思うと、到底、一冊には収まりませんでした。

事件の解決は第七巻以降となってしまいますが、大達の戦いを見守って頂ければ幸いです。

最後に、お忙しい中取材に応じて下さった全《すべ》ての皆様に、心より御礼申し上げます。

引き続き、「京都府警あやかし課の事件簿」シリーズを、何卒《なにとぞ》、よろしくお願い申し上げます。

空が綺麗《きれい》な日に　　天花寺さやか

著者紹介
天花寺さやか（てんげいじ　さやか）
京都市生まれ、京都市育ち。小説投稿サイト「エブリスタ」で発表した「京都しんぶつ幻想記」が好評を博し、同作品を加筆・改題した『京都府警あやかし課の事件簿』（PHP文芸文庫）でデビュー、第七回京都本大賞を受賞した。その他の著書に、『京都丸太町の恋衣屋さん』（双葉文庫）がある。

エブリスタ
国内最大級の小説投稿サイト。

小説を書きたい人と読みたい人が出会うプラットフォームとして、これまでに200万点以上の作品を配信する。

大手出版社との協業による文芸賞の開催など、ジャンルを問わず多くの新人作家の発掘・プロデュースをおこなっている。

https://estar.jp

この作品は、小説投稿サイト「エブリスタ」の投稿作品に大幅な加筆・修正を加えたものです。

イラスト――ショウイチ
目次・主な登場人物・章扉デザイン――小川恵子（瀬戸内デザイン）

PHP文芸文庫　京都府警あやかし課の事件簿6
丹後王国と海の秘宝

2022年1月20日　第1版第1刷
2022年2月23日　第1版第2刷

著　者　天花寺さやか
発行者　永田貴之
発行所　株式会社PHP研究所
東京本部　〒135-8137　江東区豊洲5-6-52
第三制作部　☎03-3520-9620（編集）
普及部　☎03-3520-9630（販売）
京都本部　〒601-8411　京都市南区西九条北ノ内町11
PHP INTERFACE　https://www.php.co.jp/
組　版　有限会社エヴリ・シンク
印刷所　図書印刷株式会社
製本所　東京美術紙工協業組合

 ISBN978-4-569-90187-9

PHP文芸文庫

第7回京都本大賞受賞作

京都府警あやかし課の事件簿

天花寺さやか 著

人外を取り締まる警察組織、あやかし課。新人女性隊員・大にはある重大な秘密があって……？　不思議な縁が織りなす京都あやかしロマン！

PHP文芸文庫

京都府警あやかし課の事件簿 2

祇園祭の奇跡

天花寺さやか 著

嵐山、宇治、祇園祭……化け物捜査専門の部署「あやかし課」の面々が初夏の京都を駆け巡る！　新人隊員の奮闘を描いた人気作、第二弾！

PHP文芸文庫

京都府警あやかし課の事件簿3

清水寺と弁慶の亡霊

天花寺さやか 著

弁慶が集めたとされる999本の太刀。それらに封印されし力が解き放たれた時、秋の京都が大混乱に⁉　人気のあやかし警察小説第三弾！

PHP文芸文庫

京都府警あやかし課の事件簿 4

伏見のお山と狐火の幻影

天花寺さやか 著

日吉大社にお参りすることになった大と塔太郎。大に力を授けてくれた神々との対面は一体どうなる⁉　恋も仕事も新展開のシリーズ第四弾！

PHP文芸文庫

京都府警あやかし課の事件簿5

花舞う祇園と芸舞妓

天花寺さやか　著

式神の襲撃、窃盗団からの予告状…次々起こる事件の裏にはあの組織の影が？　京都を守る、あやかし課の活躍を描く人気シリーズ第五弾。

PHP文芸文庫

婚活食堂1～6

山口恵以子 著

名物おでんと絶品料理が並ぶ「めぐみ食堂」には、様々な恋の悩みを抱えた客が訪れて……。心もお腹も満たされるハートフルシリーズ。

PHP文芸文庫

怪談喫茶ニライカナイ

蒼月海里 著

「貴方の怪異、頂戴しました」――。怪談を集める不思議な店主がいる喫茶店の秘密とは。東京の臨海都市にまつわる謎を巡る傑作ホラー。

PHP文芸文庫

グルメ警部の美食捜査

斎藤千輪　著

この捜査に、このディナーって必要⁉　聞き込み中でも張り込み中でも、おいしい料理にこだわる久留米警部の活躍を描くミステリー。

PHP文芸文庫

京都祇園もも吉庵のあまから帖1〜4

志賀内泰弘 著

京都祇園には、元芸妓の女将が営む「一見さんお断り」の甘味処があるという――。ときにほろ苦くも心あたたまる、感動の連作短編集。

PHP文芸文庫

京都くれなゐ荘奇譚

呪われよと恋は言う

白川紺子 著

女子高生・澪は旅先の京都で邪霊に襲われる。泊まった宿くれなゐ荘近くでも異変が……。「後宮の烏」シリーズの著者による呪術ミステリー。